Lisa Jewell est née à Londres en 1968, d'une mère secrétaire et d'un père ouvrier dans le textile. Après avoir grandi dans la banlieue nord avec ses deux sœurs, elle abandonne le lycée à l'âge de seize ans pour s'orienter vers l'art et le design. C'est finalement dans les relations presse qu'elle décroche son premier emploi, avant de devenir réceptionniste et assistante de direction, une activité qui ne lui permet pas vraiment de laisser libre cours à sa créativité. Lisa Jewell se promet de vivre de sa plume à partir de l'âge de cinquante ans, mais un pari propulse sa carrière plus tôt que prévu. Son premier roman, *Ralph's Party*, paru en 1998, connaît un succès fulgurant. Elle se consacre désormais à plein-temps à l'écriture, et s'oriente depuis quelques années vers le noir féminin dont elle est devenue une figure incontournable. Ses romans sont traduits partout dans le monde. Elle vit à Londres avec son mari et ses deux filles, et deux merveilleux chats tigrés, Jack et Milly.

De la même autrice :

On se reverra
Comme toi
Tous tes secrets
Ils sont chez nous
Je serai ton ombre

CE LIVRE EST ÉGALEMENT DISPONIBLE
AU FORMAT NUMÉRIQUE

www.editions-hauteville.fr

Lisa Jewell

Ils sont chez nous

Traduit de l'anglais (Grande-Bretagne)
par Adèle Rolland-Le Dem

Hauteville

Hauteville est un label des éditions Bragelonne

Titre original : *The Family Upstairs*

Le présent ouvrage a fait l'objet d'une première publication
en langue anglaise chez Century,
une marque de Penguin Random House UK.

ISBN : 978-2-38122-059-8

Bragelonne – Hauteville
60-62, rue d'Hauteville – 75010 Paris

E-mail : info@editions-hauteville.fr
Site Internet : www.editions-hauteville.fr

Je dédie ce livre à mes lecteurs,
avec toute mon affection et ma gratitude.

Il serait inexact de dire qu'avant leur arrivée mon enfance était normale. Elle ne l'était pas du tout, mais elle me le paraissait, car je n'avais rien connu d'autre. Aujourd'hui, une trentaine d'années plus tard, j'ai pris conscience que notre vie était très particulière.

Quand ils sont arrivés, j'avais presque onze ans, et ma sœur en avait neuf.

Ils ont passé cinq ans avec nous, cinq ans au cours desquels ils ont fait de notre vie un enfer. Nous avons dû apprendre à survivre.

Puis, quand j'avais seize ans et ma sœur quatorze, le bébé est né.

I

I

Libby ramasse la lettre posée sur son paillasson. Elle la retourne. Ce courrier lui paraît très officiel avec son enveloppe couleur crème dans un beau papier texturé. Au dos, elle lit : « Office notarial Smithkin, Pont Street, Londres SW3 ».

Elle se rend dans la cuisine, pose la lettre sur la table, remplit sa bouilloire et met un sachet de thé dans une tasse. Libby est presque certaine de connaître le contenu de cette enveloppe. Le mois dernier, elle a eu vingt-cinq ans. Sans se l'avouer, elle attendait cette lettre. Mais, maintenant qu'elle est là, elle n'est pas sûre d'avoir la force de la décacheter.

Elle attrape son téléphone et appelle sa mère.

— Maman, ça y est. J'ai reçu la lettre du notaire.

Un silence nerveux lui répond. Elle l'imagine à plus de mille kilomètres de là, à Denia, dans sa cuisine aux meubles d'une blancheur immaculée, aux ustensiles assortis vert citron, aux baies vitrées coulissantes donnant sur une petite terrasse depuis laquelle, au loin, on voit la Méditerranée, son portable à la coque rehaussée de strass (qu'elle appelle son « bling-bling ») collé à l'oreille.

— Ah, d'accord. Tu l'as ouverte ?

— Non, pas encore. Je me fais un thé avant.

— D'accord, répète-t-elle avant de se taire un instant. Tu veux qu'on continue de se parler pendant que tu l'ouvres ?

— Oui, s'il te plaît.

Libby se sent essoufflée, un peu comme quand elle est au travail et qu'elle s'apprête à présenter un projet en réunion, ou quand elle boit un café trop fort. Elle enlève le sachet de thé de sa tasse et s'assoit. Elle effleure du bout des doigts les coins de l'enveloppe et inspire profondément.

— C'est parti. Je me lance.

Sa mère sait ce que contient ce courrier. Enfin, elle en a une vague idée, même si on ne lui a jamais dit précisément de quoi elle allait hériter. « Ce n'est peut-être qu'une vieille théière avec un billet de dix livres dedans », avait-elle souvent plaisanté.

Libby se racle la gorge et ouvre délicatement l'enveloppe. Elle en tire une feuille d'épais papier crème et la parcourt rapidement des yeux.

À l'attention de Mlle Libby Louise Jones
En tant que bénéficiaire du testament de Henry et Martina Lamb, établi le 12 juillet 1977, vous êtes l'héritière d'un bien que nous vous proposons de vous restituer selon le calendrier ci-joint.

Elle pose la lettre et sort de l'enveloppe les documents qui l'accompagnent.

— Alors ? s'enquiert sa mère d'une voix nerveuse.

— Je lis.

Elle parcourt les documents en diagonale, et son œil s'arrête sur l'adresse du bien : 16 Cheyne Walk, Londres SW3. Il s'agit probablement de la propriété où ont vécu ses parents. Elle savait qu'ils habitaient à Chelsea dans une grande demeure, mais elle pensait que cette dernière avait disparu depuis longtemps. Condamnée. Vendue. Son pouls s'accélère au fur et à mesure qu'elle comprend ce qu'elle est en train de lire.

— Euh…

— Quoi ?

— J'ai l'impression… Non, ça doit être une erreur.

— Quoi ?!

— La maison. Ils m'ont légué la maison.

— La maison de Chelsea ?

— Oui.

— Toute la maison ?

— J'en ai bien l'impression.

Dans la lettre, le notaire annonce que les autres légataires ne se sont pas manifestés. Elle n'en revient pas.

— C'est fou. Elle doit valoir plusieurs…

Libby respire profondément et contemple le plafond.

— Ils ont dû se tromper. Ce n'est pas possible.

— Va voir le notaire. Appelle-le. Prends rendez-vous. Demande-lui s'il n'a pas fait une erreur, s'il est sûr de lui.

— Et si c'est bien ça ?

— Dans ce cas, ma chérie, commence sa mère avant d'inspirer ce que Libby imagine être une bouffée de cigarette, tu vas devenir très riche.

Libby raccroche et observe la pièce dans laquelle elle se trouve. Il y a cinq minutes, cette cuisine était la meilleure qu'elle pouvait s'offrir, cet appartement le seul qu'elle ait pu acheter dans ce quartier tranquille en bordure de St Albans. Elle se souvient des maisons aperçues sur Internet pendant ses recherches, de la montée d'adrénaline quand elle dénichait le bien parfait, avec une terrasse ensoleillée, une cuisine assez grande pour qu'on puisse y manger, un bow-window à l'ancienne, le tout à cinq minutes de la gare, donnant sur une place arborée avec une petite église. Mais elle déchantait immanquablement en découvrant le prix… Comment avait-elle pu croire une seule seconde que ce genre de propriété lui était accessible ?

Elle avait revu ses critères à la baisse pour acheter un appartement situé à mi-chemin de son travail et de la gare. Elle n'avait pas eu de révélation en le visitant. Son cœur ne s'était pas emballé pendant que l'agent immobilier lui présentait les lieux. Elle en avait tout de même fait un chez-soi convenable, grâce à une recherche effrénée de soldes et de bons plans dans les magasins d'ameublement. Et elle a même fini par aimer ce deux-pièces qui ne lui avait pas plu au premier abord. Elle l'a acheté, elle l'a transformé. C'est devenu son petit nid douillet.

Mais il semblerait que, depuis quelques minutes, elle soit propriétaire d'une vaste demeure dans la plus belle rue de Chelsea, et cet appartement lui paraît maintenant ridicule. Comme tout ce qui était crucial pour elle cinq minutes plus tôt : l'augmentation annuelle de mille cinq cents livres qu'elle avait obtenue au travail, le week-end à Barcelone organisé pour un enterrement de vie de jeune fille en prévision duquel elle économisait depuis six mois, le fard à paupières MAC qu'elle s'était offert la semaine précédente pour se récompenser de son augmentation de salaire, la peur qui l'avait étreinte quand elle avait fait cet écart à un budget mensuel si rigoureux pour se faire plaisir entre les parfums étincelants du magasin de produits de beauté, la légèreté du petit sac se balançant au bout de son bras, l'excitation de déposer le petit poudrier noir dans son vanity, de savoir qu'elle lui appartenait désormais, qu'elle l'étrennerait probablement à Barcelone, où elle porterait d'ailleurs la robe que sa mère lui avait offerte pour Noël, la French Connection avec des empiècements en dentelle dont elle rêvait depuis des mois. Cinq minutes auparavant, sa vie était faite de joies simples, de bonheurs au long cours pour lesquels elle travaillait et économisait, de petites folies sans conséquence qui ne changeaient pas la face du monde, mais qui donnaient assez d'éclat à son quotidien morose pour lui donner envie de se lever le matin et de se rendre à un travail qui ne la passionnait pas vraiment.

Les repères de son existence viennent de voler en éclats.

Elle range la lettre dans le beau papier de son enveloppe et finit sa tasse de thé.

2

Une tempête se prépare sur la Côte d'Azur, un mur sombre et rougeoyant qui se masse à l'horizon, une moiteur qui pèse sur Lucy. Elle protège sa tête d'une main, attrape l'assiette vide de sa fille de l'autre et la pose au sol pour que le chien puisse lécher la sauce et les restes de poulet.

—Marco, finis ton repas, intime-t-elle à son fils.

—J'ai plus faim.

Lucy sent la colère monter en elle et la veine de sa tempe se gonfler. L'orage approche, l'air est de plus en plus lourd.

—Alors tant pis, répond-elle, la gorge serrée pour ne pas crier. Mais c'est tout ce qu'on aura à manger aujourd'hui. Après, plus d'argent. Plus un rond. Tu ne me diras pas que tu as faim ce soir, ce sera trop tard. Allez, mange, s'il te plaît.

Marco secoue la tête lentement et reprend à contrecœur un morceau de poulet pané. Elle jette un regard à ses épaisses boucles châtain et essaie de se souvenir de la date de son dernier shampoing, sans succès.

—Maman, je peux prendre un dessert ?

Lucy se tourne vers sa fille. Stella a cinq ans, et c'est la plus belle erreur de sa vie. Elle devrait lui dire non… Elle est dure avec Marco et ne devrait pas privilégier sa petite sœur, mais Stella est si mignonne et facile à vivre. Comment pourrait-elle la priver d'une petite douceur ?

—Si Marco termine son assiette, on commandera une glace à partager.

Il s'agit d'une injustice évidente, puisque la fillette a fini son poulet depuis longtemps, contrairement à son frère, mais son sens de l'équité n'est pas encore tout à fait développé, et elle acquiesce.

— Dépêche-toi, Marco !

Quand il a fini, Lucy attrape l'assiette de son fils et la pose par terre pour le chien. La glace arrive. Trois parfums dans une coupe avec un nappage chocolat, du pralin et un palmier rose en aluminium au bout d'un cure-dents.

Lucy observe le ciel et sent les battements de son cœur s'accélérer. Il faut qu'ils trouvent un abri, et vite. Elle demande l'addition, sort sa carte de crédit, tape son code en retenant son souffle, sachant qu'elle dépense les derniers euros disponibles sur son compte en banque, et qu'ils n'ont désormais plus rien.

Elle attend que sa fille ait fini de lécher la coupe de glace, détache la laisse du chien du pied de la table, regroupe leurs affaires, donne deux sacs à Marco et un à Stella.

— On va où ? demande son fils avec un regard inquiet.

Elle soupire et jette un coup d'œil vers le haut de la rue, vers la vieille ville, puis vers le bas, vers la mer, et enfin vers son chien, comme si celui-ci pouvait trouver une solution pour les sortir de là. Il s'anime tout de suite, espérant une autre assiette à lécher. Elle n'a plus qu'un seul recours, et c'est le dernier endroit où elle veut aller. Elle se force à sourire.

— Je sais ! Et si on allait voir mamie ?

Marco soupire. Sa fille ouvre grand les yeux. Ils se souviennent très bien de la dernière fois qu'ils sont allés chez la grand-mère de Stella. Quand elle vivait en Algérie, Samia avait été une star de cinéma. Maintenant, à soixante-dix ans, elle ne voit plus que d'un œil et vit dans un appartement miteux au septième étage d'une tour du quartier de l'Ariane, avec sa fille handicapée. Son mari est mort quand elle n'avait que cinquante-cinq ans, et son fils, le père de Stella, s'est évaporé trois ans plus tôt et n'a pas donné de nouvelles depuis. Samia est une vieille femme amère et en colère, à raison. Mais elle a un toit et un lit, une douche et l'eau courante. Elle a tout ce que Lucy ne peut pas offrir à ses enfants.

— C'est juste pour une nuit, c'est tout. Demain, je trouverai une autre solution.

Quand ils arrivent au pied de l'immeuble de Samia, la pluie se met à tomber. De grosses gouttes s'écrasent sur le trottoir brûlant. Dans l'ascenseur aux murs couverts de graffitis, Lucy est assaillie par leur odeur de vêtements sales, de cheveux gras, de baskets usées jusqu'à la corde. Le chien, avec son pelage dense et raide de crasse, sent particulièrement mauvais.

— C'est pas possible, leur annonce Samia dans l'embrasure de la porte, les empêchant d'entrer dans l'appartement. Vraiment. Mazie est malade, il faut que l'aide-soignante dorme ici ce soir. Il n'y a pas de place. C'est comme ça.

Un coup de tonnerre éclate dans le ciel, qui devient tout blanc. Des trombes d'eau s'abattent sur l'immeuble. Lucy jette à Samia un regard suppliant.

— On n'a nulle part où aller.

— Je sais. Mais c'est comme ça. Je peux garder Stella, mais toi, le garçon et le chien, c'est impossible. Vous devrez trouver une autre solution.

Lucy sent le petit corps de Stella trembler. Sa fille s'agrippe à sa jambe.

— Je veux rester avec vous, murmure-t-elle. Je veux pas dormir là toute seule.

Lucy s'accroupit et prend la main de sa fille. Stella a de beaux yeux verts, ceux de son père, et ses cheveux bruns, illuminés par des mèches châtain, encadrent son visage joliment hâlé. C'est une enfant magnifique. Les gens arrêtent parfois Lucy dans la rue pour le lui dire, l'air émerveillé.

— Ma puce, tu seras au chaud ici. Tu pourras prendre une douche, et mamie te lira une histoire…

— Celle que tu aimes, confirme Samia. Celle avec la lune.

Stella s'accroche plus fort à sa mère, qui sent sa patience s'émousser. Elle donnerait tout pour pouvoir dormir dans le lit de Samia, pour qu'on lui lise une histoire, pour une bonne douche et un pyjama propre.

— C'est juste pour ce soir, ma chérie. Je viens te chercher demain matin. D'accord ?

Elle sent Stella acquiescer contre son épaule, se retenir de pleurer.

— D'accord, maman…

Lucy la pousse dans l'appartement de Samia avant que l'une ou l'autre ne change d'avis. Maintenant, il n'y a plus qu'elle, Marco et le chien, avec leurs tapis de yoga roulés sur le dos, s'avançant sous la pluie, dans la nuit noire, vers l'inconnu.

Ils se sont abrités sous le périphérique aérien. Le vacarme des pneus dérapant sur le goudron chaud est assourdissant. La pluie ne s'est pas arrêtée.

Marco tient le chien entre ses jambes croisées, la tête posée contre le dos de l'animal.

— Pourquoi est-ce que notre vie est pourrie comme ça ?

— Elle n'est pas pourrie, répond sèchement sa mère.

— Pourquoi tu ne fais rien pour que ça change ?

— J'essaie.

— Non. Tu laisses la situation s'empirer.

— J'essaie ! siffle-t-elle en lui lançant un regard noir. Je fais tout ce que je peux.

Il la regarde, l'air dubitatif. Il est trop intelligent et la connaît trop bien.

— Je vais récupérer mon violon demain, soupire-t-elle. Je vais recommencer à gagner de l'argent.

— Comment tu vas payer le luthier ?

— Je vais trouver un moyen.

— Quoi ?

— J'en sais rien ! Je sais pas. Mais je vais trouver. Je finis toujours par trouver.

Lucy tourne le dos à son fils et observe les phares d'une voiture qui vient vers eux. Le tonnerre gronde au-dessus de leurs têtes, le ciel s'illumine à nouveau, et la pluie s'intensifie encore. Elle tire son téléphone cassé de la poche avant de son sac à dos et l'allume. Il lui reste huit pour cent de batterie. Elle s'apprête à l'éteindre quand elle voit une notification dans son calendrier. Celle-ci date de plusieurs semaines déjà, mais Lucy ne se résout pas à la supprimer.

Le bébé a vingt-cinq ans.

3

Chelsea, fin des années 1980

Je m'appelle Henry, comme mon père. De temps en temps, le fait de porter le même prénom causait des malentendus, mais, puisque ma mère appelait mon père « chéri », que ma sœur le surnommait « papa » et le reste du monde « monsieur Lamb » ou « Sir », nous nous en sortions.

Mon père avait hérité seul de la fortune que mon grand-père avait constituée grâce aux machines à sous. Lui, je ne l'ai jamais connu. Il était déjà très âgé quand mon père est né. Ce que je sais, c'est qu'il venait de Blackpool et qu'il s'appelait Harry. Mon père n'a jamais travaillé de sa vie, il a simplement attendu que Harry passe l'arme à gauche pour devenir riche à son tour.

Le jour où il a touché le pactole, il a acheté la maison de Cheyne Walk. Tandis que son père agonisait, il s'était mis en quête d'une demeure. Il avait repéré cette propriété depuis quelques semaines déjà et était terrifié à l'idée que quelqu'un fasse une offre avant qu'il ne mette la main sur son héritage.

Quand il en fit l'acquisition, la maison était complètement vide. Il consacra par la suite des années et des milliers de livres à la remplir de ce qu'il nommait des « choses » : des têtes d'élan surgissant fièrement des lambris, des épées de chasse croisées au-dessus des portes, des trônes en acajou avec dossier sculpté, une table de banquet d'inspiration médiévale pour seize convives pleine d'entailles et littéralement vermoulue, des armoires débordant de pistolets et de fouets, une tapisserie de six mètres de long, de sinistres tableaux représentant les ancêtres de gens qu'il ne connaissait pas, des bibliothèques de livres reliés de cuir et d'or que personne n'ouvrirait jamais, et même un authentique canon exposé devant la porte d'entrée. Il n'y avait pas un seul fauteuil confortable, pas un coin douillet. Tout était fait de bois, de cuir, de métal ou de verre. Tout était dur. Surtout mon père.

Il aimait soulever des poids dans notre cave et buvait de la Guinness de son fût personnel dans son bar privé. Il portait des costumes faits sur mesure à Mayfair qui coûtaient huit cents livres pièce et avaient du mal à contenir ses muscles saillants. Ses cheveux avaient la couleur rouille des vieux centimes, et ses mains aux jointures rougies l'apparence de la chair à vif. Il conduisait une Jaguar. Il jouait au golf bien qu'il déteste ce sport, son corps n'étant en effet pas adapté au swing : trop raide, inflexible. Le week-end, il allait chasser. Il disparaissait le samedi matin vêtu d'une veste en tweed bien ajustée, emportant avec lui une malle pleine d'armes, et revenait le dimanche soir avec deux ou trois tourterelles des bois dans une glacière. Un jour, quand j'avais environ cinq ans, il est rentré avec un bulldog anglais qu'il avait acheté à un homme dans la rue, dégainant quelques-uns des billets de cinquante livres encore craquants qu'il gardait roulés dans sa poche de veste. Apparemment, il trouvait que le chien lui ressemblait. Jusqu'à ce que le clebs chie sur un tapis antique et que mon père s'en débarrasse.

Ma mère, elle, était une « beauté rare ».

Ce ne sont pas mes mots, mais ceux de mon père.

« Ta mère est une beauté rare. »

Elle était à moitié allemande et à moitié turque. Martina. Elle avait douze ans de moins que lui et, à l'époque, avant que les autres arrivent, c'était une véritable gravure de mode. Quand elle enfilait ses lunettes de soleil, c'était pour aller transformer l'argent de mon père à Sloane Street en carrés de soie, rouges à lèvres de luxe et parfums français. Elle s'y faisait parfois photographier, une multitude de sacs aux poignets, et apparaissait dans les magazines de l'élite londonienne. On disait qu'elle était une femme du monde, mais ce n'était pas le cas. Elle était invitée aux soirées les plus courues et portait de beaux vêtements, mais, à la maison, c'était simplement notre mère. Pas la meilleure, mais pas la pire non plus. Elle apportait sans aucun doute un peu de douceur dans notre manoir massif, masculin et plein de machettes.

Autrefois, elle avait travaillé. Pendant à peu près un an, sa vocation avait été de mettre en relation des gens importants du milieu de la mode. Elle avait dans son sac de petites cartes de visite argentées où se dessinaient en rose vif les mots « Martina Lamb & Associés ». Elle avait un bureau sur King's Road, une grande pièce lumineuse située au-dessus d'un magasin, avec une table en verre, des chaises en cuir, un télex, des vêtements sous plastique alignés sur des portants et un vase de lys blancs trônant sur un socle. Pendant les vacances scolaires, elle nous emmenait au bureau, ma sœur et moi, et nous occupait avec des feutres et des feuilles toutes neuves de papier blanc comme neige fraîchement sorties d'une nouvelle ramette. Le téléphone sonnait de temps en temps, et ma mère répondait : « Bienvenue chez Martina Lamb & Associés ». Quand quelqu'un sonnait, ma sœur et moi nous battions pour savoir qui appuierait sur l'interphone. C'étaient toujours des femmes très minces, à la voix haut perchée, qui venaient discuter des dernières tendances et des célébrités. Il n'y avait pas d'« associés », seulement ma mère et, de temps en temps, une stagiaire aux grands yeux. Je n'ai jamais su ce qui était arrivé à ce projet, mais un jour, le bureau n'existait plus, les cartes de visite avaient disparu, et ma mère était redevenue femme au foyer.

Avec ma sœur, nous étions scolarisés à Knightsbridge, dans ce qui devait être l'école la plus chère de Londres. À cette époque, mon père n'avait pas peur de dépenser son argent. Il adorait cela. Plus il flambait, mieux il se sentait. Notre uniforme était marron merde et jaune bile avec, pour les garçons, un pantalon qui ressemblait à une culotte de golf. Heureusement, à l'âge où j'aurais pu me trouver humilié de porter un tel accoutrement, mon père n'avait déjà plus assez d'argent pour payer les frais de scolarité, et encore moins pour des culottes en velours côtelé qu'il fallait se procurer au département des uniformes du grand magasin Harrods.

La dissolution de notre famille, de notre maison, de nos vies s'est déroulée lentement mais sûrement à partir de leur arrivée. Ce soir-là, quand Birdie est apparue sur le pas de notre porte avec deux grandes valises et un chat dans un panier en osier, nous n'aurions jamais pu deviner qu'elle allait exercer une telle emprise sur nous, que d'autres la suivraient, et qu'elle allait précipiter notre fin.

Nous pensions qu'elle venait juste pour le week-end.

4

Libby entend les échos de tous les moments que cette pièce a vécus, sent le souffle de chacune des personnes qui l'ont précédée dans ce fauteuil.

— 1799, lui répond maître Royle. Il s'agit de l'une des plus anciennes études de la capitale.

Me Royle l'observe, assis de l'autre côté de son bureau bien ciré, un léger sourire au coin des lèvres.

— Quel cadeau d'anniversaire !

Elle lui sourit.

— Je n'arrive toujours pas à y croire, confie-t-elle d'une voix nerveuse. J'ai l'impression que quelqu'un va arriver pour me dire que c'est une grosse blague.

Ce choix de mots – « une grosse blague » – ne convient pas à ce respectable décor. Elle aurait voulu utiliser une autre expression, mais Me Royle n'est pas décontenancé. Il se penche vers Libby en lui tendant une pile de documents.

— Je peux vous assurer que nous ne faisons pas de blagues ici, mademoiselle Jones.

Il retire une feuille de la pile.

— Je ne savais pas si je devais vous donner cela maintenant, peut-être aurais-je dû vous l'envoyer avec mon courrier. Je n'en sais rien. Cette situation est pour le moins inhabituelle. Cet article de journal faisait partie du dossier, mais j'ai préféré le garder, au cas où, en vous rencontrant, il m'aurait semblé inopportun de vous en faire part. Je crois que vous devriez l'avoir en votre possession, prenez-le. J'ignore ce que vos parents adoptifs vous ont révélé au sujet de votre famille biologique. Vous devriez, je pense, prendre le temps de lire ceci.

Libby déplie l'article et le pose sur le bureau.

SUICIDE D'UN COUPLE
DE RICHES LONDONIENS :
LEURS ENFANTS DISPARUS,
UN BÉBÉ RETROUVÉ
SUR LES LIEUX DU DRAME

Suite à un appel anonyme, la police s'est rendue hier en fin de matinée à Chelsea, chez Martina et Henry Lamb, pour enquêter sur un possible triple suicide. En arrivant, les policiers ont découvert les cadavres de M. et Mme Lamb sur le sol de la cuisine, à côté du corps d'un autre homme qui n'a pas encore été identifié. Une petite fille, probablement âgée de dix mois, se trouvait également dans la maison, au premier étage. Elle est en bonne santé. Selon les voisins, plusieurs enfants et adultes ont vécu dans la maison ces dernières années, mais aucun autre résident n'a été retrouvé.

La cause de ces décès doit être confirmée par de plus amples examens médicaux, mais les premiers résultats favorisent la piste d'un empoisonnement.

Henry Lamb, 48 ans, était le seul héritier de la fortune de son père, Harry Lamb. Il était malade depuis plusieurs années et se déplaçait en fauteuil roulant.

La police a lancé un avis de recherche pour les deux enfants du couple, une fille et un garçon âgés respectivement de quatorze et seize ans.

Toute personne susceptible d'avoir des informations permettant de les retrouver est priée de contacter la police immédiatement. Toute personne ayant vécu dans la maison des Lamb ces dernières années est également invitée à se manifester.

Libby lève les yeux vers Me Royle.

— Ce bébé abandonné… c'est moi ?

Il acquiesce.

— En effet, confirme-t-il avec une émotion sincère. C'est une histoire tragique et particulièrement mystérieuse. Vous savez, ces deux enfants… Nous avons gardé la maison pour eux, bien entendu, mais ni l'un ni l'autre ne s'est présenté. Alors il faut bien s'imaginer qu'ils sont… Enfin, vous voyez.

Il se penche en avant, resserre son nœud de cravate et s'efforce de sourire.

— Puis-je vous proposer de quoi écrire ?

Il lui tend un pot en bois rempli de stylos de luxe, et elle en prend un. Le nom de l'étude est imprimé sur le côté en lettres d'or.

Libby contemple cet objet pendant un moment.

Un frère.

Une sœur.

Un suicide collectif.

Elle secoue la tête très doucement, à peine, puis se racle la gorge.

— Merci.

Ses doigts tiennent fermement le stylo. Elle n'arrive plus à se souvenir de sa signature. De petites flèches autocollantes sont placées au bord des pages pour lui désigner les endroits où signer. Le crissement de la pointe du stylo contre le papier lui paraît insoutenable. Me Royle la regarde d'un air bienveillant. Il pousse la tasse de thé posée sur son bureau de quelques centimètres, puis la ramène vers lui.

Tout en signant, elle prend la mesure de l'importance de ce moment, de ce tournant imprévu dans le cours de sa vie qui la plonge dans l'inconnu. En haut de ces pages agrafées, il y a les courses chez Lidl, une semaine de vacances par an et une voiture affichant plusieurs centaines de milliers de kilomètres au compteur. Sous la pile, il y a les clés d'une vaste demeure à Chelsea.

— Parfait, annonce-t-il avec soulagement quand Libby lui tend les documents signés. C'est très bien.

Il les feuillette, vérifie que toutes les signatures sont bien à leur place, puis redresse la tête.

— Le moment est venu de vous remettre les clés.

Il lui tend la petite enveloppe blanche qu'il a sortie d'un tiroir de son bureau, sur laquelle figure l'inscription : « 16 Cheyne Walk ».

Libby l'ouvre. Il y a trois jeux de clés. Le premier est attaché à un insigne Jaguar, le deuxième à un anneau de cuivre et à un briquet, le dernier n'a pas de porte-clés.

Il se lève.

— Suivez-moi, c'est juste au coin de la rue.

Dehors, il fait une chaleur écrasante. Libby sent la température des pavés se propager dans la semelle de ses espadrilles. L'éclat vif du soleil brûle le voile fin des nuages. Ils remontent une rue bordée de restaurants, leurs tables parfaitement dressées placées sur des terrasses surélevées à l'abri de grands parasols rectangulaires. Des femmes aux lunettes de soleil surdimensionnées sont assises par groupes de deux ou trois et sirotent des verres de vin. Certaines sont aussi jeunes que Libby, qui se demande pourquoi elles ne sont pas au travail et comment elles peuvent se permettre de passer leur lundi après-midi à picoler dans des restaurants chics.

— Votre nouveau quartier, si vous décidez d'emménager ici.

Elle secoue la tête, et un petit rire nerveux lui échappe. Elle ne sait pas quoi répondre tant cette idée lui paraît ridicule.

Ils longent de minuscules boutiques, des magasins d'antiquaires exposant des sculptures en bronze de renards et d'ours, ou des lustres étincelants plus larges que sa baignoire. Ils approchent du fleuve. Libby ne le voit pas encore, mais elle en reconnaît les effluves puissants de chien mouillé. De longs bateaux dérivent les uns à côté des autres, un petit voilier et ses riches passagers les dépassent, une bouteille de champagne au frais dans un seau en argent sur le pont, un labrador à la proue prenant le vent et le soleil.

— On y est presque. Encore une ou deux minutes.

Les cuisses de Libby la démangent, elle regrette d'avoir mis une jupe au lieu d'un short. Elle sent la sueur qui se forme entre ses seins être absorbée par son soutien-gorge. Elle voit bien que la chaleur est tout aussi insupportable pour Me Royle, qui porte une chemise et un costume près du corps.

— Et voilà, annonce-t-il en désignant une rangée de cinq ou six maisons de brique rouge, toutes de hauteur et de largeur différentes.

Libby sait immédiatement laquelle est la sienne, avant même de voir le numéro 16 peint sur le vasistas dans une typographie arrondie. Il y a trois étages et quatre fenêtres à chaque niveau. Elle semble magnifique, mais, comme on pouvait s'y attendre, elle est condamnée. Les cheminées et les gouttières sont envahies par les mauvaises herbes. Cette propriété est dans un état pitoyable, mais elle conserve un charme certain.

— Elle est immense, commente Libby après une profonde inspiration.

— En effet. Il y a douze pièces, sans compter le sous-sol.

La maison se situe à l'écart du trottoir, derrière une clôture en métal sculpté et un jardin en friche. Une avancée en fer forgé guide les visiteurs jusqu'à la porte d'entrée et, sur la gauche, Libby remarque un canon posé sur un bloc de ciment.

— Vous êtes prête ? demande-t-il en désignant le cadenas qui enserre les planches de bois dressées devant la porte.

Libby acquiesce. Me Royle actionne le verrou, et le panneau s'ouvre dans un grincement épouvantable, révélant une immense porte noire. Le notaire cherche la bonne clé dans son trousseau.

— Quand est-on entré dans cette maison pour la dernière fois ?

— Oh, ça ne date pas d'hier… Il y a eu une fuite, il y a quelques années. Nous avons dû faire appel à un plombier en urgence. Effectuer quelques réparations. J'imagine que c'était à ce moment-là. Voilà, c'est ouvert.

Ils entrent et arrivent dans le vestibule. Quand la porte se referme, la chaleur du dehors, le bruit de la circulation, l'odeur de la rivière disparaissent. Il fait frais. Un parquet foncé, poussiéreux et rayé s'étend sous leurs pieds. Devant eux s'élève un grand escalier obscur avec un poteau orné d'une corbeille de fruits sculptée et une rampe faite de barreaux torsadés. Les portes en bois sont décorées de moulures, de drapés, et leurs poignées sont en bronze ouvragé. Un lambris sombre recouvre la moitié inférieure des murs, et la partie supérieure est couverte d'un papier peint floqué bordeaux troué par les mites à plusieurs endroits. L'air est dense, saturé de particules de poussière. La seule lumière qui entre dans la bâtisse provient des vasistas au-dessus des portes.

Libby frissonne. Il y a trop de bois, pas assez de lumière ni d'air. Elle a l'impression d'être dans un cercueil.

— Je peux ? demande-t-elle en posant sa main sur une poignée.

— Bien entendu, vous êtes chez vous.

La porte s'ouvre sur une vaste pièce rectangulaire qui longe le versant arrière de la maison. Elle aussi est trouée de quatre fenêtres et donne sur un grand enchevêtrement d'arbres et de buissons. Là encore, du lambris. Des volets en bois. Du parquet.

— Cette porte mène où ?

Elle désigne une petite ouverture dissimulée dans le mur.

— C'est la porte de l'escalier de service. Il conduit directement aux chambres de bonne du grenier. Il y a une autre porte dérobée qui permet d'accéder au premier étage. C'est typique de ces vieilles demeures, les cages à lapins.

Ils explorent toute la maison, pièce après pièce, étage après étage.

— Où sont passés les meubles, les affaires de la famille ?

— Disparus depuis bien longtemps. Pour éviter la faillite, ils ont tout vendu, petit à petit. À la fin, ils dormaient sur des matelas posés à même le sol. Ils cousaient leurs propres vêtements.

— Alors ils étaient pauvres ?

— Oui, on pourrait dire ça.

Libby hoche la tête. Elle ne s'est jamais figuré que sa famille biologique ait pu être pauvre. Elle s'était évidemment inventé des parents imaginaires, même les enfants qui ne sont pas adoptés le font. Les siens étaient de jeunes gens à la mode qui vivaient dans une maison surplombant le fleuve. Cette maison avait deux façades entièrement vitrées et une terrasse filante. Ils avaient deux petites chiennes avec des colliers en diamant. Sa mère était attachée de presse dans la mode, son père graphiste. Quand elle était bébé, ils sortaient prendre le petit déjeuner ensemble et l'installaient dans la chaise haute, lui donnaient à manger de petits morceaux de brioche tout en se faisant du pied sous la table, là où les deux chiennes somnolaient l'une à côté de l'autre. Ils étaient morts dans un accident de la route en rentrant d'une soirée. Probablement à bord d'une voiture de sport.

— Est-ce qu'il y avait autre chose dans la maison ? À part la lettre d'adieu ?

Me Royle secoue la tête.

— Selon le rapport officiel, non. Cependant, ce n'est pas tout à fait exact. Quand on vous a trouvée, il y avait quelque chose dans votre berceau. Je crois que c'est toujours là, dans la nursery. C'est par ici…

Elle le suit jusqu'à une grande pièce située au premier étage, où trois fenêtres à guillotine donnent sur le fleuve. L'air est irrespirable. Les coins du plafond haut sont tapissés de toiles d'araignée et de poussière. Dans le mur en face d'eux, il y a un passage qu'ils empruntent. Ils pénètrent dans un petit dressing avec des étagères et des placards blancs sur trois des murs ornés de moulures. Au centre se dresse un berceau.

— C'est…

— Oui. C'est ici qu'on vous a trouvée, toute gazouillante, à ce qu'il paraît.

C'est un modèle à balancelle avec des manettes en acier pour actionner le mécanisme, couleur crème, décoré de quelques roses bleu pâle. Il y a un petit encart en métal à l'avant avec le logo Harrods.

Me Royle attrape une petite boîte posée sur l'étagère couvrant le mur du fond.

— Voilà. On a retrouvé ça avec vous, sous les couvertures. On s'est dit, la police comme moi et mes collègues, que ça avait été laissé là à votre intention. La police l'a conservé comme pièce à conviction pendant de longues années, puis nous l'a restitué quand l'enquête a été classée sans suite.

— Qu'est-ce que c'est ?

— Ouvrez, vous allez voir.

Elle attrape la boîte en carton qu'il lui tend et l'ouvre. Elle est remplie de morceaux de journaux découpés. En y plongeant, sa main rencontre quelque chose de ferme et doux. Elle sort l'objet de la boîte et le tient entre ses doigts. C'est une patte de lapin attachée à une chaîne dorée. Libby a un mouvement de recul, et le pendentif tombe au sol. Elle se baisse pour le ramasser.

Ses doigts se posent à nouveau sur la patte de lapin, sur la froideur mortifère du poil soyeux, sur les pointes acérées des griffes. De l'autre main, elle touche la chaîne. Une semaine auparavant, Libby ne pensait qu'à ses nouvelles sandales, à cet enterrement de vie de jeune fille à Barcelone, à ses fins de mois difficiles, aux plantes à arroser. Désormais, son esprit est envahi d'images de gens dormant sur des matelas, de lapins morts et de cette grande maison terrifiante complètement vide, à l'exception du berceau Harrods avec ses roses pâles peintes sur les côtés. Elle range la patte dans la boîte qu'elle garde à la main, mal à l'aise. Elle pose l'autre main sur le matelas du berceau, cherchant l'écho de son petit corps endormi, le fantôme de la personne qui l'y avait déposée, qui l'avait bordée bien au chaud avec cet étrange talisman, mais elle ne sent rien. À part un lit vide et une odeur de renfermé.

— Comment je m'appelais ? Vous le savez ?

— Oui. Votre nom était écrit dans la lettre d'adieu. C'était Serenity.

— Serenity ?

— Oui. C'est joli, n'est-ce pas ? Pas commun, mais joli.

Soudain, Libby a du mal à respirer. Elle voudrait sortir en courant de cette pièce, mais elle ne veut pas faire de scène.

— Est-ce qu'on pourrait aller voir le jardin maintenant, s'il vous plaît ? Un peu d'air frais me ferait du bien.

5

Lucy éteint son téléphone. Elle doit économiser sa batterie au cas où Samia essaierait de la joindre. Elle se tourne vers Marco qui la regarde avec un air suspicieux.

— Quoi ?

— C'était quoi, ce message sur ton portable ?

— Quel message ?

— Arrête, je viens de le voir. « Le bébé a vingt-cinq ans. » Qu'est-ce que ça veut dire ?

— Rien de spécial.

— Ça doit bien signifier quelque chose.

— C'est la fille d'une amie. J'ai mis une alerte pour son anniversaire. Il faut que je lui envoie une carte.

— Quelle amie ?

— Une copine en Angleterre.

— Tu n'as pas de copains là-bas.

— Bien sûr que si. C'est là que j'ai grandi.

— Alors comment elle s'appelle ?

— Qui ça ?

Marco a du mal à contenir son exaspération.

— Ton amie !

— Qu'est-ce que ça peut te faire ? répond-elle sèchement.

— Tu es ma mère, et j'ai envie d'en savoir plus sur toi. Parce qu'en fait je ne sais rien du tout.

— N'importe quoi. Tu connais plein de choses.

— Ah ouais ? Je suis censé savoir quoi ? renchérit-il, les yeux écarquillés. À part que tes parents sont décédés quand tu étais bébé, que tu as grandi à Londres avec ta tante, qu'elle t'a emmenée en France et qu'elle t'a appris à jouer du violon, qu'elle est morte quand tu avais dix-huit ans. Ça, c'est juste les grandes lignes, parce que les détails… Genre, dans quelle école tu es allée, qui étaient tes amis, ce que tu faisais le week-end, est-ce qu'il t'est arrivé des trucs en particulier, ou même des anecdotes banales…

— C'est compliqué.

— Je sais bien, mais j'ai douze ans et je ne suis plus un bébé. Il faut que tu me racontes.

Lucy plonge son regard dans celui de son fils. Il a raison. Il a douze ans, il ne croit plus aux contes de fées. Il sait qu'une vie est aussi constituée par ce qui se produit entre les événements majeurs.

— Ce n'est pas le bon moment. Pas maintenant, soupire-t-elle.

— Quand alors ?

— Bientôt. Si on réussit à aller à Londres, je te raconterai tout.

— On va à Londres ?

Elle se prend la tête dans les mains.

— Je sais pas. Je n'ai pas d'argent. Toi et Stella, vous n'avez pas de passeport. Il y a le problème du chien. C'est vraiment…

— Papa ! l'interrompt-il. Appelle-le !

— Hors de question.

— On peut le rencontrer dans un lieu public. Il ne pourra pas te faire de mal.

— Marco, je ne sais même pas où est ton père.

Il y a un silence gêné. Dans le coin de son champ de vision, elle voit son fils s'agiter puis plaquer sa tête contre le dos du chien.

—Moi, je sais.

Elle se tourne brusquement vers lui. Il ferme les yeux un moment, puis les ouvre.

—Il est venu me chercher au collège.

—Quand ça ?

—Deux ou trois fois, vers la fin de l'année, répond-il en haussant les épaules.

—Et tu ne m'as rien dit ?

—Il voulait pas que je t'en parle.

—Merde, Marco ! s'écrie-t-elle en frappant du poing sur le sol. Qu'est-ce que vous avez fait ? Vous êtes allés où ?

—Nulle part, on a marché, c'est tout.

—Et ?

—Et quoi ?

—Qu'est-ce qu'il t'a dit ? Qu'est-ce qu'il fait ici ?

—Rien. Il est en vacances. Avec sa femme.

—Il vit où ?

—Toujours au même endroit. Il séjourne dans la maison d'Antibes pour l'été.

—La maison ?

—Oui.

—Marco... Pourquoi tu ne me l'as pas dit avant ?

—Je savais que t'allais péter les plombs.

—Je ne pète pas les plombs. Regarde-moi. Je suis très calme. Tout va parfaitement bien, assis comme on est sur le sol mouillé, sous la rocade, sans endroit où passer la nuit, alors que ton père vit dans le luxe à deux kilomètres d'ici. Pourquoi je péterais les plombs ?

—Pardon ! Tu m'avais dit que tu voulais plus jamais le revoir.

— Ça, c'était quand on dormait pas sous les ponts.

— Donc tu veux le voir ?

— Non, certainement pas. Mais il faut que je nous sorte de là. C'est la seule solution. Il peut bien payer pour mon violon, au moins.

— Parfait, comme ça, on deviendra super riches…

Lucy crispe les poings. Son fils a l'art de trouver les mots qui la blessent et de les lui cracher au visage.

— On est mi-juillet. Toutes les écoles du Royaume-Uni et d'Allemagne vont fermer. La semaine prochaine, il y aura deux fois plus de touristes. J'aurai bientôt gagné assez d'argent pour qu'on aille à Londres.

— Pourquoi tu demandes pas à papa de payer le voyage ? Comme ça, on partirait direct. J'ai trop envie d'aller à Londres. J'ai trop envie qu'on parte. Tu peux lui demander, non ?

— Je ne veux pas qu'il sache où on va. Personne ne doit le savoir. Même pas mamie, d'accord ?

— D'accord…

Son menton tombe sur sa poitrine, et elle remarque les amas de cheveux sales qui se sont formés dans sa nuque depuis une semaine, depuis qu'ils sont à la rue. Son cœur se serre, et elle pose sa main sur le dos de Marco.

— Je suis vraiment désolée, mon chéri. Demain, j'irai voir ton père et tout s'arrangera, je te le jure.

— Peut-être, grogne-t-il. Mais rien ne sera jamais normal, n'est-ce pas ?

Non, se dit-elle. *Probablement pas.*

6

Chelsea, 1988

Birdie est arrivée en premier. Birdie Dunlop-Evers. Ma mère l'avait rencontrée je ne sais où. Lors d'une soirée. Birdie jouait du violon dans un groupe de pop et était, je présume, relativement connue. Ils avaient sorti un tube qui avait frôlé la première place des classements et étaient passés deux fois en live à la télé. Ce qui ne m'impressionnait pas particulièrement. Je n'ai jamais trop aimé la pop, et l'importance qu'on accorde aux célébrités me rebute toujours un peu.

Elle était là, assise dans notre cuisine, une tasse de thé entre les mains. Je ne pus m'empêcher de sursauter en la découvrant. Une femme comme ça, avec des cheveux fins qui descendaient jusqu'à sa taille, qui portait un pantalon d'homme resserré par une ceinture, une chemise rayée et des bretelles, un long manteau gris et des mitaines vertes, ça n'avait rien à faire chez nous. Nos visiteurs habituels portaient des costumes sur mesure et des jupes mi-longues en satin, ils sentaient l'after-shave Dior ou le parfum Nina Ricci.

Lorsque j'entrai dans la pièce, elle me dévisagea de ses petits yeux bleus surmontés de sourcils fins dessinés au crayon et me dédaigna de sa bouche dure, qui ne se fermait pas complètement et qui découvrait une rangée de petites dents plantées au-dessus d'un menton effacé qui semblait fuir la tristesse de ce visage. Je pensai qu'elle allait me sourire, elle n'en fit rien.

—Henry, je te présente Birdie! s'exclama ma mère. Tu sais, je t'ai parlé d'elle, elle joue dans un groupe de musique.

—Bonjour.

—Bonjour, répondit-elle.

Je n'arrivais pas à me faire une idée claire d'elle. Elle avait la voix d'une directrice d'école, mais ressemblait à une clocharde.

—Le groupe de Birdie va filmer son prochain clip chez nous!

Je dois avouer qu'à ce moment je dus me faire violence pour dissimuler ma curiosité. J'affichai un air imperturbable, puis je me dirigeai vers la boîte de biscuits pour y prélever, comme chaque jour quand je rentrais de l'école, de quoi goûter. J'optai pour deux petits-beurre et je me servis un verre de lait. Et seulement après tout ceci demandai-je:

—Quand?

—La semaine prochaine, répondit Birdie. On avait un autre lieu de tournage, mais il y a eu une inondation ou quelque chose du genre. Donc c'était plus possible.

—Alors je lui ai dit de passer voir la maison.

—Et me voilà.

—Et la voilà.

Je hochai la tête avec désinvolture. J'aurais voulu savoir quel jour ils allaient venir précisément et si je pourrais manquer l'école pour les aider, mais je n'étais pas alors du genre à manifester de l'enthousiasme pour quoi que ce soit, c'est d'ailleurs toujours le cas. À la place, je trempai mon petit-beurre dans le lait, arrêtant l'immersion exactement là où je le voulais pour que le biscuit ait la bonne consistance, aux deux tiers, et je le mangeai silencieusement.

— C'est magnifique, en tout cas, reprit Birdie en montrant la pièce autour d'elle de la main. C'est encore mieux que ce que nous avions trouvé. Absolument parfait. Je pense qu'il ne reste plus qu'à signer quelques papiers, au cas où on mettrait le feu, ajouta-t-elle en levant les yeux au ciel, ou si l'un de vos animaux empaillés nous tombait dessus et nous tuait. Ce genre d'accidents.

— Oui, bien sûr, confirma ma mère, comme si elle souscrivait à des assurances contre les chutes de têtes d'élan tous les jours. C'est tout à fait naturel. Il faudra tout de même que j'en discute avec mon mari d'abord, mais je suis certaine qu'il sera très heureux. Il adore votre musique.

Je nourrissais de sérieux doutes concernant cette dernière affirmation. Mon père n'appréciait que les chants de rugby et les opéras grivois. Cela étant, il aimait être le centre de l'attention et adorait la maison. Quiconque en disait du bien se retrouvait dans ses petits papiers.

Birdie partit quelques minutes plus tard. À côté de sa tasse, je remarquai un petit tas de peaux mortes, ce qui me retourna l'estomac.

Le tournage du clip dura deux jours et se révéla bien moins palpitant que ce que j'avais imaginé. Il fallait en permanence ajuster l'éclairage et faire répéter les mêmes mouvements aux membres du groupe, qui avaient tous l'air plus débraillés les uns que les autres. Ils étaient vêtus de vêtements bruns qui donnaient l'impression de sentir mauvais, mais qui en réalité n'avaient pas d'odeur et avaient été apportés par une dame dans des housses en plastique sur un portant. À la fin de la journée, la chanson tournait en boucle dans ma tête comme un lion en cage. C'était un morceau de piètre qualité, mais il resta en première place des classements pendant neuf longues semaines. Le clip passait en boucle sur tous les téléviseurs du pays, et notre maison était livrée à la vue de millions d'yeux.

C'était un bon clip, ça, je ne peux pas le contester. Et je n'étais pas mécontent de dire que ma maison avait servi de décor à cette vidéo, mais au fil des semaines, mon sentiment de satisfaction disparut, car, bien après le départ de l'équipe du tournage, et même si la chanson ne figurait plus sur aucun classement, Birdie Dunlop-Evers, avec ses petits yeux ronds et ses guenilles, était toujours là.

7

Libby est employée par une entreprise spécialisée dans la conception de cuisines haut de gamme. Elle est responsable des ventes et travaille dans leur magasin d'exposition dans le centre de St Albans, près de la cathédrale. Elle dirige une équipe de quatre commerciaux et dépend d'une directrice adjointe des ventes, d'un directeur des ventes et de la directrice de l'entreprise. Elle se situe donc au milieu d'une échelle dont elle s'évertue à grimper les échelons depuis cinq ans. Libby suit un plan précis qui est censé la mener à la vie qu'elle souhaite avoir à trente ans. À cet âge-là, elle devrait être directrice des ventes et propriétaire d'un T3. Si ce n'est pas possible dans son entreprise actuelle, elle ira décrocher cette promotion ailleurs. Ensuite, elle épousera l'homme qu'elle recherche activement en ligne et dans la vraie vie, cet homme avec une fossette et un chat ou un chien, cet homme au nom de famille inhabituel qu'elle pourra coupler au sien, cet homme à la peau impeccable qui gagne autant ou plus qu'elle, qui préfère les câlins au sexe, qui porte des chaussures classe, qui n'a pas de tatouage, mais une mère adorable et des pieds incroyablement beaux. Cet homme qui mesure au moins un mètre soixante-quinze, mais idéalement un mètre quatre-vingts ou plus. Cet homme qui n'a pas de passé envahissant, mais qui roule dans une belle berline et a probablement des abdos, quoiqu'un ventre plat suffirait.

Il n'est toujours pas apparu dans sa vie, et Libby sait qu'elle est peut-être un peu trop exigeante. Enfin, il lui reste encore cinq ans pour le trouver et l'épouser, puis cinq autres pour avoir un bébé, voire deux si l'expérience du premier lui plaît. Elle n'est pas aux abois, pas encore. Elle doit simplement continuer à *swiper*, continuer à se faire belle quand elle sort, à accepter les invitations, à rester positive et mince, à ne pas se décourager, à aller de l'avant.

Il fait très chaud quand Libby se réveille, et une sorte de miroitement nacré flotte déjà dans l'air à 8 heures du matin.

Elle a dormi avec la fenêtre ouverte, malgré le risque potentiel que cela représente pour une femme seule. Elle a disposé des petits récipients en verre sur tout le rebord de la fenêtre qui, en tombant, la réveilleraient si un agresseur cherchait à entrer chez elle de cette façon. Malgré cela, elle s'est retournée toute la nuit dans ses draps froissés et moites.

Le soleil l'a tirée de ce sommeil désagréable, un rayon précis comme un laser s'infiltrant entre ses rideaux, réchauffant la chambre en quelques minutes. Pendant un instant, tout semblait ordinaire, puis soudain, Libby s'était retrouvée projetée dans ses souvenirs de la veille, dans la maison sombre aux lambris sculptés. Elle a revu l'escalier secret, la patte de lapin, les roses bleu pâle ornant le berceau. Était-ce vraiment arrivé ? Cette maison existait-elle réellement, ou s'était-elle désintégrée après sa visite ?

Elle n'est pas la première au bureau ce matin. Dido, la responsable design, est déjà au travail et a allumé la climatisation. L'air réfrigéré vient délicieusement sécher la peau transpirante de Libby, mais d'ici quelques minutes elle aura froid et regrettera de ne pas avoir apporté de gilet.

— Salut ! lui lance Dido sans lever les yeux de son ordinateur. Alors ?

La veille, elle lui a confié que si elle prenait un jour de congé, c'était pour aller chez le notaire régler une affaire d'héritage. Elle ne lui avait pas raconté qu'elle était adoptée et que cet héritage pourrait bien être une maison. Elle lui avait dit que quelqu'un d'âgé dans sa famille venait de mourir et qu'elle recevrait peut-être cent ou deux cents livres. Dido s'était déjà réjouie à l'idée de cet argent tombé du ciel, et Libby ne savait pas comment elle réagirait si elle lui avouait la vérité. Mais, ce mardi matin, elles ne sont que toutes les deux au bureau, Libby ne verra pas sa meilleure amie April avant le week-end et elle n'a personne d'autre avec qui en discuter. Parler lui fera probablement du bien, et Dido, qui a douze ans de plus qu'elle, aura sans doute des conseils sages et utiles à lui prodiguer pour l'aider à y voir plus clair dans cet héritage aussi inattendu qu'incroyable.

—J'ai hérité d'une maison, annonce Libby en remplissant le réservoir d'eau de la machine à café.

Dido éclate d'un rire incrédule.

—Je te jure. À Chelsea, au bord de la Tamise.

—Chelsea, à Londres ? s'exclame enfin Dido, bouche bée.

—Oui.

—Comme le club de foot ?

—Oui. Juste au bord de la Tamise. Une énorme baraque.

—Tu te fous de moi.

—Non, répond Libby en souriant et secouant la tête.

—C'est pas possible. Du coup, t'es millionnaire ?

—J'imagine.

—Mais qu'est-ce que tu fais là, à Northbone Kitchens, un mardi matin, comme si de rien n'était ?

—Je prends le temps de digérer.

—Si j'étais toi, je prendrais le temps de digérer en sirotant du champagne dans le jardin de mon château.

—Il est 8 h 40.

— Un thé, alors ! Avec des œufs bénédicte. Rentre chez toi !

Libby sent ses jambes se dérober quand elle comprend qu'elle n'a plus besoin d'être là, que le plan immuable auquel elle s'accroche depuis des années vient de se dissoudre dans une flaque d'or liquide, que ses trente ans sont déjà là, que tout a changé.

— Je viens de découvrir tout ça, je ne l'ai pas encore vendue ! D'ailleurs, je ne sais même pas si je pourrai la vendre.

— T'as raison, ça doit pas être facile de trouver des gens qui veulent habiter à Chelsea avec une vue sur la Tamise.

« Entre six et sept millions de livres. »

C'est l'estimation qu'avait faite Me Royle la veille, quand elle s'était enfin résolue à lui demander la valeur de la maison. Desquels il faudrait déduire les frais de notaire, les dépenses effectuées au fil des ans, et les droits de succession. Il devrait rester trois millions et demi. Grosso modo.

Le notaire lui avait ensuite tapé dans la main, la prenant pour l'une de ces jeunes qu'il devait voir à la télé. Ce qui l'avait encore plus déstabilisée.

— Elle est en mauvais état et a une histoire glauque.

— Quelle histoire ?

— Des gens y sont morts. Dans des circonstances tragiques. De la famille éloignée.

Elle s'apprête à parler du bébé retrouvé sur les lieux dans son berceau, mais s'interrompt à temps.

— J'y crois pas !

— Moi non plus. C'est assez choquant, en fait. Donc, pour l'instant, je préfère faire comme si de rien n'était.

— Tu vas continuer à vendre des cuisines à St Albans ?

— Oui, confirme Libby, sentant qu'elle retrouve son équilibre, que rien ne va changer. C'est exactement ce que je vais faire.

8

Marco et Lucy avaient finalement dormi sur la plage. Quand la pluie s'était arrêtée vers 2 heures, ils avaient réuni leurs affaires et marché une vingtaine de minutes à travers la ville pour rejoindre la Promenade des Anglais. Ils avaient déroulé leurs tapis de yoga sur les galets mouillés, s'étaient emmitouflés dans des plaids et avaient regardé des lambeaux de nuages gris de pluie passer devant la lune ronde et rose, jusqu'à ce que le soleil s'annonce à l'horizon.

À 8 heures, Lucy avait rassemblé toutes les pièces qui traînaient au fond de son sac à dos et de son sac à main et avait trouvé suffisamment d'argent pour leur acheter des croissants et un café. Ils les avaient mangés assis sur un banc, abrutis par le manque de sommeil et l'horrible nuit qu'ils venaient de passer. Ensuite, ils avaient traversé la ville pour rejoindre l'appartement de Samia et récupérer Stella. Samia ne les avait pas invités à déjeuner, alors même qu'il était midi et qu'elle pouvait aisément deviner qu'ils avaient dormi dehors. Stella, elle, avait eu le droit de prendre un bain et elle était habillée avec des vêtements propres. Ses belles boucles avaient été brossées et attachées par de petites barrettes roses à pompons. Les gens qui les croisaient dans la rue pensaient probablement qu'ils venaient de la kidnapper.

— Je peux la garder une nuit de plus, lui avait dit Samia, la main posée sur l'épaule de sa petite-fille.

Lucy avait vu Stella secouer imperceptiblement la tête.

— C'est très gentil de ta part, mais j'ai trouvé un hébergement pour ce soir, avait-elle répondu, sentant le regard noir de Marco dans son dos. Mais je te suis infiniment reconnaissante. Vraiment.

Samia avait penché la tête et fermé les yeux à demi, comme pour juger en silence la situation de Lucy, qui retenait son souffle, attendant la sentence accablante que cette femme allait prononcer sur son apparence, sa façon de s'occuper de ses enfants, ou sur le rôle qu'elle avait joué dans la disparition précipitée de son fils. Mais, à sa grande surprise, Samia s'était approchée de la table de l'entrée et avait tiré un petit porte-monnaie de son sac. Elle en avait sorti un billet de vingt euros qu'elle avait tendu à Lucy.

— C'est tout ce que j'ai. Pas plus.

Lucy avait attrapé le billet et pris Samia dans ses bras.

— Merci. Tu es si généreuse.

Désormais, elle marche avec ses enfants et leur chien le long de la Promenade des Anglais, sous un soleil de plomb, avec un sac plein de vêtements propres qui sortent de la laverie, leurs ventres remplis de pain, de fromage et de Coca-Cola. Ils se dirigent vers l'un des nombreux établissements qui pullulent sur les plages de Nice : le *Beach Club Bleu et Blanc*.

Lucy a déjà mangé dans leur restaurant quand elle était mariée avec le père de Marco. Elle avait dégusté un plateau de fruits de mer, un verre de champagne ou un cocktail, rafraîchie régulièrement par les brumisateurs situés au plafond. Impossible que les vieux serveurs blasés en polo bleu et blanc indémodable la reconnaissent. Mais, il y a douze ans, tout le monde se retournait sur son passage.

Une employée est assise sur un tabouret derrière une table haute à l'entrée du restaurant. Une blonde comme seules les femmes du sud de la France peuvent l'être, avec ce subtil contraste entre les cheveux vanille et une peau bronzée. Elle les observe sans émotion particulière, détaillant la petite famille et le chien, avant de baisser le nez vers sa tablette. Lucy fait mine d'attendre quelqu'un qui viendrait de la plage, la main en visière au-dessus des yeux, scrutant les environs, jusqu'à ce que la femme soit occupée par cinq convives souhaitant déjeuner.

— Maintenant, murmure-t-elle. Allez !

Elle attrape le chien sous son bras et pousse Stella devant elle. Son cœur bat à tout rompre tandis qu'elle foule aussi naturellement que possible les planches qui contournent le restaurant et mènent jusqu'aux douches, la tête haute.

— Avance ! lance-t-elle à Stella avec autorité alors que la petite fille s'est arrêtée au milieu du chemin sans raison.

Enfin, ils arrivent entre les murs en bois frais et humides du local des douches. « Réservé à la clientèle du *Beach Club Bleu et Blanc* », rappellent des écriteaux cloués aux murs. Le sol en béton est couvert de sable mouillé, une odeur de moisi flotte dans l'air. Lucy guide Stella vers la droite. S'ils parviennent à passer les portes battantes sans qu'on les remarque, ils seront tirés d'affaire.

Ils ont réussi. Les douches sont vides. Marco et elle se déshabillent pour la première fois depuis huit jours. Elle jette sa culotte à la poubelle. Elle ne veut plus jamais la porter. Elle sort du shampoing et de l'après-shampoing de son sac, du savon, une serviette. Elle prend le chien avec elle et lui lave tout le corps, à travers les poils, sous le collier, derrière les oreilles, jusqu'au bout de la queue. Il se tient droit, immobile, comme s'il savait qu'il en avait bien besoin. Puis elle le guide vers Stella, qui les attend devant la cabine de douche. Le chien s'ébroue, et la petite fille éclate de rire en recevant les gouttelettes. Lucy s'avance enfin sous la pluie chaude qui inonde son cuir chevelu, ses yeux, ses oreilles, ses bras, ses jambes et ses orteils. Elle sent les horreurs de la semaine passée commencer à se dissoudre avec la poussière, la saleté et le sel. Elle se shampouine le crâne, passe les doigts dans ses cheveux jusqu'à la pointe pour les démêler, et donne la bouteille à Marco sous le mur de la cabine de douche. Elle observe leurs deux eaux savonneuses se rejoindre au niveau de la bonde entre leurs cabines, l'eau devenue grise au contact de leurs corps.

— N'oublie pas de te démêler les cheveux dans la nuque, Marco. Il y a de gros nœuds à ce niveau-là. Et tes aisselles, aussi, nettoie-les bien.

Après la douche, ils s'assoient côte à côte sur un banc en bois, en serviette. Dans les interstices de la paroi, ils voient des gens passer sur la plage, distinguent des morceaux de ciel bleu et sentent l'odeur du bois chauffé par le soleil, les effluves d'ail grillé. Lucy expire profondément. Elle se sent soulagée un instant, puis elle se rappelle ce qui l'attend.

Ils enfilent des vêtements, mettent du déodorant, Lucy de la lotion hydratante sur son visage et les enfants de la crème solaire. Elle sort un petit flacon de parfum de sa trousse de toilette et s'en pulvérise derrière les oreilles et dans le cou. Elle noue ses cheveux mouillés en chignon qu'elle attache en haut de son crâne avec une pince en plastique. Elle se regarde dans le miroir. Quarante ans. Sans domicile. Sans homme. Sans le sou. Sans véritable identité, car le nom qu'elle utilise n'est pas le sien. Elle est un fantôme. Un fantôme en chair et en os.

Elle se met du mascara, du gloss, ajuste le pendentif doré de son collier dans son décolleté brûlé par le soleil. Elle jette un coup d'œil à ses enfants. Ils sont magnifiques. Le chien a l'air propre. Tout le monde sent bon. Ils ont mangé. Tout va à peu près bien, enfin.

— Bon, commence-t-elle en rangeant ses vêtements sales dans son sac à dos. Le moment est venu d'aller voir ton père, Marco.

9

Chelsea, 1988

Puisque j'observais tout, caché dans l'escalier, j'étais déjà au courant. C'était un homme avec les cheveux bouclés et sombres, un chapeau, une grande veste à boutons, un pantalon en tweed rentré dans des bottes à lacets, de vieilles valises qui semblaient tout droit sorties d'un décor de cinéma des années 1960, et un panier en osier avec une grille, fermé par une lanière de cuir usé, dans lequel se trouvait un chat. Birdie était à ses côtés, portant une robe qui ressemblait à une chemise de nuit.

— Chéri ! entendis-je ma mère appeler mon père. Viens, Justin est arrivé !

Je vis Henry et son pull en laine vert sortir du salon, un cigare entre les dents.

— Vous êtes le petit ami de Birdie, c'est ça ? demanda-t-il en serrant trop fort la main du nouveau venu.

— Compagnon, le corrigea Birdie. Justin est mon compagnon.

Mon père lui lança le regard qu'il réservait à ceux qui tentaient de le mettre en difficulté, un regard qui cherchait à estimer si le recours à la violence était justifié, puis l'expression de son visage se radoucit, et il finit par sourire.

— Bien entendu. C'est ce qu'on dit de nos jours, n'est-ce pas ?

Birdie avait raconté à ma mère qu'elle et son *compagnon* avaient besoin d'un endroit où crécher pendant quelques jours. Leur propriétaire les avait mis à la porte parce qu'ils avaient un chat (mais à quel point fallait-il être idiot pour adopter un chat sans vérifier en amont les termes de son contrat de location ? Je n'avais que onze ans et je n'avais jamais loué d'appartement, mais je n'aurais jamais commis une si grossière erreur !), et ils n'avaient personne d'autre vers qui se tourner. À maintenant quarante-deux ans, je peux vous dire que j'ai souvent utilisé ce couplet pour obtenir ce que je voulais d'autrui.

« Je n'avais personne d'autre vers qui me tourner. »

Cela empêche l'interlocuteur que vous essayez de manipuler de trouver une échappatoire. Il ne lui reste plus qu'à capituler. Ce que ma mère avait fait.

— Nous avons tellement d'espace, m'avait-elle rétorqué quand je m'étais plaint de la situation. Et ce n'est que pour quelques jours.

La vérité, c'est que ma mère était flattée qu'une star vive sous son toit.

Ma sœur descendit l'escalier et s'arrêta en bas des marches avec un petit cri de surprise : elle venait de voir le chat.

— Comment il s'appelle ? demanda-t-elle en tombant à terre pour regarder dans le panier.

— Elle s'appelle Suki.

— Suki, répéta ma sœur en passant ses doigts à travers la grille.

La chatte se frotta à ses doigts en ronronnant bruyamment.

— Où est-ce que je peux poser nos affaires, Martina ? s'enquit l'homme nommé Justin en soulevant ses valises ridicules.

— Nous avons une belle chambre au dernier étage pour vous. Les enfants, vous leur montrez la chambre jaune ?

Ma sœur ouvrait la marche. Elle avait toujours été plus sociable que moi. Pour moi, les adultes étaient des êtres assez terrifiants, alors qu'elle appréciait leur compagnie. Elle portait un pyjama vert, moi un peignoir à carreaux et des chaussons en feutre bleu. Il était presque 21 heures, l'heure fatidique du coucher.

— Oh là là, mais où est-ce que vous nous emmenez ? s'inquiéta Birdie quand ma sœur ouvrit la porte dissimulée dans le lambris.

— C'est l'escalier secret. C'est le chemin de la chambre jaune.

— L'escalier des domestiques, plutôt, la corrigea Birdie d'un air dédaigneux.

— Oui ! s'exclama ma sœur avec enthousiasme.

Elle n'avait qu'un an et demi de moins que moi, mais ne s'imaginait pas encore que la perspective de dormir dans une chambre cachée en haut d'un escalier de service ne réjouissait pas tout le monde, que certains pensaient mériter une vraie grande chambre et pouvaient s'en offusquer.

En haut de l'escalier, une porte en bois s'ouvrait sur un long couloir étroit aux murs un peu de guingois, et au plancher irrégulier et instable qui donnait l'impression qu'on se déplaçait dans un train en mouvement. La chambre jaune était la plus vaste des quatre pièces de l'étage. Il y avait trois Velux, un grand lit avec des draps jaunes pour accompagner le papier peint jonquille et des lampes de chevet modernes avec des abat-jour en verre bleu. Notre mère y avait monté un bouquet de tulipes rouges et jaunes. Je scrutais le visage de Birdie alors qu'elle découvrait la pièce et la vis relever le menton avec suffisance, comme pour dire : « Ça devrait faire l'affaire. »

Nous les laissâmes, et je suivis ma sœur dans les escaliers, à travers le salon et jusqu'à la cuisine où mon père ouvrait une bouteille de vin et ma mère, dans son tablier à volants, préparait une salade.

— Ils vont rester combien de temps ? éructai-je.

Le visage de mon père s'assombrit en percevant cette note d'impudence que je n'étais pas parvenu à contenir.

— Pas très longtemps, me répondit ma mère avec un sourire naïf.

Elle replaça le bouchon en liège sur la bouteille de vinaigre, puis la rangea à sa place.

— On peut se coucher plus tard ?

Ma sœur ne voyait décidément pas plus loin que le bout de son nez et ne comprenait rien à ce qui se tramait.

— Pas ce soir. Mais demain peut-être, on sera vendredi.

— Et après le week-end, ils partiront ? insistai-je, testant les limites de la patience paternelle.

Je vis ma mère regarder par-dessus mon épaule et me retournai. Birdie se tenait dans l'embrasure de la porte, le chat dans les bras. Il était marron et blanc, avec la majesté d'une reine d'Égypte.

— Nous ne nous éterniserons pas, petit. Nous partirons dès que nous aurons trouvé un nouveau chez-nous.

— Je m'appelle Henry, la repris-je, désarçonné qu'une adulte ose, dans ma propre maison, m'appeler « petit ».

— Henry, répéta-t-elle avec un regard dur. Bien sûr, excuse-moi.

Ma sœur semblait hypnotisée par le chat.

— Tu veux la prendre dans tes bras ?

Elle acquiesça, et Birdie lui tendit l'animal qui, dès qu'il toucha ma sœur, se tortilla et se retourna à cent quatre-vingts degrés comme un ver de terre, s'échappant de son étreinte et laissant une grande griffure rouge sur son avant-bras.

Je vis ses yeux se remplir de larmes et sa bouche s'armer d'un sourire courageux.

—Ça va, maman, assura-t-elle alors que ma mère accourait vers elle pour lui passer un chiffon mouillé sur le bras.

—Henry, va chercher du désinfectant dans le placard de notre salle de bains, s'il te plaît.

Je lançai un regard à Birdie en passant pour lui signifier que je savais très bien qu'elle n'avait pas fait attention en donnant le chat à ma sœur. Elle me regarda aussi. Ses yeux étaient si petits que je n'en distinguais pas la couleur.

Oui, j'étais un enfant étrange, je m'en rends compte maintenant. Depuis, j'ai rencontré d'autres garçons comme moi, intenses, prudents, attentifs, qui ne décrochent jamais un sourire, et je pense que Birdie avait dû être une petite fille du même pedigree. Peut-être qu'elle se reconnaissait en moi. Quoi qu'il en soit, dès ce moment-là, je sus qu'elle me détestait. C'était évident. Et c'était réciproque.

Je dépassai Justin dans l'entrée. Il tenait dans ses mains une boîte de chocolats défraîchie et avait l'air perdu.

—Tes parents sont par là ? me demanda-t-il en esquissant un geste vers la droite.

—Oui, dans la cuisine. Par cette porte.

—*Merci beaucoup*, répondit-il en français, et à cet âge-là je savais déjà que c'était très prétentieux.

Nous fûmes rapidement envoyés au lit, ma sœur avec un pansement à l'intérieur du bras, moi avec des maux d'estomac. J'étais ce genre d'enfant : mes émotions étaient viscérales.

Plus tard dans la soirée, je les entendis faire du bruit à l'étage. Je mis mon oreiller sur ma tête et me rendormis.

Quand je descendis dans la cuisine le lendemain matin, particulièrement tôt, je vis que les chocolats n'avaient pas été ouverts. J'étais très tenté d'attaquer le cellophane et d'en prendre un, un acte de rébellion qui m'aurait soulagé un moment, mais m'aurait été fort préjudiciable sur le long terme. Je sentis un mouvement derrière moi. C'était le chat qui se faufilait dans la pièce. Je me souvins de la griffure au bras de ma sœur et de la remarque désobligeante de Birdie.

« C'était un accident, elle ne la portait pas bien. Suki ne griffe jamais personne. »

Un accès de colère monta en moi à ce souvenir, et je feulai vivement vers le chat, le faisant fuir.

Aller à l'école était presque devenu un soulagement, car je m'y sentais normal pendant plusieurs heures. Je venais de commencer mon dernier trimestre de primaire. J'allais avoir onze ans le mois suivant, j'étais l'un des plus jeunes élèves de ma classe. Ensuite, j'irais au collège, l'école des grands, plus près de chez moi, avec un uniforme décent, ce qui était l'une de mes obsessions à l'époque. J'en avais ras le bol de porter ces vêtements ridicules et de supporter mes congénères. Je me sentais différent d'eux. Très différent. Personne n'était comme moi, et je rêvais d'entrer au collège et de me retrouver avec des gens qui me ressembleraient. Tout serait beaucoup mieux là-bas. Il ne me restait plus que cinq semaines, un long été ennuyeux, puis ma vie pourrait commencer.

J'étais loin d'imaginer les bouleversements qui allaient survenir au cours de cet été, faisant de mes désirs profonds un rêve inaccessible.

10

Libby est assise dans sa cuisine. La porte ouverte donne sur une petite cour qui se trouve à l'ombre en cette fin d'après-midi, mais qui est encore trop chaude pour qu'elle puisse s'y installer. Elle est pieds nus, ses sandales abandonnées dans l'entrée, et boit un Coca Light versé dans un grand verre plein de glaçons. Elle allume son ordinateur portable rose doré et démarre son navigateur Internet. Elle est presque choquée en découvrant que la dernière chose qu'elle a recherchée, quatre jours auparavant, avant la lettre et le grand chambardement qui a suivi, c'étaient les cours de salsa disponibles dans son quartier. À quoi avait-elle bien pu penser ? Probablement à rencontrer un homme…

Elle ouvre un nouvel onglet et, hésitante, tape lentement les noms de Martina et Henry Lamb.

Elle tombe immédiatement sur un article du *Guardian* datant de 2015. Elle clique. « L'étrange affaire de Serenity Lamb et de la patte de lapin ».

Serenity Lamb, pense-t-elle, *c'était moi. C'est moi. Je suis Serenity Lamb. Et Libby Jones. Qui vend des cuisines à St Albans et veut apprendre la salsa, alors que Serenity Lamb gazouille dans son berceau de Chelsea entre quatre murs lambrissés et une patte de lapin.*

Il lui semble très difficile de cerner l'endroit où ses deux identités fusionnent, le moment où l'une devient l'autre. Quand sa mère adoptive l'a prise dans ses bras la première fois, peut-être ? Mais elle n'était pas encore consciente, elle n'a pas senti les filaments de sa personnalité s'entremêler puis se déchirer pour que Serenity devienne Libby.

Elle boit une gorgée de son soda et poursuit sa lecture.

II

La maison d'Antibes est de la couleur des roses fanées, un rouge pâle et poussiéreux, avec des volets bleu vif. Lucy y a vécu il y a longtemps, il y a une éternité, quand elle était mariée au père de Marco. Ils ont divorcé il y a dix ans, mais elle n'arrive toujours pas à prononcer son nom, ces syllabes qui, en sortant de sa bouche, lui donnent la nausée. Et pourtant elle est là, devant cette maison, devant chez Michael. Michael Rimmer.

Une Maserati rouge est garée dans l'allée. Il s'agit probablement d'une voiture de location, car Michael n'est pas aussi riche qu'il le voudrait. Elle aperçoit son fils loucher vers le bolide alors que l'envie se lit sur son visage. Il est béat d'admiration.

— C'est pas à lui, marmonne-t-elle. Il la loue.

— Comment tu sais ?

— Je le sais, c'est tout.

Elle prend la main de Stella pour la rassurer. La fillette qui n'a jamais rencontré le père de Marco, mais sait très bien ce que sa mère pense de cet homme. Ils marchent jusqu'à la porte d'entrée, et Lucy appuie sur la sonnette en laiton. Une domestique ouvre la porte. Elle porte une salopette blanche et des gants en latex.

— *Bonjour*, commence-t-elle en français.

— Monsieur Rimmer est là ? demande Lucy en articulant le plus distinctement possible.

— Oui. Il est dans le jardin, reprend-elle en anglais. Un instant, s'il vous plaît.

Elle sort un petit portable Nokia d'une de ses poches, retire un gant et compose un numéro avant de relever les yeux vers la visiteuse.

— C'est de la part de qui ?

— Lucy. Et Marco.

— Monsieur Rimmer, il y a une dame ici qui veut vous voir, une certaine Lucy. Et un jeune Marco. D'accord. Très bien.

Elle raccroche et range le téléphone dans sa poche.

— Monsieur Rimmer va vous recevoir. Suivez-moi.

Lucy hoche la tête et suit la petite femme dans l'entrée. Elle se force à regarder droit devant elle afin que ses yeux ne se posent pas sur la première marche en marbre, là où elle avait terminé sa course avec un bras cassé et une côte fêlée quand elle était enceinte de quatre mois et que Michael l'avait poussée dans l'escalier, ni sur le mur contre lequel Michael lui avait cogné la tête encore et encore parce qu'il avait eu une dure journée au travail, ce qu'il lui avait expliqué une heure plus tard pour qu'elle ne le quitte pas, parce qu'il l'aimait tellement, parce qu'il ne pouvait pas vivre sans elle. C'était d'autant plus navrant qu'il était désormais marié à une autre femme et qu'il semblait tout à fait vivant.

Les mains de Lucy se mettent à trembler quand ils approchent de la porte du jardin, qu'elle connaît si bien, cette grande porte en bois à double battant qui s'ouvre sur la splendeur du jardin tropical, là où des sphinx colibris s'abreuvent aux clochettes des fleurs et où des bananiers se prélassent à l'ombre, là où une petite cascade s'écoule sur une rocaille fleurie et où, au sud, un grand rectangle d'eau bleu azur scintille dans le soleil d'après-midi. Là où il les attend. Michael Rimmer. Assis à côté de la piscine, un écouteur sans fil coincé dans l'oreille, un ordinateur ouvert devant lui à côté de deux téléphones et d'une bouteille de bière qui vient casser l'image de l'homme d'affaires constamment occupé qu'il cherche à donner.

— Lucy ! s'exclame-t-il en se levant, rentrant son ventre pour dissimuler qu'à quarante-huit ans il n'a plus le corps sculpté par les heures de sport qu'il s'infligeait, dix ans auparavant, quand elle lui a échappé. Lucy, répète-t-il d'une voix chaleureuse en ouvrant les bras.

Elle a un mouvement de recul. Ces bras. Ces bras qui l'immobilisaient, qui la projetaient contre les portes, contre les murs.

— Michael, répond-elle avec prudence, en faisant un pas en arrière.

Il change de direction et enlace Marco.

— Tu lui as dit finalement ?

Marco hoche la tête. Michael lui lance un regard faussement courroucé.

— Et qui est cette charmante demoiselle ? demande-t-il en se tournant vers Stella, accrochée à la jambe de sa mère.

— Je te présente Stella, ma fille.

— Mais quelle belle enfant ! Enchanté, Stella, reprend-il en lui tendant la main.

Lucy résiste à l'instinct qui la pousse à éloigner sa fille de cet homme.

— Et lui ? poursuit-il en baissant les yeux vers le chien.

— C'est Fitzgerald. Fitz pour les intimes.

— Pour *Gatsby le Magnifique* ?

— Exactement.

Elle sent l'adrénaline monter en elle. Elle se souvient des interrogatoires qu'il menait pour lui démontrer qu'elle était inculte et bête, qu'elle ne le méritait pas, qu'elle avait tant de chance qu'il accepte d'être avec elle. Elle avait toujours réussi à écouter la petite voix au fond d'elle qui lui répétait qu'il avait tort, qu'un jour elle parviendrait à s'en sortir et qu'elle ne reviendrait plus jamais. Et pourtant la voici, répondant nerveusement à ses questions, sur le point de lui réclamer un peu d'argent. Retour à la case départ.

— Salut, Fitz ! s'écrie-t-il en s'accroupissant pour caresser le chien sous le museau. T'es trop mignon, toi.

Il se relève pour évaluer la petite famille d'un regard qu'elle ne connaît que trop bien, celui qu'il lui réservait quand il se demandait s'il devait la punir. Ce moment fatidique qui pouvait se conclure par un éclat de rire, un câlin, un doigt cassé ou une brûlure indienne.

— Regardez-moi ça ! Vous êtes adorables ! Je peux vous offrir quelque chose ? Du jus de fruits ? Ils ont le droit d'en boire, non ?

Lucy acquiesce, et Michael se tourne vers sa domestique, qui attend sur la terrasse, à l'ombre.

— Joy, du jus de fruits pour les enfants ! Merci. Et pour toi, Lucy ? Du vin, de la bière ?

Lucy n'a pas bu d'alcool depuis plusieurs semaines. Elle donnerait tout pour une bière bien fraîche. Mais c'est impossible. Il faut qu'elle ait toute sa tête pour la conversation qui s'annonce.

— Non, merci. Du jus, c'est parfait.

— Trois jus, Joy. Merci. Et une bière pour moi. Et des chips, aussi. Vous savez, celles qui sont ondulées. Voilà.

Il se tourne à nouveau vers Lucy, une lueur amusée dans ses yeux grands ouverts.

— Asseyez-vous, asseyez-vous, leur intime-t-il en déplaçant les chaises. Alors, Lucy Lou, qu'est-ce que tu deviens ?

Elle hausse les épaules.

— Rien de spécial, répond-elle avec un sourire forcé. Je me débrouille. Je vieillis. Je m'assagis.

— Tu es restée ici pendant toutes ces années ?
— Oui.
— Tu n'es jamais retournée au Royaume-Uni ?
— Non.
— Et ta fille… Son père, vous êtes mariés ?
Elle secoue la tête.
— On a vécu ensemble quelques années, puis il est rentré en Algérie pour « voir la famille » il y a trois ans, et il n'a pas donné signe de vie depuis.
Michael fait une grimace exagérée, comme si la disparition du père de Stella l'affectait personnellement. Quelle hypocrisie…
— Ça a dû être dur, vraiment. Donc tu es une mère célibataire ?
— Oui, absolument.
Joy apporte un plateau avec une cruche de jus d'orange, trois verres posés sur des sous-verres en papier, des chips dans de petits bols argentés, de minuscules serviettes, des pailles. Michael les sert et leur tend leurs boissons, puis les chips, sur lesquelles les enfants se jettent.
— Doucement ! s'écrie Lucy.
— Ne t'en fais pas, j'en ai des tonnes. Vous vivez où ?
— À droite, à gauche.
— Et tu joues toujours… ? poursuit-il en mimant un violon.
— Oui. Enfin, précise-t-elle avec un sourire en coin, jusqu'à ce qu'un connard d'Anglais qui fêtait un enterrement de vie de garçon me l'arrache des mains et m'oblige à lui courir après pendant une demi-heure, avant de le balancer contre un mur. Le violon est en réparation. Il est déjà réparé, en fait…
Sa bouche est complètement sèche.
— Mais je n'ai pas assez d'argent pour le récupérer.

Il lui lance un regard attristé et compatissant, celui qu'il lui adressait toujours après l'avoir frappée.

— Il te faut combien ?

Il s'apprête déjà à sortir son portefeuille de sa poche arrière.

— Cent dix euros, répond-elle à bout de souffle.

Elle le regarde compter les billets. Il les plie en deux et les lui tend.

— Tiens, il y a un peu plus. Comme ça, tu pourras emmener mon fils chez le coiffeur, suggère-t-il en passant la main dans les cheveux de Marco. Et y aller, toi aussi.

Et là, quand il détaille son apparence, elle le voit, ce regard déçu si familier, si sombre.

Tu te laisses aller. Tu ne fais aucun effort. Comment est-ce que je suis censé t'aimer si tu ne fais AUCUN PUTAIN D'EFFORT ?

Elle attrape les billets qu'il retient un instant, comme pour lui rappeler qui commande dans cet abject jeu de domination et de pouvoir. Il sourit et lâche prise. Elle range l'argent dans son sac.

— Merci, c'est vraiment très gentil. Je te les rends dans quinze jours, c'est promis.

— Ce n'est pas la peine, dit-il en allongeant et écartant légèrement les jambes, un sourire machiavélique sur les lèvres. Je n'en ai pas besoin. Par contre…

Elle sent une goutte de sueur froide couler dans son dos.

— Tu peux me promettre autre chose.

Le sourire de Lucy se fige instantanément.

— Venez donc me voir plus souvent. J'aimerais passer plus de temps avec toi et Marco. Et toi aussi, bien sûr, ajoute-t-il en décochant un clin d'œil à Stella. Je suis là tout l'été, jusqu'à mi-septembre. Je suis entre deux projets, tu vois.

— Et ta femme, elle est…

— Rentrée. Rachel avait des choses très importantes à faire au Royaume-Uni, lâche-t-il d'un ton dédaigneux.

Sa nouvelle épouse pourrait être députée ou neurochirurgienne, Lucy n'en sait rien. La vie de centaines ou de milliers de gens dépend peut-être d'elle, mais pour Michael, tout ce qui peut détourner l'attention d'une femme de sa petite personne est grotesque. Même son propre fils.

— C'est dommage.

— Pas vraiment. J'avais besoin d'être un peu seul. Tu ne devineras jamais ce que je fais !

Lucy secoue vivement la tête en souriant.

— J'écris un livre. Mes mémoires. Enfin, pour être précis, ce sera entre des mémoires et un roman. Un texte assez autobiographique, en tout cas. Je n'ai pas encore tout à fait décidé.

Il a l'air tellement fier de lui, comme s'il s'attendait à ce que Lucy le félicite et loue son intelligence, alors qu'elle se retient d'exploser de rire.

Un livre, toi ? C'est une blague ?

— C'est super, Michael. Quelle bonne idée !

— Je sais. Mais ce n'est pas évident tous les jours, tu imagines bien. Alors ce serait super de vous voir un peu plus. Vous pouvez venir quand vous voulez. Profiter de la piscine.

Les yeux de Lucy suivent ceux de Michael vers le bassin. Elle sent sa respiration s'accélérer, ses poumons se gonfler puis se rétracter, son cœur battre de plus en plus fort alors qu'elle se souvient de son corps sous le volume d'eau bleue magnifique, de la pression des mains de Michael sur son crâne. La noyant. Encore et encore, jusqu'à ce qu'elle soit au bord de l'asphyxie. Puis, d'un coup, il l'avait laissée remonter à la surface, s'étouffer, tousser. Il était sorti du bassin, avait attrapé sa serviette sur la chaise longue, l'avait enroulée autour de sa taille et était rentré dans la maison sans un regard pour elle.

— J'aurais pu te tuer, lui avait-il dit après. Si j'avais voulu. Tu sais ça, que j'aurais pu te tuer ?

— Pourquoi tu ne l'as pas fait ?

— C'est trop d'emmerdes.

Lucy se reprend.

— Peut-être, on verra. On a pas mal de choses prévues cet été.

— J'imagine, commente-t-il avec condescendance.

Elle se retourne vers la maison.

— Je pensais que tu avais vendu. J'ai vu pas mal de monde ici, ces dernières années.

— Je louais pendant les vacances. C'est un peu bête de garder la maison vide quand on ne peut pas venir et que d'autres gens peuvent en profiter.

Elle acquiesce, mais Lucy devine une pointe de honte dans sa voix. Le grand, le riche, le brillant, l'incomparable Michael Rimmer avait dû s'abaisser à louer sa maison d'Antibes à des inconnus. Elle le laisse néanmoins s'accrocher à son mensonge pathétique. Il déteste les « autres gens ». Il avait probablement fait désinfecter la demeure de fond en comble avant d'y remettre les pieds.

— Bon, on va y aller, nous, lâche-t-elle en se tournant vers les enfants.

— Ah non, restez encore un peu ! Je peux nous ouvrir une petite bouteille pendant que les gamins jouent dans la piscine. Ce sera amusant !

— Le luthier va bientôt fermer, rétorque-t-elle en essayant de maîtriser sa voix. Il faut absolument que je récupère mon violon maintenant pour pouvoir jouer ce soir. Mais merci, merci beaucoup. Les enfants ?

Stella et Marco remercient également, et Michael leur lance un grand sourire.

— Qu'ils sont beaux. C'est incroyable…

Il les accompagne jusqu'à la porte d'entrée. Il esquisse un mouvement pour prendre Lucy dans ses bras, qui se baisse au même instant pour ajuster le collier de Fitz. Michael les observe contourner sa voiture et s'éloigner, un sourire aux lèvres.

Lucy a envie de vomir. Elle s'immobilise et inspire profondément. Puis, au moment où ils s'apprêtent à tourner au coin de la maison, le chien s'arrête et défèque contre le mur, en plein soleil. Lucy cherche dans son sac un plastique pour ramasser avant de se raviser. Dans une heure, la crotte sera en ébullition. Ce sera la première chose qu'il verra en sortant de chez lui. Sauf s'il marche dedans.

Autant laisser la merde là où elle est.

12

Libby est invitée à un barbecue ce samedi. Elle y avait pensé toute la semaine. Pour l'occasion, son amie April avait convié Danny – « un beau gosse du boulot, tu vas l'adorer ! ».

Mais lorsque le jour de la fête se lève, qu'une nouvelle chaude journée surplombée d'un ciel bleu infini s'annonce, que les volets sont déjà brûlants quand Libby les ouvre, elle ne songe plus au beau Danny, à la fameuse salade épicée d'April, à la coupe orangée d'un Spritz qu'elle pourrait tenir dans sa main ni à ses pieds plongés dans l'eau d'une piscine gonflable. Elle est obnubilée par l'étrange affaire de Serenity Lamb et de la patte de lapin.

Elle envoie un message à April.

> Je suis vraiment, vraiment désolée, je ne peux pas venir. Passe un bon moment ! Dis-moi si vous y êtes encore en fin d'aprèm que je fasse un saut !

Elle prend sa douche, enfile une combinaison à motif tropical et des sandales en cuir doré, se met de la crème solaire sur les bras et les épaules, pose ses lunettes de soleil sur sa tête, vérifie que ses clés sont bien dans son sac et sort attraper le train pour Londres.

Libby insère la clé dans le cadenas qui retient les planches de bois. Il s'ouvre, libérant l'accès à la serrure de la porte. Elle s'attend encore à ce qu'une main se pose sur son poignet, qu'on lui demande ce qu'elle fait là.

Elle entre sans encombre dans la maison. Dans *sa* maison. Seule.

Elle referme la porte derrière elle, et le bruit de la rue se dissipe aussitôt, tout comme la chaleur dans sa nuque.

Pendant un moment, elle reste complètement immobile.

Elle imagine les policiers qui sont venus ici, qui se sont tenus là où elle se tient désormais. Ils portaient le vieil uniforme de la Metropolitan. Il y avait des photos d'eux dans l'article du *Guardian*. Les agents Ali Shah et John Robbin, intervenus suite à l'appel anonyme d'un « voisin inquiet » qu'on n'avait jamais pu identifier.

Elle marche dans le souvenir des pas des deux officiers jusqu'à la cuisine. L'odeur de putréfaction devait être de plus en plus poignante.

L'agent Shah avait parlé du bourdonnement des mouches. Il avait d'abord cru qu'il s'agissait du bruit d'une tondeuse à cheveux ou d'une brosse à dents électrique. Les corps étaient au début de leur décomposition. On pouvait encore reconnaître la femme brune d'une quarantaine d'années et l'homme aux cheveux roux qui se tenaient la main. À côté d'eux gisait le cadavre d'un homme de grande taille aux cheveux sombres. Ils étaient tous vêtus de noir. La femme portait une tunique et un collant, les hommes une sorte de robe. Ils semblaient avoir cousu leurs habits eux-mêmes. Plus tard, on trouverait une machine à coudre dans le cellier et des chutes de tissu noir dans une poubelle.

Mis à part le bourdonnement des mouches, un silence de mort planait sur la maison. Les policiers n'auraient jamais pensé à chercher un bébé si la lettre laissée sur la table à manger n'en faisait pas mention. D'abord, ils n'avaient pas remarqué le dressing attenant à la chambre, puis ils avaient entendu un petit bruit, comme un gazouillis.

Un gazouillis.

Libby monte doucement l'escalier et avance dans la chambre. Elle jette un coup d'œil dans le dressing.

Elle était là, « jolie comme un cœur », pour citer l'agent Robbin.

« Jolie comme un cœur » !

Elle sent ses poils se hérisser alors qu'elle s'approche du berceau, mais elle se force à regarder ce petit lit jusqu'à ne plus rien ressentir. Au bout d'un moment, elle se sent calmée et pose une main sur le bois. Elle pense aux deux jeunes officiers penchés au-dessus du berceau. Elle se voit dans sa grenouillère blanche, la tête déjà recouverte de boucles à la Shirley Temple, ses pieds battant l'air d'excitation à la vue de deux visages amicaux au-dessus d'elle.

— Elle essayait de se lever, avait raconté Robbin. Elle s'accrochait aux barreaux du berceau et voulait absolument qu'on l'en sorte. On ne savait pas quoi faire. D'une certaine façon, elle était une des pièces à conviction… Est-ce qu'on pouvait la toucher ? Est-ce qu'il fallait appeler des renforts ? On était complètement désemparés.

Apparemment, ils avaient décidé de ne pas la prendre dans leurs bras. L'agent Shah lui avait fredonné des chansons en attendant de recevoir des ordres. Libby aurait aimé pouvoir s'en souvenir. Qu'avait bien pu lui chanter ce jeune policier ? Est-ce que ça lui était venu naturellement ? Était-il terriblement gêné ? Selon l'article, il avait ensuite eu cinq enfants, mais quand il s'était retrouvé face à Serenity Lamb, il ne connaissait rien aux bébés.

Une équipe de la brigade criminelle était ensuite arrivée sur les lieux avec une policière de la brigade de protection des mineurs. Elle s'appelait Felicity Measures. Elle avait quarante et un ans. À présent, elle en a soixante-six et vient de prendre sa retraite. Elle vit au Portugal en compagnie de son troisième mari.

« C'était un bébé adorable avec de belles boucles blondes, avait-elle confié au journaliste. De toute évidence, on s'était bien occupé d'elle, elle avait été nourrie. Elle souriait beaucoup et adorait les câlins. Incroyable, quand on pense aux circonstances dans lesquelles on l'a retrouvée, qui étaient franchement… sinistres. Je dirais même glauques. »

Libby appuie sur le berceau, qui grince longuement comme pour souligner son vieil âge. Pour qui avait-il été acheté ? Pour elle ou pour des générations de bébés nés avant elle ? Elle sait désormais qu'il y a d'autres personnes impliquées dans cette affaire. Martina et Henry Lamb, l'homme inconnu et les enfants disparus, certes, mais les voisins avaient parlé de « nombreux enfants », pas seulement deux, et de gens qui « allaient et venaient ». Dans la maison, on avait trouvé des tas d'empreintes génétiques non identifiées, des taches de sang, des fibres, des cheveux et des poils, des inscriptions sur les murs, derrière les portes, et un jardin d'herbes médicinales dont certaines avaient été utilisées pour le suicide collectif.

Nous nous libérons de nos corps brisés, de ce monde répugnant, de la douleur et de la déception. Notre bébé s'appelle Serenity Lamb. Elle a dix mois. Faites qu'elle soit confiée à une bonne famille, s'il vous plaît. Que la paix soit avec vous, toujours. HL, ML, DT.

Voici ce que disait la lettre trouvée près de leurs cadavres.

Libby quitte la pièce et se déplace lentement dans la maison, cherchant d'autres reliques de l'époque du drame.

Selon l'article, la ou les autres personnes présentes ce soir-là s'étaient enfuies en laissant les tiroirs des commodes ouverts, de la nourriture dans le réfrigérateur, des livres jetés sur le sol, des morceaux de ruban adhésif et des lambeaux de papier collés aux murs.

Elle repère un morceau d'adhésif jauni et desséché sur celui de la cuisine. Elle en décroche un petit bout de papier et le place dans la paume de sa main. Qu'avait bien pu être écrit ou dessiné ici qu'une personne fuyant un désastre ne voulait pas que d'autres yeux voient ?

Le réfrigérateur est toujours là, une immense armoire américaine rouillée couleur crème, ce qui ne devait pas être très courant au Royaume-Uni dans les années 1980, se dit-elle. Elle l'ouvre et en observe l'intérieur. Des taches de moisi, deux bacs à glaçons craquelés et cassés, c'est tout. Dans les placards de la cuisine, elle trouve des bocaux en émail et un paquet de farine tellement vieux qu'il a la consistance d'une brique. Il y a aussi un service à thé blanc, une théière en chrome, des pots d'herbes et d'épices, un porte-toasts et un grand plateau peint en noir. Elle gratte la surface sombre pour découvrir le métal qu'elle dissimule et se demande pourquoi quelqu'un voudrait cacher un plateau en argent.

Soudain, elle s'immobilise. Elle a entendu quelque chose. Du mouvement à l'étage. Elle range le plateau dans le placard et s'avance jusqu'au pied de l'escalier. Ce son, à nouveau. Un bruit sourd, un peu étouffé. Son cœur se met à battre plus vite. Elle monte les marches sur la pointe des pieds. Encore un bruit, puis un autre. Et là, sans aucun doute possible, un raclement de gorge. Son cœur s'emballe.

— Y a quelqu'un ? Maître Royle ? appelle-t-elle.

Un silence lui répond. Un silence alerte, délibéré.

— Ohé !

Libby a l'impression qu'une bête aux aguets rôde en haut des escaliers. Elle a l'impression d'entendre le pouls de quelqu'un résonner entre les murs.

Elle songe aux mystères évoqués par l'article : les enfants qui ont fui la maison, la personne qui est restée pour s'occuper d'elle, les inscriptions, le morceau de tissu accroché à un radiateur, les traces d'ongles retrouvées sur certaines parois, la lettre étrange laissée par ses parents, les fleurs bleues peintes sur le berceau grinçant, les feuilles arrachées des murs, les taches de sang et les serrures à l'extérieur des chambres du dernier étage.

Puis elle pense à la pelouse bien taillée d'April, à sa salade épicée, à l'orange brillant du Spritz, à ses pieds moites pataugeant dans une piscine glacée. Elle pense au beau Danny et aux bébés potentiels qu'ils pourraient avoir quand elle aura trente ans. Ou même avant. Oui, pourquoi pas ? Pourquoi retarder ce moment ? Elle peut vendre cette maison et oublier son histoire lugubre et terrifiante, son réfrigérateur moisi, son jardin en friche, ses raclements de gorge et ses bruits de pas au grenier. Elle peut s'en débarrasser, devenir riche, épouser Danny et avoir ses enfants. Elle n'a rien à voir avec ce qu'il s'est passé ici. Elle ne veut rien en savoir.

Elle cherche les clés dans son sac à main, referme la grande porte en bois et les planches qui la condamnent, puis s'engage avec un vif soulagement sur le trottoir brûlant. Elle sort son téléphone.

Garde-moi une assiette. J'arrive dans une heure.

13

Lucy observe son violon sous toutes les coutures dans la lumière tamisée du magasin du luthier.

Elle le pose sous son menton et joue rapidement les arpèges de la gamme en *la* majeur pour vérifier la qualité du son et de la résonance.

Elle lance un grand sourire à M. Vincent.

— *C'est parfait*, annonce-t-elle en français. *Encore mieux qu'avant !*

Une chaleur se répand dans sa poitrine. Entre les nuits passées sur la plage ou sous les ponts, elle n'avait pas mesuré la douleur d'être séparée de son instrument ni la colère qu'elle éprouvait pour les débiles avinés qui l'avaient cassé. Et, surtout, à quel point jouer lui manquait.

Elle pose les billets de vingt euros sur le comptoir, et M. Vincent lui prépare une facture qu'il détache de son carnet et lui tend. Puis il attrape deux sucettes dans un bocal et les offre aux enfants.

— Prends soin de ta mère, dit-il à Marco. Et de ta petite sœur.

Une fois sortie dans la fraîcheur du soir, Lucy défait l'emballage de la sucette de Stella et la lui donne. Ils marchent jusqu'au centre-ville, les enfants absorbés par leur friandise, le chien reniflant le pavé chaud à la recherche d'os de poulet abandonnés ou de glaces renversées. Lucy n'a pas faim. La rencontre avec Michael lui a complètement coupé l'appétit.

Les touristes les plus âgés et les vacanciers avec des enfants cherchent déjà un restaurant pour dîner. C'est un public plus difficile que les couche-tard, qui boivent beaucoup et n'ont pas peur de s'approcher d'une femme en jupon et gilet sans manches avec un piercing au nez, un bracelet à la cheville, un décolleté, les bras fins et bronzés, et de ses deux enfants magnifiques aux traits tirés qui sont assis derrière elle, dans l'ombre, sur un tapis de yoga, à côté d'un Jack Russell sale allongé sur le trottoir, la tête posée sur les pattes. Ils ne sont pas distraits par de jeunes enfants pleurant de fatigue et ne se demandent pas si Lucy va dépenser l'argent récolté en alcool et en drogue, si elle utilise les enfants et le chien pour les émouvoir, si elle les frappe quand ils rentrent à la maison et qu'elle n'a pas gagné assez. Au fil des ans, elle en a entendu des vertes et des pas mûres, on l'a accusée du pire. Elle a dû se forger une carapace.

Elle sort un chapeau de son sac à dos, celui que Marco appelait la « tirelire » et qu'il appelle maintenant la « casquette de mendiant ». Il le déteste.

Elle le pose sur le sol devant elle et ouvre l'étui de son violon. Elle vérifie que les enfants sont bien installés, Marco avec son livre, Stella avec un coloriage. Son fils lui lance un regard inquiet.

— Ça va durer longtemps ?

Il a déjà cette insolence d'adolescent alors qu'il a tout juste douze ans.

— Peut-être. Jusqu'à ce que j'aie assez d'argent pour une semaine à la maison bleue.

— Ça fait combien ?

— C'est quinze euros la nuit.

— Pourquoi t'as pas demandé plus d'argent à papa ? Il en a plein. Il aurait pu nous donner cent euros de plus sans problème.

— Marco, tu sais très bien pourquoi. Tu sais ce qu'il m'a fait. Ce qu'il t'a fait. S'il te plaît, je m'y mets.

Marco lève les yeux au ciel puis les repose sur son livre.

Lucy amène son violon sous son menton, avance le pied droit, ferme les yeux, inspire profondément, et commence à jouer.

La soirée se passe bien. La tempête a calmé le ciel, il ne fait plus si chaud, et les gens sont détendus. Ils sont nombreux à s'arrêter devant Lucy pour l'écouter. Elle joue des chansons des Pogues ou des Dexys Midnight Runners et, pendant son interprétation de *Come on Eileen*, elle compte qu'au moins quinze euros sont jetés dans le chapeau. Les gens dansent, rient. Un couple de trentenaires lui donne dix euros parce qu'ils viennent de se fiancer. Une vieille dame lui en donne cinq parce que son père était violoniste et que Lucy lui rappelle son enfance. À 21 h 30, Lucy a joué à trois endroits différents et récolté environ soixante-dix euros.

Elle regroupe les enfants, le chien et leurs affaires. Stella lutte pour garder les yeux ouverts, et Lucy regrette l'âge de la poussette avec laquelle elle pouvait transporter sa fille le soir puis la mettre au lit sans la réveiller. Maintenant, il faut qu'elle se lève, qu'elle marche et que Lucy se retienne de la gronder quand elle pleurniche parce qu'elle est trop fatiguée.

La maison bleue est située à dix minutes à pied, à mi-hauteur de la colline du Château. C'est une longue bâtisse étroite peinte en bleu layette, une maison de ville qui avait été autrefois élégante, construite pour avoir vue sur la Méditerranée, mais aujourd'hui le crépi grisonnant s'effrite au gré des intempéries, les carreaux des fenêtres sont fissurés, du lierre s'insinue dans les gouttières. Un homme du nom de Giuseppe l'avait achetée dans les années 1960, l'avait laissée se détériorer puis revendue à un propriétaire qui louait les chambres à des travailleurs itinérants. Une famille par chambre, des salles de bains partagées, des cafards, aucun équipement, paiement en liquide. Giuseppe vit encore ici, dans le studio du rez-de-chaussée, en échange de l'entretien des communs, du suivi des locations et d'un petit loyer. Il adore Lucy.

— Si j'avais une fille, dit-il souvent, elle serait comme toi. Je te jure.

Après ce qui était arrivé à son violon, Lucy n'avait pas pu payer le loyer pendant plusieurs semaines. Elle s'attendait à ce que le propriétaire la mette dehors, quand un autre locataire lui avait appris que Giuseppe avait payé le loyer à sa place pendant tout ce temps. Elle était partie immédiatement, sans dire au revoir.

Lucy sent l'anxiété monter en elle et, quand elle aperçoit la maison au loin, la panique la submerge. S'il n'y avait pas de chambre pour eux ? Si Giuseppe lui en voulait de s'être sauvée comme une voleuse ? S'il n'était plus là ? S'il était mort ? Si la maison avait été ravagée par un incendie ?

Mais non, il vient ouvrir la porte, les observe dans l'interstice de l'entrebâilleur et leur sourit, découvrant une rangée de dents jaunies entre les poils poivre et sel de sa barbe. Il remarque le violon dans son étui, et son sourire s'élargit.

— Ma fille ! s'exclame-t-il en ouvrant grand la porte. Mes enfants ! Mon chien ! Entrez.

Le chien est fou de joie et se jette sur Giuseppe, qui manque de tomber à la renverse. Stella enlace sa jambe, et Marco se rapproche du vieil homme, qui embrasse le haut de son crâne.

— J'ai soixante-dix euros. C'est assez pour une semaine.

— Si tu as ton violon, tu peux rester autant que tu veux. Tu as maigri. Vous avez tous maigri. J'ai que du pain et un peu de jambon. Ça vaut pas de la bonne viande, mais j'ai du beurre pour accompagner…

Ils le suivent jusqu'à son appartement. Le chien saute sur le canapé et se roule en boule, les yeux posés sur Lucy, comme pour lui dire : « Enfin ! » Giuseppe se rend au coin cuisine et revient avec du pain, du jambon et trois bouteilles d'Orangina. Lucy s'assoit à côté de Fitz et soupire longuement en caressant sa nuque. Elle sent son estomac se dénouer. Puis elle plonge la main dans son sac pour vérifier que son portable est bien là. L'appareil n'a plus de batterie. Elle sort son chargeur.

— Je peux brancher mon téléphone ? demande-t-elle à Giuseppe.

— Bien sûr, ma belle. Il y a une prise ici.

Elle le branche et attend qu'il reprenne vie.

L'alerte est toujours là.

Le bébé a vingt-cinq ans.

Elle s'assoit à table à côté de ses enfants et attrape une tartine. Les humiliations vécues cette semaine commencent à s'estomper, comme des traces de pas dans le sable, recouvertes par les vagues. Ses enfants sont sains et saufs. Ils mangent. Elle a retrouvé son violon. Ils dormiront dans un lit ce soir. Elle a de l'argent dans son sac.

Giuseppe observe les enfants, puis la regarde fixement en souriant.

— Je me faisais du mouron. Vous étiez passés où ?

— On était chez un ami, répond-elle d'une voix légère.

— C'est pas…, commence Marco.

Elle lui donne un coup de coude et se tourne vers Giuseppe.

— On m'a raconté ce que tu avais fait, mon coquin. Je ne pouvais pas l'accepter, c'était impossible. Et je savais que si je t'en parlais tu allais me persuader de rester. Alors on a pris nos affaires et on s'est débrouillés autrement. Tout va bien. Tu vois, on est de retour !

Elle tire le chien sur ses genoux et l'enlace.

— Et tu as fait réparer ton violon ?

— Oui ! Alors, tu as une chambre pour nous ? Pas forcément la même que d'habitude, n'importe laquelle conviendra.

— J'en ai une, mais elle donne sur la colline, il n'y a pas de vue. Elle est un peu sombre, et la douche est cassée, il y a juste un évier. Je vous la fais à douze euros la nuit.

— Super, merci !

Elle pose le chien au sol et se lève pour prendre Giuseppe dans ses bras. Il sent le renfermé et la poussière, il n'est pas très propre, mais elle ne s'en soucie guère.

— Merci infiniment.

Cette nuit-là, ils dorment tous les trois dans le petit lit deux places d'une chambre sombre qui donne sur l'arrière de la maison. Les bruits des voitures qui passent et freinent sur le goudron chaud s'ajoutent aux claquements du ventilateur en plastique de mauvaise qualité, au son de la télévision de la chambre voisine et au bourdonnement d'une mouche coincée entre la fenêtre et le rideau. Stella a le poing collé à la joue de Lucy, Marco gémit dans son sommeil, et le chien ronfle. Cela n'empêche pas Lucy de dormir d'un profond sommeil pour la première fois depuis une semaine.

14

Chelsea, 1988

Le 8 septembre 1988 aurait dû être mon deuxième jour au collège, mais vous avez probablement déjà deviné que, cette année-là, je n'ai pas intégré l'établissement qui me faisait rêver, celui où je devais rencontrer mes compagnons d'armes, mes meilleurs amis, ma tribu. Au cours de l'été, je demandais régulièrement à ma mère à quel moment nous allions aller acheter mon uniforme chez Harrods, et elle me répondait qu'il valait mieux attendre la fin des vacances, au cas où j'aurais une poussée de croissance. Quand la fin du mois d'août est arrivée, nous ne l'avions toujours pas acheté.

Nous n'étions pas non plus allés en Allemagne, alors que nous profitions habituellement de l'été pour aller passer une ou deux semaines dans la vaste maison de ma grand-mère au cœur de la Forêt-Noire, au bord de sa grande piscine, dans son jardin parsemé d'aiguilles de pin qui crissaient sous les pieds. Cet été-là, nous ne pouvions pas nous le permettre, semblait-il. Si nous n'avions pas les moyens d'aller en Allemagne, comment diable allions-nous payer les frais de scolarité ?

Début septembre, mes parents s'étaient mis à préparer des dossiers pour les écoles publiques des environs et à ajouter nos noms en bas des listes d'attente. Ils ne nous avaient jamais dit ouvertement que nous avions des problèmes d'argent, mais cela me paraissait évident. Pendant des jours et des jours, j'eus des maux de ventre à l'idée que j'allais devenir le souffre-douleur des brutes d'un collège de quartier difficile.

Mais quelles préoccupations insignifiantes ! Quand je repense à ce garçon de onze ans, à ce pré-adolescent un peu bizarre, pas très grand, chétif, avec les yeux bleus de sa mère, les cheveux roux de son père, des genoux qui ressemblaient à des patates plantées au bout de bâtons, des lèvres fines qui lui donnaient un air désapprobateur, une attitude hautaine, quand je repense à cet enfant gâté qui s'imaginait que les chapitres de sa vie avaient déjà été gravés dans le marbre et que tout lui était dû, quand je repense à ce garçon, j'ai envie de gifler sa petite face stupide, dédaigneuse et ingénue.

Justin était accroupi dans le jardin, il s'occupait des plantes qu'il cultivait.

— L'apothicaire, m'avait-il instruit de sa voix monotone, c'est celui qui plante, cultive et utilise les herbes médicinales. Les grands laboratoires pharmaceutiques sont en train de détruire la planète. Dans vingt ans, tous les citoyens de ce pays seront accros à leurs médicaments, et la Sécu sera à genoux à force de payer les bonbons d'un pays malade. Je veux changer la donne en utilisant ce que la terre nous offre pour guérir nos maux du quotidien. Inutile de combiner huit principes actifs pour soulager une migraine. Ta mère va arrêter les médicaments et commencer à se soigner avec mes infusions.

Je le regardai, bouche bée. Notre famille survivait grâce aux cachets. Des comprimés contre la fièvre, les rhumes, les maux de ventre, les inflammations et les gueules de bois. Ma mère avait même des gélules pour ce qu'elle appelait ses « idées noires ». Mon père avait des médicaments pour son cœur et pour lutter contre la calvitie. Il y en avait plein les placards. Et à présent, nous allions cultiver des plantes et préparer nos propres remèdes ? C'était tout bonnement incroyable.

Mon père avait eu un accident vasculaire cérébral léger pendant l'été. Depuis, il boitait un peu et avait du mal à articuler. Il n'était plus vraiment le même, et, en le voyant ainsi diminué, je me sentais menacé, comme si une faille irréversible s'était ouverte dans l'armure familiale.

Le docteur Broughton, un homme sec et revêche d'un âge indéfinissable qui avait un cabinet dans sa maison de cinq étages située à l'angle de notre rue, était venu au chevet de mon père après son retour de l'hôpital. Ensemble, ils avaient fumé des cigares dans le jardin tout en discutant du diagnostic.

— Mon cher Henry, selon moi, ce qu'il te faut, c'est un excellent kinésithérapeute pour ta rééducation. Hélas, tous ceux que je connais sont extrêmement mauvais.

Ils avaient explosé de rire.

— Je ne suis pas sûr, avait fini par annoncer mon père. Pour être honnête, je ne suis plus sûr de rien, alors je suis prêt à tout essayer si cela m'aide à redevenir moi-même.

À ce moment-là, Birdie était également dans le jardin avec Justin. Il faisait très chaud, et elle portait un tee-shirt en mousseline à travers lequel on pouvait voir ses seins. Elle avait retiré son chapeau de paille et s'était plantée devant mon père et le médecin, les mains sur les hanches.

— Je connais quelqu'un, un type extra. Il fait des miracles. Il utilise l'énergie chi pour réparer le corps. Il a sauvé certaines de mes connaissances qui avaient des problèmes de dos et des migraines. Je vais lui demander de passer.

Mon père avait tenté de protester.

— Allons, Henry, c'est la moindre des choses. Je lui téléphone tout de suite. Il s'appelle David Thomsen.

Ce matin-là, j'étais dans la cuisine avec ma mère, je la regardais préparer des scones au fromage, quand la sonnette retentit. Ma mère essuya ses mains sur son tablier, remit en place nerveusement les pointes de son carré court permanenté.

— Ça doit être les Thomsen.

— Les qui ? demandai-je, ayant oublié la scène de la semaine précédente.

— Des amis de Birdie et Justin, m'apprit-elle, rayonnante. Le père est kinésithérapeute, il va aider papa à retrouver la forme. La mère est enseignante. Elle va vous faire l'école à la maison pour quelque temps, à ta sœur et toi. C'est parfait, non ?

Je n'eus pas le temps de demander à ma mère des précisions sur cette nouvelle aussi sidérante qu'inattendue qu'elle avait déjà ouvert la porte.

Bouche bée, je les vis entrer chez nous.

D'abord une fille de neuf ou dix ans. Une coupe au bol, une salopette coupée en short, des genoux égratignés, une trace de chocolat sur la joue, l'air surexcité. Son nom, m'apprit-on, était Clemency.

Puis un garçon de mon âge, peut-être un peu plus vieux, blond, grand, avec de longs cils noirs qui balayaient le haut de ses pommettes saillantes, les mains dans les poches d'un beau short bleu, une frange qui semblait éviter naturellement de lui tomber devant les yeux, mais qui devait être très travaillée. Il s'appelait Phineas. Tout le monde l'appelait Phin.

La mère suivit. Une femme costaude, la peau pâle, la poitrine plate, de longs cheveux blonds et l'air plutôt peureux. Sally Thomsen.

Derrière eux, grand, les épaules larges, élancé, bronzé, les cheveux courts et bruns, les yeux intensément bleus et les lèvres pulpeuses se tenait le père, David Thomsen. Il captura ma main entre les siennes.

— C'est un plaisir de te rencontrer, jeune homme.

Il avait une voix basse et douce. Il libéra ma main et ouvrit grand les bras en souriant à chacun d'entre nous tour à tour.

— C'est un plaisir de tous vous rencontrer.

Ce soir-là, David insista pour nous emmener au restaurant. C'était un jeudi, et il faisait encore plutôt chaud. Avant de sortir, je pris grand soin de mon apparence, et pas seulement comme je le faisais d'habitude, c'est-à-dire en vérifiant que mes vêtements étaient propres, que ma raie était bien au milieu de mon crâne et que mes boutons de manchette étaient droits. Non, cette fois-ci, je me donnai vraiment du mal. Ce Phineas me fascinait. D'abord, il était extrêmement beau, mais en plus il s'habillait très bien. Outre son short bleu, il portait un polo rouge avec des rayures blanches verticales, des baskets Adidas immaculées et des chaussettes qui remontaient jusqu'aux chevilles. Je fouillai toute ma garde-robe pour trouver quelque chose qui aurait pu donner la même impression de décontraction. Toutes mes chaussettes remontaient jusqu'aux mollets, seule ma sœur en avait des courtes. Mes shorts étaient en laine, et toutes mes chemises avaient des boutons. J'avais pensé un moment enfiler ma vieille tenue de sport, mais je dus renoncer à l'idée en me rendant compte que les vêtements en question traînaient en boule dans mon sac depuis plusieurs mois. Je finis par opter pour un tee-shirt bleu, un jean et des tennis en toile. Je voulus faire en sorte qu'une mèche de mes cheveux se pose sur mon sourcil, comme Phineas, mais elle refusait de se soumettre à ma volonté. Je me fis face sans ciller pendant vingt bonnes secondes dans le miroir, pestant contre la laideur de mon visage, la banalité de mon tee-shirt, la coupe désavantageuse de mon jean John Lewis. Je poussai un cri étranglé, donnai un coup de pied dans le mur, sortis de ma chambre et descendis l'escalier.

Phin était déjà là, dans le hall, assis sur l'une des immenses chaises en bois qui encadraient l'escalier. Il lisait. Je l'observai un moment à travers les barreaux de la balustrade avant de faire mon entrée. Je n'avais jamais vu quelqu'un d'aussi beau. Je sentis mes joues rougir en détaillant les traits de son visage, sa bouche qui semblait sculptée dans l'argile la plus douce et la plus rouge, ses lèvres si délicates qu'un doigt en s'y posant y aurait laissé une empreinte indélébile. Sa peau ressemblait à de la chamoisine tirée sur des pommettes qui risquaient de la transpercer à tout moment. Il avait même un irrésistible soupçon de moustache.

Il remit en place sa mèche d'un mouvement de tête et me lança un regard désintéressé en m'entendant descendre l'escalier, avant de reporter immédiatement son attention sur son livre. J'aurais voulu lui demander ce qu'il lisait, mais je n'osai pas. Je me sentais mal à l'aise, je ne savais plus où me mettre. Les autres arrivèrent rapidement. D'abord mon père et ma mère, suivis de ma sœur avec la fille nommée Clemency (elles étaient déjà en pleine discussion), puis Sally, Justin et Birdie, et enfin, en haut de la cage d'escalier, David Thomsen apparut comme auréolé d'une lumière céleste.

Que pensait le garçon que j'étais alors de David Thomsen ? D'abord, qu'il était très séduisant. Pas à la manière un peu féminine de son fils, mais d'une façon plus classique. L'ombre de sa barbe, si nette qu'on l'aurait crue peinte, obscurcissait le bas de son visage. Il avait des sourcils épais, bien dessinés, et il émanait de lui une énergie animale, un charisme évident. Quiconque à ses côtés paraissait plus petit que lui, même si ce n'était pas le cas. Il me fascinait et me rebutait tout autant. Je peux également vous dire que ma mère se comportait étrangement en sa présence. Elle n'était pas du tout avenante. Au contraire, elle s'effaçait, comme si elle ne faisait pas confiance à cet homme. Il était à la fois imbu de lui-même et terre-à-terre, chaleureux et froid. Je le détestais, mais je comprenais que les autres l'aiment. C'est ce que j'allais commencer à ressentir après ce premier dîner, après cette première soirée où tout le monde essaya de se montrer sous son meilleur jour.

Nous nous étions agglutinés autour d'une table prévue pour huit personnes dans un restaurant de Chelsea. Les enfants avaient été placés en bout de table, j'étais donc coude à coude avec Phineas. Je me sentais totalement électrisé par cette proximité, mes nerfs étaient à vif, et mon corps, qui aspirait à quelque chose que j'étais trop jeune pour définir, était si tendu que je n'avais pas d'autre choix que de lui tourner le dos.

Mon père était assis à l'autre bout de table.

En le voyant, je sentis quelque chose en moi s'effondrer, comme un ascenseur dont on aurait coupé les câbles. Je ne compris pas tout de suite cette sensation, mais aujourd'hui je peux vous dire que cela s'apparentait à une sorte de prémonition cauchemardesque. Je voyais mon père physiquement diminué par la présence de l'immense David Thomsen, et je remarquais que sa place en bout de table, qui n'aurait jamais pu être remise en cause auparavant, n'avait plus rien d'une évidence. Même sans les séquelles laissées par son AVC, tout le monde autour de la table était plus intelligent que lui, y compris moi. Il était mal habillé, sa veste était trop serrée, et la touche de rose qu'apportait le mouchoir coincé dans sa poche de poitrine jurait avec ses cheveux roux. Il se contorsionnait sur sa chaise, et la conversation lui passait au-dessus de la tête, comme des nuages un jour de grand vent. Il étudia le menu bien plus longtemps que nécessaire, pendant que David Thomsen se penchait vers ma mère pour lui poser une question et se balançait en arrière pour écouter sa réponse.

Je vis tout cela et compris de façon subliminale et insupportable qu'un bras de fer se jouait sous mon nez et qu'à cet instant mon père l'avait déjà perdu.

15

Le lundi matin, Libby arrive au travail avec vingt minutes de retard.

Dido l'attend, inquiète, car Libby n'est jamais en retard.

— J'allais t'appeler. Tout va bien ?

Libby hoche la tête, sort son téléphone, son baume à lèvres et son gilet en laine. Elle range son sac sous son bureau, elle se détache les cheveux, les rattache en chignon au sommet de son crâne, tire sa chaise et s'y laisse choir lourdement.

— Désolée. Je n'ai pas dormi de la nuit.

— Ça se voit, tu as très mauvaise mine. Trop chaud ?

Elle acquiesce, mais son insomnie n'a rien à voir avec la température. Plutôt avec ce qui se joue dans sa tête.

— Je te prépare un bon café serré.

En temps normal, Libby l'arrêterait, lui dirait qu'elle peut le faire toute seule. Mais, aujourd'hui, ses jambes sont si lourdes et tout lui semble si compliqué qu'elle la remercie. Elle regarde sa collègue préparer le café et s'apaise en observant les cheveux teints en brun de Dido qui brillent sous les lumières du bureau. Elle remarque la façon dont sa collègue se tient, une main dans la poche de sa robe chemise noire, ses petits pieds plantés dans le sol, éloignés l'un de l'autre, dans des baskets en velours vert foncé.

— Tiens, lui dit-elle en posant la tasse de Libby sur son bureau. Ça ne devrait pas te faire de mal.

Elle connaît Dido depuis cinq ans et sait beaucoup de choses à son sujet. Sa mère est une poète reconnue, son père le rédacteur en chef d'un journal important. Elle a grandi dans l'une des plus belles maisons de St Albans, et a été éduquée par une gouvernante. Son petit frère est mort quand il avait vingt ans, et Dido n'a pas eu de relation sexuelle depuis onze ans. Elle vit dans un petit logis en bordure du domaine de ses parents et elle s'occupe encore du cheval qu'elle montait quand elle était adolescente, Étincelle. Dans leur testament, ses parents lèguent le manoir à la Fondation du patrimoine, pas à leur fille, et ça ne la dérange absolument pas.

Libby sait que sa collègue aime le thé en sachet, Benedict Cumberbatch, les chevaux, les chocolats pralinés, l'eau de coco, *Doctor Who*, le linge de maison de luxe, le parfum *Orange Blossom* de Jo Malone, les poêlées de légumes, la chaîne de restaurants Nando's et les soins du visage, mais elle n'est jamais allée chez elle et n'a jamais rencontré ni ses parents ni ses amis. À l'exception de la fête de Noël de l'entreprise qui se tient chaque année dans un hôtel chic à côté du bureau et des pots de départ de collègues, elle n'a jamais passé de temps avec elle en dehors du travail. Elle ne sait pas vraiment qui est Dido.

Pourtant, en la regardant à ce moment-là, Libby sait immédiatement qu'elle est la personne dont elle a besoin. Samedi dernier, elle a passé la soirée dans le jardin d'April, flirtant plus ou moins avec un Danny qui n'était pas si attirant que ça, avec son visage de garçon de huit ans et ses toutes petites mains. Quand elle cherchait autour d'elle quelqu'un avec qui elle aurait pu partager les événements incroyables qui lui arrivaient, parler de la maison, de l'article sur la mort de ses parents et de la toux qu'elle avait entendue au grenier, elle ne voyait que des gens comme elle, des gens normaux avec des vies banales, des jeunes qui vivaient encore chez leurs parents ou dans de petits appartements en colocation avec leurs amis, des gens qui remboursaient leur prêt étudiant, qui avaient des jobs et des aspirations sans intérêt, des peaux bronzées aux UV, des chiens microscopiques qui tenaient dans un sac à main, des dents blanches, des cheveux propres. Elle s'était sentie coincée entre deux extrêmes irréconciliables et était partie avant 23 heures. Une fois chez elle, elle s'était installée devant son ordinateur pour lire ce qu'Internet pensait qu'il était arrivé à Serenity Lamb.

Malheureusement, cela avait soulevé plus de questions qu'apporté de réponses, et elle avait finalement refermé son ordinateur d'un geste las, à 2 heures du matin, avant de s'endormir d'un sommeil agité par des rêves peuplés de rencontres et de symboles étranges.

— J'ai besoin d'un conseil à propos de Chelsea.

— D'accord, répond Dido en touchant le disque d'argent qui pend à son cou. Quel genre de conseil ?

— Je voudrais en parler, c'est tout. Parler de… maisons. Je me disais que tu devais t'y connaître.

— Je connais une maison, pas toutes les maisons. Mais oui, on peut discuter. Viens dîner chez moi.

— Quand ?

— Ce soir.

— Oh, merci !

Le cottage de Dido est magnifique. Deux fenêtres à croisées entourent la porte d'entrée vers laquelle mènent des massifs de rosiers. Sa Fiat Spider noire décapotable est garée devant la maison. Les deux vont si bien ensemble que Libby ne peut s'empêcher de sortir son téléphone pour prendre une photo qu'elle postera plus tard sur Instagram. Dido, vêtue d'un pantalon large à motif floral et d'un gilet de costume noir, lui ouvre la porte. D'imposantes lunettes de soleil rouges retiennent ses cheveux en arrière. Elle est pieds nus. Libby ne l'a jamais vue qu'avec les baskets qu'elle porte au travail et elle est surprise de découvrir deux petits pieds aux ongles roses parfaitement vernis.

— C'est splendide ! s'extasie-t-elle en entrant dans un vestibule aux murs blancs avec des tommettes au sol. Absolument magnifique.

La maison est remplie d'objets et de meubles de famille, rien ne vient d'Ikea ici. Les murs sont recouverts de tableaux abstraits aux couleurs vives, et Libby se souvient que la mère de Dido peint à ses heures perdues. Sa collègue la guide jusqu'à la baie vitrée qui donne sur un parfait petit jardin à l'anglaise, où elles s'installent dans des sièges en rotin rehaussés de coussins à fleurs. Libby se dit que Dido n'a probablement pas besoin de travailler pour vivre et que concevoir de belles cuisines pour de riches clients n'est qu'un passe-temps pour elle.

La maîtresse des lieux dépose sur la table une salade de quinoa et d'avocat, un bol de pommes de terre sautées, une miche de pain noir et deux verres à champagne pour servir le prosecco que Libby a apporté.

— Tu vis ici depuis longtemps ? demande Libby en beurrant une tranche de pain.

— Depuis que je suis rentrée de Hong Kong, quand j'avais vingt-trois ans. C'était l'atelier de ma mère, elle me l'a laissé. Mon frère devait hériter du manoir, mais…

Libby esquisse un sourire triste. Le manoir. L'atelier. C'est un autre monde.

— Je suis désolée…

— Moi aussi. Enfin, leur maison n'est franchement pas un cadeau, et je suis contente de ne pas avoir à m'en occuper.

Libby hoche la tête. Une semaine auparavant, elle n'aurait jamais compris qu'une grande et belle demeure puisse être un fardeau.

— Mais parle-moi de ta maison à toi. Dis-moi tout.

Libby avale une petite gorgée de prosecco, pose le verre sur la table et s'installe au fond de son fauteuil.

— J'ai trouvé un article du *Guardian* qui parle de la maison, de mes parents. De moi.

— Comment ça ?

— C'est assez déconcertant, commence-t-elle en croisant les bras. J'ai été adoptée quand j'avais un an, et la maison de Chelsea appartenait à mes parents biologiques. Selon l'article, je suis née dans une sorte de secte.

Ce mot lui brûle les lèvres en quittant sa bouche. Elle a tout fait pour ne pas le prononcer, pour ne pas y penser. La réalité est aux antipodes du rêve pathétique dont elle s'est bercée toute sa vie.

— Une *quoi* ? demande Dido en frissonnant d'excitation.

— Une secte. Si l'on en croit l'article, il se passait des choses bizarres dans cette maison de Chelsea. De nombreuses personnes y vivaient dans un dénuement total. Les habitants dormaient à même le sol. Ils portaient des vêtements qu'ils fabriquaient eux-mêmes.

Elle sort de son sac l'article qu'elle a imprimé.

— Regarde, ce sont mes parents, six ans avant ma naissance, à une soirée caritative. C'est incompréhensible.

Dido lui prend l'article des mains.

— Dis donc, ils étaient glamour.

— Exactement ! Ma mère était de toutes les soirées, elle travaillait dans la mode. Avant mon père, elle avait été fiancée à un prince autrichien. Elle est magnifique.

La découverte du visage de sa mère avait été incroyable. Elle ressemblait à Priscilla Presley avec sa chevelure noire et ses yeux bleus perçants. Elle ressemblait à tout ce que Libby avait imaginé, même son métier était cohérent. Son père… Bon, il était habillé de façon élégante, mais il n'était pas très grand et assez rond. Et il était roux. Ça, elle ne l'aurait jamais soupçonné. Elle n'avait pas hérité de sa rousseur. Il était plus petit que sa mère, et il y avait quelque chose d'arrogant dans sa façon de lever le menton. Pourtant, on pouvait lire de l'appréhension dans son regard, comme s'il s'attendait à ce qu'on se moque de lui. Il tenait Martina Lamb par la taille, ses mains à peine visibles sur la photo. Elle portait un châle en soie autour de ses épaules, des bagues aux doigts, et ses hanches marquées se devinaient sous le tissu de sa robe de soirée. Selon l'article, c'était la dernière photographie à avoir été prise de ce « couple mondain » avant qu'il disparaisse des radars et qu'on retrouve leurs cadavres chez eux, sept ans plus tard.

— J'avais un frère et une sœur, ajoute-t-elle à toute vitesse, oubliant de respirer face au choc d'une telle révélation.

— Vraiment ? s'exclame Dido en levant les yeux vers elle. Qu'est-ce qui leur est arrivé ?

— On ne sait pas. Le notaire pense qu'ils sont morts.

Voilà. Elle a réussi à prononcer les horribles mots qui pèsent sur sa conscience depuis quelques jours. Cette vérité s'abat sur elle comme un coup de massue.

— Mon Dieu, mais… c'est atroce. Comment est-ce possible ?

Libby hausse les épaules.

— Un voisin a appelé la police. Ils ont trouvé mes parents et un autre homme morts dans la cuisine. Une sorte de suicide collectif, d'après les informations que j'ai pu recueillir. Et moi, j'étais là dans mon berceau à l'étage, en pleine forme. J'avais dix mois. Et il n'y avait plus aucune trace ni de mon frère ni de ma sœur.

Dido s'enfonce dans son fauteuil, bouche bée. Elle ne dit rien pendant plusieurs secondes.

— OK, reprend-elle en se massant les tempes. Donc, une secte. Et un suicide collectif de tes parents et d'un autre type…

— Ils se sont empoisonnés avec des plantes qu'ils cultivaient dans le jardin.

Dido ouvre la bouche encore plus grand.

— Mais bien sûr, commente-t-elle d'un ton sec. Pourquoi pas ? Putain… L'article raconte autre chose ?

— Apparemment, d'autres gens vivaient dans la maison. Une autre famille, peut-être, avec des enfants. Mais quand la police est arrivée sur les lieux, il n'y avait plus personne, sauf les cadavres et moi. Tous les enfants avaient… disparu. Et on n'a pas eu de nouvelles depuis.

Dido frissonne et pose une main sur sa poitrine.

— Ton frère et ta sœur…

— Oui. Ça faisait déjà plusieurs années qu'on ne les voyait presque plus. Les voisins pensaient qu'ils avaient été envoyés en pensionnat, mais ils n'étaient inscrits nulle part. L'un d'eux a dû rester dans la maison après la mort de mes parents, parce que quelqu'un s'est occupé de moi après les suicides. Ma couche était propre. Et quand on m'a trouvée dans le berceau, il y avait ça avec moi, conclut-elle en sortant la patte de lapin de son sac et en la tendant à Dido. C'était à côté de moi, sous ma couverture.

— Pour te porter chance.

— Probablement.

— Et l'autre type qui a été retrouvé, c'est qui ?

— On ne sait pas. Il n'y avait aucune pièce d'identité, simplement ses initiales sur la lettre d'adieu. Personne n'a déclaré sa disparition, personne ne l'a reconnu d'après le portrait-robot de la police. On imagine que c'était un vagabond, peut-être un gitan. Ce qui pourrait expliquer la patte de lapin.

— Des gitans ? murmure Dido en savourant ce mot. Incroyable…

— Et la maison est flippante. Très sombre. Quand j'y suis allée samedi matin, j'ai entendu du bruit au dernier étage.

— Quoi ?

— Quelqu'un. Quelqu'un qui se déplaçait. Et qui toussait.

— Tu es sûre que c'étaient pas les voisins ?

— C'est possible, mais on aurait vraiment dit que ça venait du dernier étage de la maison. Maintenant, j'ai trop peur d'y retourner. Je crois que je devrais la vendre, m'en débarrasser et tourner la page. Mais…

— Ton frère et ta sœur… ?

— Exactement. La vérité sur cette histoire. Tout est lié à cette maison. Si je la vends, je risque de ne jamais découvrir ce qui est arrivé.

Dido parcourt rapidement l'article puis observe Libby.

— Lui, dit-elle en tapant du doigt sur le bas de la feuille. Le journaliste. Miller Roe, ajoute-t-elle après avoir déchiffré le nom. C'est lui qu'il te faut. Contacte-le. Il va complètement halluciner de recevoir un message de ta part. Serenity Lamb, en chair et en os, avec sa patte de lapin.

Le silence retombe entre elles. Sur la table, le talisman est nimbé de la douce lueur du soir.

Libby reprend l'article et lit le nom du journaliste. *Miller Roe*. Un nom peu commun. Facile à trouver sur Internet. Elle sort son téléphone et entre ce nom dans son moteur de recherche. En moins d'une minute, elle obtient son adresse mail au journal. Elle tourne son écran vers Dido, qui acquiesce, l'air grave.

— Bien joué, approuve-t-elle en levant son verre et en le tendant vers Libby. À Serenity Lamb et à Miller Roe. Pourvu qu'il t'aide à faire la lumière sur ton passé.

16

Le lendemain matin, Lucy se réveille à 5 h 30. Elle se glisse lentement hors du lit, et le chien la suit jusqu'au coin cuisine, ses griffes cliquetant sur le linoléum. Giuseppe a laissé des sachets de thé, du café soluble et un paquet de pains au lait aux pépites de chocolat sur le plan de travail, ainsi qu'une brique de lait au réfrigérateur. Lucy met une casserole d'eau à chauffer et s'assoit sur la chaise en plastique dans l'angle de la pièce, le regard perdu dans les plis du rideau. Au bout d'un moment, elle se lève et écarte le tissu, puis se rassoit et contemple l'immeuble qui lui fait face, les fenêtres sombres où se reflète l'aube orangée, les murs gris qui se parent brièvement de rose à cette heure matinale. Le ciel qui surplombe la ville est bleu vif, constellé d'oiseaux qui planent en décrivant des cercles. Il n'y a pas encore de circulation, les seuls bruits qui lui parviennent sont ceux de l'eau qui bout et le chuintement de la flamme sous la casserole.

Lucy jette un coup d'œil à son téléphone. Rien. Le chien la regarde attentivement. Elle ouvre la porte de la chambre, puis celle qui mène à la rue et fait signe à Fitz de sortir. Il obéit, lève la patte contre le mur de la maison pendant quelques secondes, puis s'empresse de retourner à l'intérieur.

Lucy attrape son sac à dos et ouvre la poche qui contient son passeport. Elle le sort. Comme elle s'en doutait, il a expiré trois ans plus tôt. La dernière fois qu'elle l'a utilisé, c'était pour aller présenter Marco, âgé de deux ans, aux parents de Michael à New York. Ils s'étaient séparés peu de temps après. Depuis, le passeport ne lui a pas servi.

C'est Michael qui le lui avait procuré. Après leur mariage, il avait voulu réserver un hôtel pour leur lune de miel aux Maldives.

— Tu peux me donner ton passeport, chérie ? Il me faut le numéro.

— Je n'en ai pas.

— Il faut que tu le fasses renouveler tout de suite, sinon on ne pourra pas partir.

Elle avait soupiré et s'était assise à côté de lui.

— Je n'ai pas de passeport à renouveler. Je n'en ai jamais eu.

Les doigts de son mari s'étaient immobilisés sur le clavier, et il l'avait regardée, incrédule, essayant de comprendre comment une telle chose était possible.

— Mais…

— Je suis venue ici sans passeport, en voiture, quand j'étais très jeune. Personne ne m'a rien demandé.

— La voiture de qui ?

— Je ne sais pas. Une voiture.

— La voiture d'un inconnu ?

— Non, pas vraiment.

— Mais qu'est-ce que tu aurais fait si les autorités avaient demandé à voir ton passeport ?

— Je ne sais pas.

— Et comment est-ce que tu as pu vivre sans ? Enfin…

— Comme je vivais quand tu m'as rencontrée. En jouant du violon pour me payer des nuits à l'hôtel.

— Depuis que tu es adolescente ?

— Oui.

À l'époque, elle avait pensé qu'elle pouvait faire confiance à ce grand Américain sympathique au sourire ravageur. Il était son héros, l'homme qui était venu l'écouter tous les soirs pendant un mois, qui lui avait dit qu'elle était la plus belle musicienne qu'il avait jamais vue, qui l'avait invitée dans sa splendide maison rose, qui lui tendait des serviettes douces pour s'enrouler après des douches de trente minutes dans une salle de bains en mosaïque dorée, qui lui peignait les cheveux et la faisait frissonner quand ses doigts touchaient ses épaules nues, qui donnait ses vêtements crasseux à sa femme de ménage pour qu'elle les lave, les sèche, et que Lucy les retrouve habilement pliés et présentés en éventail sur son lit dans la chambre d'amis. À l'époque, il n'était que gentillesse et touchantes attentions. Il l'admirait. Alors elle avait baissé la garde.

Elle lui avait tout raconté, de bout en bout, et, à la fin, il avait levé vers elle ses yeux brillants et lui avait murmuré :

— Tu es en sécurité maintenant, tout va bien. Tu n'as plus rien à craindre.

Il lui avait dégotté un passeport, elle ne savait pas comment. Les informations qui y figuraient n'étaient pas tout à fait véridiques – ni le nom, ni la date de naissance –, mais c'était un document crédible qui lui avait permis de se rendre sans la moindre difficulté aux Maldives, à la Barbade, en Italie, en Espagne et à New York.

Malheureusement, le passeport n'est plus valide, et elle n'a aucun moyen d'en obtenir un nouveau. Sans ce sésame, elle ne peut pas rentrer en Angleterre. De toute façon, elle n'a pas de papiers pour les enfants et le chien.

Elle referme le passeport et soupire. Elle voit deux solutions pour s'en sortir. La première est dangereuse et illégale, la seconde très risquée. Il serait donc préférable de renoncer à ce voyage.

Des images de son départ d'Angleterre, vingt-quatre ans plus tôt, affluent à sa mémoire. Elle se rejoue en boucle ces moments. Le bruit de la porte qui se referme derrière elle pour la dernière fois, et les mots qu'elle a chuchotés sans interruption, le cœur battant, courant à en perdre haleine au milieu de la nuit vers la fin d'un cauchemar et le début d'un autre.

« Je reviens très vite, je te le promets, je te le promets, je te le promets… »

17

Chelsea, 1988

Au bout de deux semaines, Phineas Thomsen daigna enfin m'adresser la parole. Quoiqu'il ait également pu dire que l'initiative venait de moi, j'imagine. Il existe toujours plusieurs versions d'une même histoire. Enfin, dans mes souvenirs (et, bien entendu, tout ce que je relate ici sont *mes* souvenirs), c'est lui qui finit par me parler.

Comme d'habitude, je vaquais à mes occupations dans la cuisine avec ma mère, épiant sa conversation avec les autres femmes qui vivaient désormais avec nous. J'avais déjà compris à cette époque que le seul moyen de savoir ce qui se passe dans le monde, c'est d'écouter les femmes parler. Celui qui méprise leur parole se voue à l'ignorance.

Cela faisait déjà cinq mois que Birdie et Justin avaient emménagé, et les Thomsen étaient arrivés deux semaines auparavant. La discussion qui se tenait à ce moment-là revenait sur le tapis environ toutes les quarante-huit heures. Elle tentait de répondre à l'épineuse question suivante : où Sally et David allaient-ils bien pouvoir vivre ? À ce moment-là, je me cramponnais encore à l'espoir pathétique que les derniers venus n'allaient pas s'éterniser. Tous les deux ou trois jours, une nouvelle solution émergeait. On la discutait en long, en large et en travers, et la possibilité du départ de Sally et David surgissait brièvement, jusqu'à ce que, « pop » !

la bulle éclate et que la « solution » s'avère inappropriée et soit discréditée à jamais. Ce jour-là, la « solution » prenait la forme d'une péniche à Chiswick appartenant à l'une des patientes de David qui partait faire le tour du monde pendant un an et avait besoin qu'on s'occupe de ses reptiles.

— Il n'y a qu'une seule chambre, malheureusement, racontait Sally à ma mère et Birdie. Qui est toute petite. David et moi pourrions dormir sur les banquettes du salon, mais il n'y a pas beaucoup de place à cause des vivariums.

— Quelle horreur ! s'écria Birdie en continuant de détacher autour de ses ongles les peaux mortes qui tombaient sur le dos de son chat. Il y en a combien ?

— Des vivariums ?

— Oui, ces machins-là.

— Je ne sais pas vraiment. Six, je crois. Peut-être qu'en les empilant...

— Et les enfants ? demanda ma mère. Est-ce qu'ils voudront partager un lit ? Phin est grand maintenant...

— Oui, mais c'est provisoire. Après, on trouvera quelque chose de mieux.

Je levai la tête. C'était en général à ce moment-là que la solution tombait à l'eau, quand il apparaissait aux yeux de tous que c'était une idée stupide. Sally annonçait d'une voix morne que ce ne serait « que provisoire » et, en général, ma mère intervenait pour rappeler que c'était « ridicule », qu'il y avait « tellement de place ici », qu'ils pouvaient rester autant qu'ils le voulaient. Alors le corps de Sally se relâchait, elle souriait et posait sa main sur le bras de ma mère en disant qu'elle ne voulait pas abuser de son hospitalité. Et ma magnifique mère, avec son accent allemand si beau, répondait : « Ne t'en fais pas, Sally, prenez tout votre temps. Vous allez trouver quelque chose de bien, un endroit parfait. »

Voilà comment la discussion se déroula à nouveau, cet après-midi de fin septembre. Et comment le plan péniche coula en un temps record d'à peine huit minutes.

Qu'on se le dise, j'étais partagé au sujet des Thomsen. Ils encombraient ma maison. Pas avec leurs affaires, mais avec leurs corps, leurs voix, leurs odeurs, leur différence. Ma sœur et Clemency avaient fusionné en une seule et même entité maléfique de bruit et de fureur. Elles couraient dans toute la maison du matin au soir, jouant à d'étranges jeux de rôle dont la règle semblait être de faire le plus de vacarme possible. Et, en plus, Birdie leur apprenait à jouer du violon, ce qui était tout bonnement insupportable.

Il y avait le cas David Thomsen, dont la présence charismatique imprégnait tous les recoins de notre maison. Non content d'occuper une chambre à l'étage, il avait aussi réquisitionné le salon, qui contenait le bar de mon père, pour le transformer en salle de sport où je l'avais vu tenter de soulever son corps tout entier à la seule force de ses doigts, un jour où mon œil s'était collé à la serrure de la porte.

À l'autre bout du spectre se trouvait Phin. Phin qui ne voulait m'accorder ni un mot ni un regard, et qui faisait comme si je n'existais pas. Plus il m'ignorait, plus j'avais l'impression que son indifférence allait me tuer.

Un jour, enfin, il me parla. Puisqu'il était désormais avéré que Sally et David allaient rester plus longtemps chez nous, je quittai la cuisine et manquai de percuter Phin qui arrivait de la direction opposée. Il portait un sweat-shirt délavé avec une inscription et un jean déchiré aux genoux. Il s'arrêta en me remarquant et, pour la première fois, nos regards se croisèrent. J'en eus le souffle coupé et je cherchai à toute vitesse quelque chose à dire, mais ne trouvai rien de valable dans mon esprit inopérant. Je fis un pas à gauche, lui aussi. Je m'excusai et me déplaçai sur la droite. Je pensais qu'il allait passer son chemin, mais il ne bougea pas.

— Tu sais qu'on ne va pas partir de sitôt, j'espère.

— Pardon ?

— Ne crois pas mes parents une seule seconde quand ils parlent de déménager. On n'ira nulle part. On est restés deux ans dans cette maison en Bretagne, alors qu'on était seulement censés y passer des vacances.

Il se tut, haussant un sourcil. Il semblait évident que je devais réagir, mais j'étais pétrifié. Je n'avais jamais été si proche de quelqu'un de si beau. Son haleine sentait la menthe fraîche.

Il continuait à m'observer sans ciller, et je vis une pointe de déception percer dans son regard, ou peut-être ne s'agissait-il pas de déception mais de résignation, comme si je confirmais l'idée qu'il s'était faite de moi, celle d'un être ennuyeux, inutile et indigne de son attention.

— Pourquoi est-ce que vous n'avez pas de maison ? articulai-je enfin.

— Parce que mon père ne gagne pas assez d'argent pour payer un loyer.

— Vous avez déjà eu votre propre maison ?

— Oui, mais il l'a vendue pour qu'on puisse voyager.

— Et l'école ?

— Quelle école ?

— Quand est-ce que vous allez à l'école ?

— Jamais. La dernière fois, j'avais six ans. Ma mère nous donne des cours.

— Waouh. Et tes amis ?

Il plissa les yeux.

— Ça ne te manque pas, d'avoir des amis ?

— Non, répondit-il simplement. Pas le moins du monde.

Son visage changea, il s'apprêtait à partir, et je ne pouvais pas le tolérer. Il me fallait plus de cette haleine à la menthe, et je devais obtenir plus d'informations à son sujet. Mes yeux tombèrent sur le livre qu'il tenait à la main.

— Qu'est-ce que tu lis ?

Il baissa les yeux et me montra la couverture. *L'Homme-dé* de Luke Rhinehart, un roman que je ne connaissais pas à l'époque, mais que j'ai depuis lu une trentaine de fois.

— C'est bien ?

— Tous les livres sont bons.

— Pas du tout. J'ai lu des livres très mauvais.

Je pensais en particulier à *Anne... la maison aux pignons verts* que j'avais dû lire pour l'école l'année précédente, et qui était le roman le plus assommant que j'avais jamais ouvert.

— Ils n'étaient pas mauvais, me contredit Phin avec un ton calme. Ce sont simplement des livres que tu n'as pas appréciés. Ce n'est pas du tout la même chose. Les seuls livres vraiment mauvais qui existent sont ceux qu'on ne publiera jamais. Tout livre publié est un bon livre pour au moins un lecteur.

Je hochai la tête, incapable de trouver une faille à cette logique.

Puis il me quitta. Je restai planté là, le visage en feu, les mains moites, le cœur débordant d'une sensation nouvelle et extraordinaire.

18

Miller Roe se lève en voyant Libby approcher. Elle le reconnaît grâce aux photos de lui qu'elle a vues sur Internet, même si, depuis qu'elles ont été prises, il s'est laissé pousser la barbe et a pris quelques kilos. Quand elle arrive, il a déjà bien entamé un gros sandwich et a un peu de mayonnaise à la commissure des lèvres. Il s'essuie les doigts avant de serrer la main de Libby.

— Je n'en reviens pas de vous rencontrer ! C'est incroyable !

Il a un accent londonien et les yeux bleus. Sa main paraît énorme comparée à la sienne.

— Asseyez-vous ! Qu'est-ce que vous voulez ? Leurs sandwichs sont à tomber.

Elle observe les restes du sien.

— Rien, merci. Je viens de déjeuner.

— Un café, un thé ?

— Un cappuccino, oui, s'il vous plaît.

Elle le suit des yeux jusqu'au comptoir du café branché où ils se sont retrouvés, dans un quartier à égale distance de chez elle et de chez lui. Il porte un jean taille basse et un tee-shirt délavé, une veste verte et des chaussures de marche. Il a du ventre. Sur sa tête massive, une épaisse chevelure brun foncé. Il est assez impressionnant et ressemble vaguement à un ours, mais il n'est pas dépourvu de charme.

Il revient vers leur table et pose le cappuccino devant elle.

— Je vous remercie d'avoir accepté de me rencontrer. Vous avez trouvé facilement ?

Il pousse son assiette sur le côté, comme s'il avait renoncé à finir son sandwich.

— Sans problème. Ça m'a pris un quart d'heure, c'était direct.

— Vous venez de St Albans, c'est ça ?

— Oui.

— C'est une belle ville.

— Je suis d'accord. En tout cas, ça me plaît.

— Alors comme ça, entame-t-il avec un air sérieux, vous êtes le bébé.

Elle laisse échapper un rire nerveux.

— Apparemment, oui.

— Vous avez hérité de la maison ?

— Tout à fait.

— Ça vous change la vie, non ?

— Oui…

— Vous l'avez vue ?

— La maison ?

— Ouais.

— Oui, j'y suis allée deux fois.

— Ah ! s'exclame-t-il en s'enfonçant dans sa chaise. J'ai essayé si souvent de les convaincre de me laisser entrer. J'aurais donné mon fils au notaire pour ça, si j'en avais eu un. J'ai même tenté de m'y introduire de nuit.

— Vous n'avez jamais vu l'intérieur de la maison ?

— Non, malheureusement, répond-il d'un ton dépité. J'ai regardé par les fenêtres, j'ai demandé aux voisins de me laisser observer le jardin depuis le leur, mais je ne suis jamais entré. Ça ressemble à quoi ?

— C'est sombre. Il y a du lambris partout. C'est bizarre.

— Vous allez la vendre, j'imagine ?

— Oui, oui. Mais d'abord, déclare-t-elle en serrant la tasse de café dans ses mains, je veux découvrir ce qui s'est passé là-bas.

Miller Roe pousse une sorte de grognement et se caresse la barbe, essuyant par la même occasion la tache de mayonnaise au coin de ses lèvres.

— Alors ça, moi aussi. J'ai passé deux ans sur cet article. J'étais devenu complètement obsédé, limite fou. Ça a détruit mon mariage, et je n'ai même pas réussi à trouver les réponses que je cherchais, loin de là.

Il lui sourit. Elle trouve son visage agréable et essaie de lui donner un âge, sans y parvenir. Quelque part entre trente-cinq et quarante ans.

Elle fouille dans son sac, en sort les clés de Cheyne Walk et les pose sur la table. Les yeux écarquillés de Miller Roe s'emplissent d'envie. Il tend la main.

— Oh là là… Je peux ?

— Oui, allez-y.

Il les examine chacune tour à tour, puis s'attarde sur le porte-clés.

— Une Jaguar ? demande-t-il en levant les yeux vers elle.

— On dirait.

— Vous savez, Henry Lamb, votre père, c'était un joyeux luron. Il passait ses week-ends à la chasse et, la semaine, il faisait la fête dans les clubs les plus sélects de la ville.

— Je sais, répond-elle vivement. J'ai lu votre article.

— Oui, j'oubliais.

Pendant un moment, ils ne disent plus rien. Miller détache un morceau de son sandwich et l'enfourne dans sa bouche. Libby boit une gorgée de café.

— Qu'est-ce que vous avez en tête ?

— Je veux retrouver mon frère et ma sœur.

— Ils ne sont jamais entrés en contact avec vous ?

— Non. Qu'est-ce qu'il leur est arrivé, selon vous ?

— J'ai pas mal de théories, mais la vraie question, c'est : est-ce qu'ils avaient conscience que la maison allait vous revenir ? Et, si oui, est-ce qu'ils savent que c'est chose faite ?

— Aucune idée, confie Libby après un soupir. Le notaire m'a dit que le testament avait été rédigé des années avant la mort de mes parents, à la naissance de mon frère. C'était lui qui devait hériter de la maison à ses vingt-cinq ans, mais il ne s'est jamais manifesté. Ensuite, ça devait être ma sœur, mais elle non plus n'a pas fait signe… Et, bien sûr, les notaires n'avaient aucun moyen de les contacter. J'imagine qu'ils savent que j'ai hérité de la maison, si…

Elle s'interrompt brusquement.

S'ils sont encore en vie.

— Et cet homme, celui qui est mort avec mes parents. D'après l'article, vous avez échafaudé des dizaines d'hypothèses, sans jamais trouver de qui il s'agissait.

— En effet. C'est très frustrant. Enfin, il y a tout de même un nom qui a émergé de mes recherches, mais je n'ai presque rien trouvé sur lui. Ça me hante encore. David Thomsen.

Libby lui lance un regard inquisiteur.

— Vous vous souvenez des initiales sur la lettre d'adieu ? ML, HL, DT. J'ai demandé à la police une liste des hommes portés disparus dont les initiales étaient DT. David Thomsen était l'un des trente-huit noms potentiels. Il y en avait dix qui avaient à peu près l'âge de notre inconnu, et, un par un, je les ai tous éliminés, sauf lui.

Il s'arrête pour reprendre son souffle.

— Je n'arrivais pas à l'oublier, je ne sais pas pourquoi. Dans son histoire, il y avait trop d'incohérences : quarante-deux ans, né dans le Hampshire, éducation classique. Mais aucune trace de lui depuis qu'il était rentré de France en

1988 avec sa femme Sally et leurs deux enfants, Phineas et Clemency. Ils étaient arrivés tous les quatre à Portsmouth depuis Saint-Malo en ferry en…

Il s'interrompt et tourne les pages de son carnet.

— En septembre 1988. Et après ça, plus rien. Pas de rendez-vous chez le médecin, pas d'impôts, pas d'inscription scolaire, pas de séjour à l'hôpital. Le trou noir. Leurs familles les décrivaient comme des gens « isolés », des « fêlés », des « rancuniers ». Il y avait eu des problèmes d'héritage, personne ne se parlait plus. Alors on ne s'inquiète pas de ne pas avoir de nouvelles pendant plusieurs années. C'est la mère de David Thomsen, vers la fin de sa vie, qui, voulant se réconcilier avec son fils avant de mourir, déclare sa disparition, tout comme celle de sa femme et de leurs enfants. La police fait des recherches pour la forme, ne trouve rien, puis la mère meurt, et plus personne ne se soucie d'eux. Jusqu'à ce que je débarque, il y a trois ans.

Il soupire.

— J'ai tout fait pour les retrouver. Phineas. Clemency, ce ne sont pas des prénoms très communs. S'ils étaient encore là, je le saurais. À un moment, il fallait bien que je termine mon article, que je sois payé, et j'ai dû abandonner mes recherches. Vous comprenez maintenant pourquoi ça m'a pris deux ans, pourquoi ça m'a presque rendu fou ? Ma femme m'a quitté à cause de cet article. J'étais devenu un zombie. Je ne pensais qu'à ça, je ne parlais que de ça…

Il soupire à nouveau et touche les clés du bout des doigts.

— Mais, si vous voulez, je peux vous donner un coup de main pour essayer de découvrir ce que sont devenus ces gens. Ce qui vous est arrivé.

Il lui tend la main.

— Marché conclu, Serenity Lamb ?

— Oui, répond-elle en lui serrant la main. Marché conclu.

Libby se rend immédiatement au bureau après sa rencontre avec Miller Roe. Il est déjà 9 h 30, mais Dido ne remarque pas tout de suite son retard. Elle la regarde nonchalamment, puis soudain se souvient et murmure :

— Alors, le rendez-vous avec le journaliste ? Ça s'est passé comment ?

— C'était super. On va ensemble à Chelsea ce soir pour commencer notre enquête.

— Rien que vous deux ? s'enquiert Dido avec une moue désapprobatrice.

— Oui.

— Tu es sûre que c'est une bonne idée ?

— Pourquoi ?

— J'en sais rien. Peut-être qu'il n'est pas fiable. Si j'étais toi, je me demanderais de venir aussi.

Libby cligne des yeux plusieurs fois et sourit.

— Ou alors tu pourrais me demander directement si tu veux m'accompagner !

— Je ne vois pas du tout ce que tu veux dire, proteste Dido en se retournant vers son ordinateur. Je m'inquiète pour toi, c'est tout.

— Très bien, poursuit Libby sans perdre son sourire. Eh bien, je le retrouve à 19 heures. Tu devrais pouvoir t'inquiéter pour moi dans le train de 18 h 11, non ?

— Oui, répond Dido sans lever les yeux de son écran. Ça marche. Et au fait, ajoute-t-elle avec un regard malicieux, j'ai lu tous les livres d'Agatha Christie. Deux fois. Je vous serai peut-être utile.

19

Lorsque Lucy quitte la chambre, les enfants dorment encore. Elle a laissé un mot à Marco.

Je suis partie m'occuper des passeports. Je reviens dans quelques heures. Donne à manger à ta sœur. Le chien est avec Giuseppe.

Elle est sortie à 8 heures et marche désormais le long d'une grande rue qui traverse la ville et mène à la gare de Nice. Elle s'assoit un moment sur un banc et laisse le soleil réchauffer sa peau. À 8 h 45, elle monte dans le train d'Antibes.

À 9 heures, elle est devant chez Michael. Un dôme moiré formé par des mouches recouvre désormais la crotte de Fitz. Elle s'arme d'un sourire figé et, très lentement, l'estomac noué, elle appuie sur la sonnette.

La domestique vient lui ouvrir. Son visage s'éclaire quand elle reconnaît Lucy.

— Bonjour ! Vous êtes l'ex-femme de Michael, la mère de son fils ! Je ne savais pas qu'il avait un fils, lui apprend-elle avec un air sincère de ravissement. Qu'est-ce qu'il est beau ! Entrez, entrez.

La maison est silencieuse.

— Michael est là ?

— Oui, il prend sa douche. Attendez-le sur la terrasse.

Joy la guide à travers la maison, l'installe dans un fauteuil et insiste pour lui apporter un café et un amaretto, même si Lucy dit qu'un verre d'eau suffira. Michael ne mérite pas qu'une femme si gentille travaille pour lui. Michael ne mérite rien.

Elle sort de son sac son passeport périmé et son portefeuille qui contient des photos de Stella et Marco. Elle boit son café, mais ne touche pas au biscuit, elle ne peut rien manger. Dans l'arbre au-dessus d'elle, un guêpier d'Europe aux couleurs chatoyantes observe le jardin à la recherche d'insectes à se mettre dans le bec. Elle coupe le biscuit en deux, dépose la moitié sur le sol, mais l'oiseau ne s'y intéresse pas et s'envole. Lucy a la nausée. Il est 9 h 30.

Enfin, il arrive. Il porte un tee-shirt blanc immaculé et un short vert pistache. Ses cheveux, de plus en plus rares, sont mouillés, et il est pieds nus.

— Ça alors ! s'exclame-t-il en lui faisant une bise vigoureuse. Deux fois en deux jours, c'est mon anniversaire ou quoi ? Où sont les enfants ?

— Je les ai laissés dormir. On s'est couchés tard.

— Ce sera pour la prochaine fois ! lui lance-t-il avec un sourire radieux.

Il s'assoit en face d'elle et croise les jambes.

— Que me vaut le plaisir de cette seconde visite ?

Elle pose une main sur son passeport, qu'il remarque enfin.

— Je dois rentrer chez moi. J'ai une amie qui est très malade, mourante. Il faut que je la voie avant que…

Une larme s'échappe de son œil gauche et se dépose comme par magie sur la couverture de son passeport. Elle l'essuie. Elle n'avait pas prévu de pleurer, mais ça tombe plutôt bien.

— Ma pauvre, s'émeut-il en posant la main sur la sienne.

Elle se force à lui adresser un sourire reconnaissant.

— C'est horrible. Qu'est-ce qu'elle a, un cancer ?

Elle hoche la tête.

— Des ovaires, précise-t-elle en retirant sa main et en la portant à sa bouche pour réprimer un sanglot. Je voulais y aller la semaine prochaine, mais mon passeport a expiré et je n'en ai pas pour les enfants. Je suis désolée de te demander ça, surtout que tu as déjà été si généreux hier en me donnant l'argent pour réparer mon violon. Je ne te dérangerais pas si j'avais une autre solution. Est-ce que tu es encore en contact avec ces gens, ceux qui ont fait mon passeport ?

Elle passe un doigt sous ses yeux pour essuyer ses larmes et lui lance un regard déchirant, qu'elle espère être également séduisant.

— Non, pas vraiment, non. Mais je vais voir ce que je peux faire, ajoute-t-il en se saisissant du document. Je m'en occupe.

— Tiens, j'ai apporté des photos. Tu vas rire, mais j'en ai même une pour le chien. Il n'est pas à jour de ses vaccins, donc je ne peux pas demander de passeport, et ça prendrait trop de temps de toute façon…

— Tu emmènes ton chien ? Pour rendre visite à une amie mourante ?

— Je n'ai pas le choix.

— Je pourrais le garder.

Elle essaie de ne pas avoir l'air trop dégoûtée à l'idée que son adorable chien puisse vivre dans cette maison avec ce monstre.

— Qu'est-ce que tu ferais d'un chien ?

— Je ne sais pas. Je jouerais avec. Je le sortirais, le nourrirais…

— C'est plus compliqué que ça. Il faut se réveiller tôt tous les matins pour qu'il fasse ses besoins. Et il faut ramasser ses crottes.

Michael lève les yeux au ciel.

— Joy adore les chiens. Elle serait ravie de le garder quelque temps. Et moi aussi.

Bien sûr, quelqu'un d'autre s'occuperait des crottes de chien.

— Je préférerais qu'il soit du voyage. Les enfants sont très attachés à lui, moi aussi…

— Je vais voir ce que je peux faire, mais je pense que tu pousses le bouchon un peu loin sur ce coup-là. Enfin, on verra bien.

— Oh, merci infiniment, Michael ! s'exclame-t-elle avec un regard plein de fausse gratitude. Je suis tellement soulagée. J'ai reçu un message de mon amie hier soir, et je n'ai pas dormi tellement je m'inquiétais de ne pas pouvoir aller la voir. Merci.

— Rien n'est encore fait.

— Je sais, mais c'est tellement gentil d'essayer. J'apprécie énormément.

Son visage se transforme en celui d'un prédateur.

— Tu apprécies énormément ?

Elle se force à sourire. Elle savait parfaitement où cela la mènerait et elle s'y est préparée.

— Oui, énormément.

— Ça, c'est une bonne nouvelle, lâche-t-il en se reculant dans son fauteuil avec un sourire carnassier.

Elle se passe la main dans les cheveux.

Il lève la tête vers l'étage de la bâtisse, et ses yeux s'arrêtent là où se trouve sa chambre, là où il l'a violée à plusieurs reprises quand ils étaient mariés.

— La prochaine fois, peut-être ? suggère-t-elle.

Il hausse un sourcil et pose son bras sur le dossier de la chaise à sa droite.

— Tu me provoques ?

— On dirait bien.

— Ça me plaît.

Elle sourit, puis se redresse et attrape son sac à main.

— Mais, pour l'heure, je dois rentrer m'occuper de mes enfants.

Ils se redressent tous les deux.

— Quand est-ce que tu penses que… ? demande-t-elle d'une voix hésitante.

— Je m'y mets tout de suite. Donne-moi ton numéro, et je te tiens au courant dès que j'ai des nouvelles.

— Je n'ai pas de portable en ce moment.

Le sourire de Michael se change en grimace.

— Comment est-ce que tu as reçu le message de ton amie hier, alors ?

Le seul aspect positif d'une semaine passée à dormir dans la rue, c'est qu'on apprend à réagir vite.

— Elle m'a téléphoné à l'hôtel. Le réceptionniste a pris le message pour moi. Sur un bout de papier.

— Bon, mais alors comment est-ce que je peux te joindre ? J'appelle à l'hôtel ?

— Non, donne-moi ton numéro et je te contacterai d'une cabine. Vendredi ?

Il note son numéro sur un morceau de papier et le lui donne.

— Oui, c'est bien. Et achète-toi un portable, nom de Dieu ! ajoute-t-il en sortant de l'argent de sa poche.

Il lui tend quelques billets de vingt euros qu'elle attrape en le remerciant. Elle n'a plus rien à perdre. Elle vient de vendre son âme au diable pour un passeport.

20

Chelsea, 1989

Les mois passèrent. Phineas eut treize ans. Sa pomme d'Adam apparut, et une fine moustache blonde se dessina sur son visage. Je grandis de trois centimètres, et mes cheveux étaient enfin assez longs pour me tomber devant les yeux. Ma sœur et Clemency étaient devenues inséparables. Elles avaient inventé un langage secret et passaient des heures dans une cabane faite de draps et de chaises retournées dans la chambre vide du grenier. Le groupe de Birdie sortit une chanson atroce qui arriva en 48e place des classements seulement, elle se disputa avec les autres musiciens et partit en claquant la porte, mais personne dans l'industrie du disque ne sembla le remarquer. Elle commença à donner des cours de violon chez nous, dans la salle de musique.

Pendant ce temps, Justin transforma le jardin de mon père en petite entreprise, vendant ses remèdes par le biais d'annonces dans les journaux. Sally nous faisait cours plusieurs heures par jour dans la cuisine. David donnait trois leçons par semaine de sport dans une salle paroissiale du quartier et rentrait à la maison les poches pleines de billets.

La prédiction que Phin m'avait faite trois mois plus tôt se confirmait.

Les Thomsen n'avaient jamais eu l'intention de partir.

Quand je pense à ces années passées tous ensemble dans la maison de Cheyne Walk, j'arrive désormais à discerner les moments de bascule qui nous ont menés au désastre. Je me souviens de ce premier repas ensemble au restaurant, de cet instant où j'ai compris que mon père avait perdu la bataille avant même qu'elle ait commencé. Je me rappelle ma mère qui se tenait à l'écart de David, par peur du désir qu'il aurait pu éprouver pour elle. Ces premières impressions me reviennent, mais elles ne me permettent pas d'expliquer comment, en l'espace de quelques mois, des étrangers avaient pu prendre le contrôle de notre demeure avec l'aval de mes parents.

Mon père manifestait un intérêt limité pour ce qui se passait. Il jardinait un peu avec Justin, faisant mine d'être passionné par ce qu'il faisait pousser. Il servait deux grands verres de whisky pour lui et David chaque soir à 19 heures, puis avait avec lui des conversations houleuses sur la politique et les affaires du monde pendant lesquelles il prétendait savoir de quoi il parlait, ce qui lui faisait toujours sortir légèrement les yeux des orbites. Mon père voyait tout en noir et blanc, les choses étaient soit bonnes soit mauvaises, et il n'y avait jamais aucune nuance, ce qui était assez gênant. Parfois, pendant nos cours, il s'asseyait avec nous dans la cuisine et semblait très impressionné par nos capacités intellectuelles. Je ne comprenais pas ce qui lui était arrivé. J'avais l'impression que Henry Lamb avait quitté le navire en ne laissant derrière lui qu'une coquille vide.

Je ressentais le besoin impérieux de discuter avec lui de la situation, de ces grands bouleversements cosmologiques, mais j'avais peur qu'une telle conversation n'achève de déchirer le voile qui dissimulait la vacuité de son existence. Il me semblait si vulnérable, si brisé. Un midi de juin, je le vis dans l'entrée attraper son chapeau en mohair, son pardessus et vérifier le contenu de son portefeuille. Notre cours était terminé, et je m'ennuyais.

— Tu sors ?

— Je vais au club.

Ah, le club. Une enfilade de pièces enfumées dans une petite rue de Piccadilly. Il nous y avait emmenés un soir où ma mère était de sortie et où la baby-sitter nous avait fait faux bond. Au lieu de rester à la maison à essayer de divertir deux jeunes enfants insipides, il nous avait installés à l'arrière d'un taxi noir, direction le cœur de Londres. Ma sœur et moi étions restés dans un coin à boire de la limonade et manger des cacahuètes pendant que mon père fumait des cigares et buvait du whisky avec des hommes que nous n'avions jamais vus. J'avais adoré cet endroit. J'aurais voulu ne jamais en partir et avais prié pour que nos baby-sitters ne montrent plus jamais le bout de leur nez.

— Je peux venir ?

Il m'avait lancé un regard vide, comme si je lui avais posé une question énigmatique de maths.

— S'il te plaît. Je ne te dérangerai pas. Je ne parlerai pas.

Il se mit à contempler l'escalier comme si la solution de ce dilemme allait se matérialiser sur le palier.

— Le cours est fini ?

— Oui.

— D'accord.

Il patienta pendant que j'enfilais ma veste, puis nous sortîmes dans la rue où il héla un taxi.

Au club, il ne connaissait plus personne. Il me fit la conversation en attendant que l'on nous serve.

— Comment tu te sens ?

— Perturbé.

— Vraiment ?

— Oui. À propos des changements dans notre vie.

Je retenais ma respiration. C'était exactement le genre de réponse insolente que mon père détestait. Si je lui avais parlé ainsi quelques mois auparavant, il se serait tourné vers ma mère et lui aurait demandé avec un air sévère si ce type de comportement lui semblait acceptable et si cet enfant était bien son fils. Cette fois-ci, il leva vers moi ses yeux bleus vitreux.

—Je vois, marmonna-t-il simplement en détournant aussitôt le regard.

—Toi aussi, tu es perturbé ?

—Non, pas du tout. Je sais très bien ce qu'il se passe.

Je ne comprenais pas s'il savait ce qu'il se tramait et pensait avoir le contrôle, ou s'il était conscient qu'il ne pouvait rien y faire.

—Et alors, qu'est-ce qu'il se passe ?

On nous servit nos boissons : une limonade posée sur un sous-verre en papier blanc pour moi, un whisky coupé à l'eau pour mon père. Il ne répondait pas à ma question. Je pensais avoir manqué ma chance quand il soupira.

—Tu sais, mon grand, parfois dans la vie tu te trouves à la croisée des chemins. Ta mère et moi, c'est ce qui nous est arrivé. Elle voulait prendre une route, et moi une autre. C'est elle qui a gagné.

Je haussai les sourcils.

—Tu penses que maman veut de tous ces gens chez nous ? Elle veut tout ça ?

—Elle veut tout ça ? répéta-t-il en m'imitant comme si ma question était ridicule, ce qui n'était pas du tout le cas.

—Est-ce qu'elle veut vivre avec ces gens ? insistai-je.

—Qu'est-ce que j'en sais, moi ? Je n'ai pas la moindre idée de ce que veut ta mère. Tiens, j'ai un conseil pour toi. Ne te marie jamais avec une bonne femme. Elles peuvent être agréables à regarder, mais elles finissent toujours par te gâcher la vie.

Je ne comprenais plus rien à ce qu'il me disait. Depuis quand se marier avec une femme (ce que je n'avais certainement pas l'intention de faire, mais qui me semblait malheureusement inéluctable pour quiconque voulait se marier, car sinon avec une femme, avec qui d'autre pouvait-on s'unir ?) avait quoi que ce soit à voir avec nos envahisseurs ?

Je continuai à observer son visage, espérant le pousser à formuler une explication limpide, mais mon père n'avait ni l'intelligence émotionnelle ni, depuis son accident, le vocabulaire pour s'exprimer plus clairement. Il sortit un cigare de la poche de sa veste et le prépara lentement.

— Tu ne les aimes pas, si je comprends bien.

— Non, pas du tout. Quand est-ce qu'ils vont partir ?

— Ah, si c'était à moi de décider…

— Mais c'est ta maison. C'est à toi de le faire !

Je m'empêchais d'en dire plus, par peur de dépasser les limites. Il soupira à nouveau.

— En théorie, oui.

Son manque de combativité m'horripilait. J'avais envie de crier.

— Pourquoi tu ne leur demandes pas de partir ? Tu peux leur dire qu'on veut récupérer notre maison. Qu'on veut retourner à l'école. Qu'on ne veut plus les voir.

— Non, je ne peux pas faire ça.

— Mais pourquoi ? m'entêtai-je d'une voix suraiguë.

Mon père recula légèrement.

— Je te l'ai déjà dit. Ta mère a besoin d'eux. De lui.

— De David ?

— Oui, de David. Il paraît qu'il la fait se sentir mieux. Qu'il donne du « sens » à sa vie. Bon, tu m'as dit que tu ne parlerais pas, grogna-t-il en dépliant son journal. Alors que je ne t'entende plus.

21

Miller Roe l'attend devant la maison de Cheyne Walk, les yeux rivés sur son téléphone. Il a l'air encore plus débraillé que ce matin au café. Il se redresse en voyant Libby et Dido approcher et leur sourit.

— Miller, je vous présente Dido, ma collègue. Mon amie, se corrige-t-elle. Dido, Miller Roe.

Ils se serrent la main et se tournent vers la façade de la maison plongée dans l'ombre, le soleil du soir baignant de ses rayons dorés l'autre rive de la Tamise.

— Libby Jones, mais pincez-moi ! C'est un vrai manoir !

Libby sourit et ouvre le cadenas. Ses deux compagnons se pressent dans le vestibule, observant tout autour d'eux. Elle ne se sent pas du tout chez elle. Elle s'attend encore à voir le notaire lui passer devant d'un pas autoritaire.

— Je vois ce que vous vouliez dire à propos du bois partout… À l'époque, cette maison était pleine de têtes d'animaux empaillés et de couteaux de chasse. Il paraît qu'il y avait deux trônes ici, ajoute-t-il en désignant les côtés de l'escalier. Un pour monsieur et un pour madame.

— Qui vous a raconté ça ? demande Dido.

— De vieux amis de Henry et Martina qui étaient invités aux soirées extravagantes qu'organisaient les Lamb jusqu'au début des années 1980, quand ils faisaient encore partie du gratin, que les enfants étaient petits. C'était très glamour, paraît-il.

— Et ces vieux amis, ils étaient où quand ça a tourné au vinaigre ?

— Ce n'étaient pas de vrais amis. Leur entourage était constitué de parents des camarades des enfants, de voisins qui allaient et venaient, de connaissances croisées en soirée. De gens qui ne s'intéressaient pas vraiment aux Lamb, mais qui se souvenaient très bien d'eux.

— Et de leurs trônes.

— Exactement.

— Et leurs familles ? Personne ne s'est inquiété ?

— Henry n'avait pas de famille à proprement parler. Il était fils unique, et ses deux parents étaient décédés. Martina n'était plus en contact avec son père depuis des années, sa mère s'était remariée et vivait en Allemagne avec sa nouvelle famille. Apparemment, elle a essayé plusieurs fois de venir, mais sa fille l'en a toujours dissuadée. En 1992, elle a même demandé à l'un de ses fils d'aller à Londres. Il est venu frapper à la porte tous les jours pendant une semaine, mais personne n'a répondu. Il dit avoir entendu des bruits, vu des rideaux bouger. Quand on appelait au téléphone, ça sonnait dans le vide. La mère ne s'est jamais remise de ne pas avoir essayé davantage de renouer avec sa fille. Je peux ? demande-t-il en se tournant sur sa gauche, vers la cuisine.

Libby et Dido lui emboîtent le pas.

— C'est ici que les enfants suivaient leurs leçons. Les tiroirs étaient pleins de feuilles de papier, de cahiers et de manuels.

— Qui leur faisait cours ?

— On ne sait pas. Certainement pas Henry Lamb, qui n'était pas bon à l'école et n'avait pas réussi à entrer à l'université. Probablement pas Martina non plus, l'anglais n'étant pas sa langue maternelle. C'était sans doute l'un des « autres ». Ou plutôt l'une des « autres ».

— Où sont passés les cahiers ?

— Je ne sais pas. Ils sont peut-être encore ici.

Libby s'approche de la grande table en bois qui a deux tiroirs de chaque côté. Elle retient son souffle et les ouvre un à un. Vides. Elle soupire.

— Des pièces à conviction, explique Miller. Ils ont probablement été détruits depuis le temps.

— Quels autres objets ont été prélevés ? demande Dido.

— Les vêtements. Les draps. Tout le matériel d'apothicaire. Les flacons, les fioles et ce genre d'accessoires. Les savons. Les torchons. Les serviettes. Tout ce qu'on pouvait analyser. Il n'y avait presque rien d'autre, de toute façon. Rien sur les murs. Pas de jouets, pas de chaussures.

— Pas de chaussures ? répète Dido.

Libby hoche la tête. C'était l'un des détails qui l'avaient profondément marquée dans l'article de Miller. Une maison pleine d'habitants sans une seule paire de chaussures.

— Cette cuisine devait être à la pointe de la mode dans les années 1970, fait remarquer Dido en regardant autour d'elle.

— C'est vrai. Et très haut de gamme. En fait, avant qu'ils ne commencent à tout vendre, tout ce que les Lamb achetaient provenait de chez Harrods. L'archiviste du magasin m'a montré leurs factures depuis que Henry avait acquis la maison. L'électroménager, les lits, les abat-jour, les canapés, les vêtements, une commande de fleurs coupées par semaine, les rendez-vous chez le coiffeur, les produits de toilette, les serviettes, la nourriture, tout.

— Mon berceau aussi ?

— Oui. Si je me souviens bien, il a été acheté en 1977 pour la naissance de leur fils.

— J'étais le troisième bébé à l'utiliser ?

— Je présume.

Ils se dirigent vers la pièce à côté du vestibule.

— Selon vous, qu'est-ce qui leur est arrivé ? demande Dido à Miller.

— Pour la faire courte : des gens louches s'installent dans la maison d'une riche famille qui connaît un revers de fortune. Des événements étranges se produisent, et tout le monde meurt, sauf plusieurs adolescents dont on n'entend plus jamais parler. Et puis il y a le bébé, Serenity. Et au moins une autre personne qui s'occupait de cultiver les plantes destinées à la fabrication des remèdes. J'ai passé un mois entier à chercher tous les apothicaires, au Royaume-Uni et à l'étranger, qui auraient pu être à Londres à cette époque. Chou blanc.

Ils sont désormais dans une pièce au plancher sombre et aux murs recouverts de lambris. Il y a une grande cheminée en pierre d'un côté et un bar en acajou de l'autre.

— Ici, ils ont trouvé des choses bizarres, raconte Miller d'une voix grave. Au début, la police a pensé qu'il s'agissait d'objets de torture, mais en réalité c'étaient des équipements sportifs faits maison. Les trois cadavres retrouvés étaient particulièrement fins et musclés. C'était ici qu'ils faisaient de l'exercice, probablement pour contrer les effets négatifs de leur isolement. Là encore, j'ai passé un mois à chercher tous les entraîneurs que je pouvais interroger pour leur demander s'ils savaient s'il y avait beaucoup d'adeptes de la callisthénie à Chelsea dans les années 1980 et 1990. Encore une fois, je n'ai rien découvert.

Il soupire puis se tourne vers Libby.

— Vous avez trouvé l'escalier secret qui mène au grenier ?

— Oui, le notaire me l'a montré.

— Vous avez vu les verrous sur les portes des enfants ?

Libby sent un frisson lui parcourir l'échine.

— Je n'avais pas encore lu votre article, je ne les ai pas remarqués. Et quand je suis revenue, j'ai cru entendre quelqu'un, ajoute-t-elle après une pause. J'ai eu peur et je suis partie.

— On va voir ce qu'il en est ?

— D'accord.

— Il y a le même genre d'escalier chez mes parents, commente Dido en posant la main sur la rampe. Ça me foutait toujours les chocottes quand j'étais petite. J'imaginais qu'un fantôme allait fermer les deux portes à clé et que je me retrouverais coincée à tout jamais.

Libby presse imperceptiblement le pas à cette idée. Elle arrive au grenier un peu essoufflée.

— Ça va ? lui demande Miller.

— À peu près, murmure-t-elle.

— Vous entendez ça ? poursuit-il en plaçant sa main derrière son oreille.

— Quoi ?

— Les craquements.

Elle hoche la tête, les yeux écarquillés.

— C'est le bruit des vieilles maisons quand elles ont trop chaud ou trop froid. Elles se plaignent. C'est ce que vous avez entendu l'autre jour.

Elle hésite à lui demander si les vieilles maisons toussent aussi, mais elle se ravise.

Miller sort son téléphone de sa poche et commence à filmer devant lui.

— Voilà, c'est ici, chuchote-t-il en tournant son portable vers la porte de la première chambre à gauche. Regardez.

Elles s'immobilisent derrière lui. Il y a un verrou à l'extérieur de la chambre. Elles le suivent jusqu'à la porte suivante, où ils découvrent un autre verrou. Et encore un. Et encore un.

— Les quatre chambres pouvaient être fermées de l'extérieur. La police pense que c'était là où les enfants dormaient. C'est dans ces pièces qu'ils ont trouvé des traces de sang et des marques sur les murs. Il y avait même un verrou sur la porte des toilettes, regardez. On entre? reprend-il en s'arrêtant devant une chambre.

Sa main est déjà posée sur la poignée. Libby acquiesce.

Quand elle avait lu l'article de Miller, elle avait survolé les paragraphes à propos des chambres du grenier, incapable de se confronter à une telle violence. Maintenant, il faut qu'elle en ait le cœur net.

C'est une pièce assez grande, peinte en blanc avec des plinthes jaunes, du parquet, des rideaux en lambeaux aux fenêtres, des matelas fins dans un angle, et rien d'autre. La chambre suivante est identique. La troisième également. Libby retient son souffle en entrant dans la dernière, persuadée qu'un homme les attend derrière la porte. Mais il n'y a personne, rien qu'une chambre blanche de plus avec des rideaux et du parquet. Ils sont sur le point de refermer la porte derrière eux quand Miller suspend son geste, s'avance vers le coin le plus éloigné de la pièce et braque son téléphone sur le matelas qui s'y trouve.

— Qu'est-ce qu'il y a?

Il tire sur le matelas et découvre un objet coincé entre celui-ci et le mur.

— Qu'est-ce que c'est?

Il attrape l'objet et le montre à sa caméra, puis à Libby et Dido.

— Une chaussette.

— Quoi?

— Une chaussette d'homme.

Le tissu est rouge et bleu, une tache de couleur qui détonne dans la blancheur de ces chambres.

— C'est bizarre.

— Plus que ça, c'est impossible. Regardez, leur intime-t-il en s'approchant d'elles.

La chaussette est floquée du logo Gap.

— Quoi ? Je ne comprends pas.

— C'est le logo Gap actuel, et ça ne fait que deux ou trois ans qu'ils l'ont changé, explique-t-il en dévisageant Libby. Cette chaussette est neuve.

22

Lucy appelle Michael à 17 heures le vendredi après-midi depuis une cabine téléphonique non loin de l'hôtel. Il décroche immédiatement.

— J'attendais ton appel, annonce-t-il d'une voix lascive.

— Tu vas bien ? s'exclame-t-elle avec un enthousiasme exagéré.

— Oui, très bien, et toi ?

— Tout pareil !

— Tu ne t'es pas encore acheté de portable ? Tu m'appelles d'un fixe, là.

— On va m'en prêter un, ment-elle avec aisance. Un modèle reconditionné. Je dois le récupérer demain.

— Parfait. Enfin, je sais bien que tu ne m'appelles pas pour parler de la pluie et du beau temps. J'imagine que tu as envie de savoir comment avance ta petite affaire…

— En effet, je suis plutôt curieuse, répond-elle après un éclat de rire.

— Eh bien, je crois que tu vas m'adorer, Lucy Lou, parce que je te sors le putain de grand jeu. Des passeports pour toi, Marco, ta fille et même ton chien. Ça m'a coûté tellement cher qu'ils m'ont fait le toutou gratos !

Elle sent son estomac se nouer. Elle ne veut pas penser à ce que Michael a dépensé pour obtenir ces passeports et au prix qu'elle va devoir payer en échange. Elle se force à rire.

— C'est vraiment gentil, ça !

—Gentil, mon cul, ouais. Bon, tu passes les récupérer quand ?

—Aujourd'hui, je ne peux pas. Peut-être demain, ou dimanche ?

—Dimanche, c'est bien. Viens pour le déjeuner. Joy ne travaille pas, on sera tranquilles.

Elle sent son repas du midi remonter dans son œsophage.

—À quelle heure ? parvient-elle à articuler de façon naturelle.

—À 13 heures. Je préparerai des steaks sur le barbecue. Tu pourras faire ce truc que tu faisais tout le temps, tu sais, avec du pain et des tomates.

—La panzanella.

—C'est ça. Tu la réussissais bien, celle-là !

—Merci, Michael. J'espère que je n'ai pas perdu le coup de main.

—Moi aussi. Ton coup de main, il m'a beaucoup, beaucoup manqué.

Lucy rit, dit qu'elle le verra dimanche, puis raccroche et vomit.

23

Chelsea, 1990

Un après-midi de l'été 1990, alors que je venais d'avoir treize ans, je tombai sur ma mère sur le palier. Elle rangeait des piles de draps propres dans le placard. Il y avait eu une époque où notre linge sale était prélevé une fois par semaine par une camionnette ornée de lettres dorées, qui nous le rapportait quelques jours plus tard dans des sacs en tissu blanc immaculé fermés par des rubans ou suspendu à des cintres en bois, sous des protections en plastique.

— Qu'est-ce qui s'est passé avec le pressing ?

— Quel pressing ?

Ses cheveux avaient poussé. Je crois qu'elle ne les avait pas coupés depuis que les autres étaient arrivés, deux ans auparavant. Birdie avait les cheveux longs, Sally aussi, mais ma mère avait toujours eu un carré court. À présent, ses cheveux descendaient sous ses clavicules et étaient séparés au milieu du crâne par une raie. Essayait-elle de ressembler aux autres femmes, tout comme j'essayais de ressembler à Phin ?

— Tu te souviens du vieil homme dans la camionnette blanche qui venait chercher notre linge ? Il était si petit que tu avais toujours peur qu'il ne soit pas capable de tout porter.

Les yeux de ma mère parurent se troubler un instant, comme si elle se souvenait d'un rêve.

— Oh oui, je l'avais oublié.

— Pourquoi est-ce qu'il ne vient plus ?

Elle se contenta de frotter son pouce et son majeur. Je lui lançai un regard horrifié. Je savais ce que ce geste signifiait. Je m'en doutais depuis longtemps, mais c'était la première fois qu'on me le confirmait. Nous étions pauvres.

— Qu'est-ce qui est arrivé à l'argent de papa ?

— Chut.

— Je ne comprends pas !

— Chut ! répéta-t-elle en m'attrapant le bras et en m'entraînant dans sa chambre.

Elle me fit signe de m'asseoir sur le lit. Elle prit mes mains dans les siennes et me regarda intensément. Je remarquai qu'elle ne portait pas de maquillage et me demandai à quel moment elle avait cessé d'en mettre. Tant de choses avaient changé au cours des deux dernières années qu'il m'était difficile de dater les différents événements.

— Il faut que tu me jures que tu ne le répéteras à personne, Henry. Pas à ta sœur, pas aux autres enfants, pas aux adultes. Tu me le jures ?

Je hochai la tête vivement.

— Si je te dis ça, c'est parce que je te fais confiance. Parce que je sais que tu peux comprendre. Tu ne me décevras pas, n'est-ce pas ?

Je répétai le mouvement de plus en plus vite.

— Papa n'a plus d'argent depuis longtemps.

Je déglutis avec difficulté.

— Plus rien du tout ?

— Non, presque plus rien.

— Mais comment on fait pour vivre, alors ?

— Il vend ses parts, ses actions depuis quelque temps. Il reste deux ou trois comptes épargne. Si on réussit à ne dépenser que trente livres par semaine, on pourra tenir plus de deux ans.

— Trente livres par semaine ? articulai-je, les yeux écarquillés.

Ma mère avait l'habitude de dépenser trente livres par semaine rien qu'en bouquet de fleurs !

— C'est impossible !

— Pas du tout. David nous a aidés à faire les comptes, et ça peut marcher.

— David ? Mais qu'est-ce qu'il y connaît ? Il n'a même pas de maison !

— Chut ! intima-t-elle en posant un doigt sur ses lèvres et en jetant un regard inquiet vers la porte de la chambre. Tu dois nous faire confiance, Henry. Nous sommes adultes, et c'est nous qui prenons les décisions. Birdie gagne de l'argent en donnant ses cours de violon. David, avec ses leçons de sport et ses cours de médecine alternative. Et Justin vend ses remèdes.

— Peut-être, mais ils gardent leur argent pour eux !

— Non, chacun apporte sa contribution, et ça fonctionne.

C'est à ce moment-là que je compris enfin la terrible réalité.

— On est devenus communistes, c'est ça ? demandai-je, horrifié.

Ma mère éclata de rire, comme si je venais de dire quelque chose d'absolument ridicule.

— Bien sûr que non !

— Pourquoi est-ce que papa ne vend pas la maison ? poursuivis-je, désespéré. On pourrait aller vivre dans un petit appartement, ce serait génial, et on aurait plein d'argent !

— Mais ce n'est pas une question d'argent, Henry, tu comprends ?

— C'est une question de quoi, alors ?

Elle soupira et se mit à caresser mes mains.

— C'est une question de… C'est pour moi, voilà. Parce que je me sens triste depuis si longtemps, et tout ce que nous avons ne me rend pas heureuse, pas du tout, ajouta-t-elle en désignant sa grande chambre avec ses épais rideaux plissés et son lustre scintillant. David est arrivé et m'a montré une autre façon de vivre, moins égoïste. Nous avons *trop*, Henry. Tu le vois bien, non ? Nous avons beaucoup, beaucoup trop, et ça nous surcharge. Maintenant que nous n'avons plus d'argent, c'est l'occasion de changer de mode de vie, de réfléchir à notre nourriture, nos possessions, nos dépenses, nos occupations… Il faut que nous rendions au monde, pas que nous nous endettions davantage. Tu sais, David…, reprit-elle après une pause, sa voix s'éclairant comme du cristal en prononçant son prénom, David donne tout son argent à des associations caritatives. Maintenant, grâce à lui, nous faisons la même chose. C'est si bon de donner à ceux qui sont dans le besoin. La vie que nous menions, c'était du gaspillage. C'était mal, Henry, tu comprends ? Maintenant, avec David pour nous guider, nous pouvons mener une existence plus équilibrée.

Je me laissai un moment pour laisser décanter en moi ses paroles.

— Alors ils vont rester pour toujours ?

— Je l'espère ! répondit-elle avec un sourire lumineux. De tout mon cœur.

— Et nous sommes pauvres ?

— Non, mon chéri, nous ne sommes pas pauvres. Nous sommes allégés. Nous sommes libres !

24

Libby, Miller et Dido fouillent la maison de fond en comble pour trouver l'entrée utilisée par l'inconnu à la chaussette. Une grande porte vitrée donne sur l'escalier de pierre qui mène au jardin, mais elle ne s'ouvre que de l'intérieur, et le verrou est fermé, constatent-ils rapidement. De la glycine a poussé sur la façade et la porte, ce qui confirme qu'elle n'a pas été ouverte depuis plusieurs mois.

Ils essaient les fenêtres, mais elles sont toutes fermées et poussiéreuses. Ils cherchent d'autres issues dérobées, sans succès.

Ils testent toutes les clés du jeu de Libby pour ouvrir la porte vitrée, trouvent la bonne, mais la porte ne bouge toujours pas. Miller s'approche des carreaux sales.

— C'est fermé de l'extérieur. Vous avez une petite clé dans votre trousseau ?

Libby lui indique la plus petite qu'elle ait.

— Est-ce que ça vous dérange si j'enlève une vitre ? demande Miller à Libby.

— Avec quoi ?

Il lui montre son coude. Elle grimace.

— S'il le faut.

Il utilise les lambeaux d'un rideau à fleurs pour amortir le coup. Le verre se fissure en deux morceaux, que Miller retire. Il passe sa main à travers la fenêtre, insère la clé dans le verrou et actionne la poignée. La porte s'ouvre en brisant les branches de glycine.

— C'est ici qu'ils faisaient pousser leurs herbes, annonce Miller en s'avançant dans le jardin.

— Celles qui ont tué les parents de Libby ?

— Oui. C'était de la belladone, aussi connue sous le nom de cerise du diable. La police en a trouvé tout un buisson.

Ils se rendent jusqu'à l'imposant acacia qui plonge l'extrémité du jardin dans l'ombre et la fraîcheur. Un banc arrondi qui suit la frondaison de l'arbre fait face à la maison. Malgré les records de chaleur que bat cet été londonien, l'assise est humide et le bois moisi. Libby effleure l'accoudoir. Elle s'imagine Martina Lamb assise ici un matin ensoleillé, une tasse de thé posée sur l'accoudoir, écoutant chanter les oiseaux au-dessus de sa tête. Elle la voit, une main caressant son ventre, un sourire aux lèvres, attentive aux mouvements du bébé qui grandit en elle.

Puis elle la voit, un an plus tard, boire du poison après son dîner avant de s'allonger sur le sol de la cuisine, abandonnant sa fille à l'étage.

Libby retire vivement sa main et se retourne vers la maison.

D'ici, elle voit les quatre grandes fenêtres du salon, quatre ouvertures plus petites à l'étage, deux par chambre, et un œil-de-bœuf au centre qui donne sur le palier. Au dernier étage, il y a les quatre lucarnes, une pour chaque chambre du grenier, et la petite fenêtre ronde de la salle de bains. Encore au-dessus, le toit plat, trois cheminées et le ciel bleu.

— Regardez ! s'écrie Dido, qui s'est mise sur la pointe des pieds et qui leur désigne quelque chose à hauteur du toit. C'est une échelle, non ? Ou un escalier de secours ?

— Où ?

— Là, derrière la cheminée rouge, regarde !

Libby distingue le scintillement de barreaux en métal qui descendent jusqu'à une saillie, puis jusqu'au rebord de la corniche. Ensuite, une gouttière file jusqu'à un petit promontoire en brique. Il faut alors sauter sur le mur d'enceinte, puis sur une sorte de bloc en ciment, et on arrive dans le jardin.

Elle fait volte-face. Au fond du terrain se dresse un vieux mur de briques recouvert de feuillages touffus, qu'elle écarte, découvrant au sol un chemin entre les mauvaises herbes. La végétation est tissée de toiles d'araignée qui s'accrochent à ses vêtements et à ses cheveux, mais elle continue. Quelque chose la stimule, elle sent qu'elle est sur la bonne piste et ne peut plus s'arrêter. Puis enfin, un portail délabré en bois vert foncé apparaît. Il tombe de ses gonds et donne sur le jardin abandonné de la maison voisine.

Miller et Dido l'ont suivie et essaient de voir par-dessus son épaule. Elle pousse le portail de toutes ses forces et s'avance dans le jardin.

Il est en friche, envahi de broussailles. Au milieu se trouvent un cadran solaire bancal et un sentier de graviers. Il n'y a aucun meuble de jardin, pas de jouets. Mais, sur le côté de la bâtisse, elle découvre un chemin qui semble mener directement à la rue.

— C'est par là qu'il entre, annonce Libby en posant sa main sur le cadenas qui a été ouvert à la cisaille. Celui qui dort dans la maison. Il passe par ce portail, traverse le jardin, monte sur le bloc de béton là-bas, poursuit-elle en les ramenant dans le jardin. Il saute sur le mur, puis sur le promontoire, grimpe le long de la gouttière jusqu'à la corniche, et ensuite il peut attraper les barreaux de l'échelle. Il suffit qu'on comprenne où elle mène.

Elle jette un regard à Miller, qui la dévisage.

— Je ne suis pas très sportif…

Elle se tourne vers Dido, qui fait la moue.

—Ah non, pas moi!

Ils retournent dans la maison et montent au grenier. Cette fois, ils remarquent une petite trappe en bois au milieu du palier. Miller fait la courte échelle à Libby, qui pousse de toutes ses forces.

—Alors, qu'est-ce que ça donne?

—On dirait une sorte de tunnel plein de poussière, et, au bout, il y a une autre trappe. Soulevez-moi plus haut.

Miller grogne et parvient à la remonter suffisamment pour qu'elle puisse se hisser dans le tunnel en s'agrippant à une latte. Il fait extrêmement chaud sous les combles, et elle sent ses vêtements se coller à son corps en nage. Elle rampe le long du tunnel et ouvre la seconde trappe. La lumière du soleil l'aveugle. Elle avance sur le toit, où elle trouve des plantes en pot mortes et deux chaises de jardin en plastique.

Elle pose ses mains sur ses hanches et apprécie la vue. La cime verte des arbres qui bordent le fleuve, puis la ceinture sombre que forme la Tamise. Derrière elle, un entrelacs de rues étroites mènent jusqu'à King's Road. Une terrasse de pub bondée, un patchwork de jardins et de voitures.

—Qu'est-ce que tu vois? entend-elle Dido lui crier.

—Tout, absolument tout.

25

Marco regarde Lucy d'un air suspicieux.

— Pourquoi on ne peut pas venir, nous ? Je ne comprends pas.

Lucy soupire et applique un trait d'eye-liner sur ses paupières en se regardant dans son miroir de poche.

— C'est comme ça, d'accord ? Il m'a rendu un énorme service et il veut me voir toute seule, donc j'y vais seule.

— Mais s'il te fait du mal ?

Elle réprime un frisson.

— Ça n'arrivera pas, Marco. Notre mariage était très problématique, mais on n'est plus mariés maintenant. C'est du passé. Les gens changent.

Elle ment et évite le regard de son fils. Si elle le regardait dans les yeux, il verrait à quel point elle est terrifiée. Il comprendrait ce qu'elle s'apprête à faire, sans avoir aucune idée des raisons qui la poussent, parce qu'il ignore ce qu'elle a vécu enfant, ce qu'elle a fui vingt-quatre ans plus tôt.

— On va utiliser un code, décrète-t-il. Je vais t'appeler et, si tu as peur, tu me demandes : « Ça va, Fitz ? » OK ?

Elle hoche la tête et sourit.

— D'accord.

Elle l'attire à elle et lui dépose un baiser derrière l'oreille. Il la laisse faire.

Quelques minutes plus tard, Stella et Marco attendent dans la cuisine pour lui dire au revoir.

— T'es belle, maman, la complimente Stella.

Lucy sent son courage vaciller.

— Merci, ma chérie. Je rentrerai vers 16 heures avec les passeports. Ensuite, on pourra prévoir notre voyage à Londres.

Elle leur lance le plus grand sourire dont elle soit capable à cet instant. Stella enlace sa jambe. Lucy la détache après un moment et quitte la maison sans se retourner.

La crotte de Fitz n'a pas bougé, mais elle attire maintenant deux fois plus de mouches. Ce constat lui met du baume au cœur.

Michael lui ouvre la porte, lunettes de soleil sur la tête, short ample et tee-shirt blanc comme neige. Il lui prend des mains le sac de courses qui contient les tomates, le pain et les anchois, puis se penche pour lui faire la bise. Il sent la bière.

— Qu'est-ce que tu es belle, Lucy ! Entre, entre !

Elle le suit dans la cuisine. Deux steaks sont posés sur l'îlot central, à côté d'une bouteille de vin qui trempe dans un seau à glace en argent. Des enceintes diffusent une chanson d'Ed Sheeran. Michael semble être d'extrêmement bonne humeur.

— Qu'est-ce que tu veux, un gin-tonic, un bloody mary, du vin, une bière ?

— Une bière, merci.

Il lui passe une Peroni dont elle avale une gorgée qui lui monte aussitôt à la tête. Elle aurait dû manger un peu plus au petit déjeuner.

— Santé ! s'exclame-t-il en lui tendant sa bière.

— Santé.

Elle repère un bol rempli des chips préférées de Michael et en prend une grande poignée. Il faut qu'elle reste suffisamment sobre pour ne pas perdre le contrôle, mais qu'elle soit assez soûle pour affronter ce qui l'attend.

— Alors, comment avance ton livre ? demande-t-elle en attrapant une planche à découper et un couteau dans un tiroir, avant de sortir les tomates du sac.

— Ne m'en parle pas… Je n'ai pas été très productif cette semaine, pour être honnête.

— C'est souvent comme ça, non ? C'est psychologique.

— Peut-être, grommelle-t-il en lui tendant un plat. Cela dit, les bons écrivains s'y mettent et vont jusqu'au bout. C'est comme si je décidais de ne pas faire mon footing parce qu'il pleut. C'est une mauvaise excuse. Il faut que je me force.

Il lui sourit. Il a l'air humble, sincère, et pendant un instant Lucy se dit que peut-être cette journée ne se passera pas comme elle l'avait imaginé, qu'ils s'en tiendront à ce déjeuner, à cette conversation, qu'il lui donnera les passeports et la laissera repartir après l'avoir enlacée, sans rien tenter de plus.

— C'est vrai, approuve-t-elle en sentant la lame parfaitement aiguisée trancher les tomates comme du beurre. Après tout, c'est un travail comme un autre. Il faut s'y mettre pour avancer.

— Voilà, exactement.

Il boit d'une traite le reste de sa bière et jette la bouteille vide dans la poubelle. Il en sort une autre du réfrigérateur, puis une deuxième qu'il tend à Lucy. Elle secoue la tête et désigne sa bouteille qui est encore pleine.

— Bois ! J'ai une super bouteille de sancerre au frais pour toi. Ton vin préféré.

— Excuse-moi, dit-elle en prenant une nouvelle gorgée. Ça fait longtemps que je n'ai pas bu d'alcool.

— Vraiment ?

— Pas par choix. Je n'avais pas assez d'argent pour ça.

— Eh bien, raison de plus pour ne pas bouder ton plaisir ! Allez, bois.

Et voilà la ligne rouge, ce ton presque amical avec une pointe d'agressivité. Pas une demande bienveillante, non : un ordre. Elle sourit et boit la moitié de sa bière. Il ne la quitte pas des yeux.

— C'est bien, ça. Allez, finis.

Elle fait une grimace et avale le reste, manquant de s'étouffer en buvant trop vite. Il lui lance un sourire carnassier.

— C'est bien ça, ma Lucy.

Il lui arrache presque la bouteille des mains et se retourne pour attraper deux verres à pied dans un placard.

— On passe dehors pour la suite ?

— Attends, il faut que je finisse, répond-elle en montrant les tomates qu'elle n'a pas encore coupées.

— Tu feras ça plus tard. Buvons un verre.

Elle le suit sur le patio, emportant avec elle le bol de chips et son sac à main.

Il leur sert deux grands ballons de sancerre et en pousse un vers elle. Ils trinquent, et Michael plante ses yeux dans ceux de son ex-femme.

— Alors, Lucy Lou, dis-moi tout. Qu'est-ce que tu as fait pendant toutes ces années ?

— Ah ! s'exclame-t-elle d'une voix aiguë. Je ne sais pas par où commencer !

— Pourquoi pas par l'homme avec qui tu as eu une fille ?

L'estomac de Lucy se noue. Elle sait que, depuis que Michael a posé les yeux sur Stella, il imagine Lucy en train de coucher avec un autre homme.

— Oh, je n'ai pas grand-chose à dire sur lui. C'était une catastrophe. Mais au moins j'ai eu Stella, alors tu vois…

Il se penche vers elle, ses yeux noisette grands ouverts. Il sourit, mais aucune joie ne se lit dans son regard.

— Non, je ne vois pas. C'est qui, ce mec ? Tu l'as rencontré où ?

Elle pense aux passeports qui l'attendent quelque part dans la maison. Elle ne peut pas se permettre de le mettre en colère. Elle ne peut pas lui dire que le père de Stella était l'amour de sa vie, l'homme le plus beau du monde, qu'il était un pianiste d'exception qui la faisait pleurer d'émotion chaque fois qu'il jouait, qu'il lui a brisé le cœur et qu'elle n'a jamais réussi à en recoller les morceaux, même après tout ce temps, après trois longues années.

— C'était un connard. Il était charmant, mais traînait dans des affaires louches et il n'était pas brillant-brillant, ajoute-t-elle après une gorgée de vin. J'ai pitié de lui maintenant. Il ne me méritait pas. Et il ne méritait pas Stella non plus, ça, c'est sûr.

Elle ment avec conviction et facilité, car, même si Michael ne s'en rend pas compte, c'est en fait de lui qu'elle parle. Ce portrait désavantageux semble lui convenir. Son sourire s'adoucit, et un peu d'humanité l'envahit à nouveau.

— Et il est où, ce bouffon ?

— Il s'est barré. Rentré en Algérie. Il a brisé le cœur de sa mère par la même occasion, qui m'en veut à mourir. Mais c'était évident qu'il allait la décevoir, qu'il allait décevoir tout le monde. C'était ce genre de mec, tu vois.

Il se penche vers elle.

— Tu étais amoureuse ?

— T'es fou ! proteste-t-elle en fronçant les sourcils. Pas du tout !

Il hoche le menton comme s'il lui donnait sa bénédiction.

— Et tu as eu d'autres aventures, à part lui ?

Elle fait signe que « non ». Un autre mensonge facile.

— Non, je vis à la petite semaine avec deux enfants, alors même si j'avais rencontré quelqu'un, ça n'aurait jamais marché. C'est tout bonnement impossible, conclut-elle en haussant les épaules.

—Ouais, je comprends. Lucy, reprend-il d'un ton sérieux, tu aurais pu me demander, et je t'aurais aidée sans hésiter. Il fallait m'appeler.

Elle secoue la tête lentement, avec tristesse.

—Tu es trop fière, je te connais.

Cette dernière affirmation est tellement fausse qu'elle pourrait en rire, mais elle acquiesce d'un air résigné.

—Tu me connais par cœur.

Ça le fait rire.

—On était vraiment le pire couple du monde. Tu te souviens des crises qu'on piquait ? Putain, on était complètement malades ! Mais, au final, je trouve qu'on allait hyper bien ensemble, non ?

Lucy se force à sourire et hocher la tête, mais elle n'arrive pas à dire « oui ».

—On aurait peut-être dû faire plus d'efforts, poursuit-il en se resservant et en remplissant à ras bord le verre quasi intact de Lucy.

—Parfois, il n'y a rien à faire.

—Tu as raison, renchérit-il comme si elle venait de dire quelque chose de très profond.

Il boit une longue gorgée.

—Parle-moi un peu de mon fils. Est-ce qu'il est intelligent ? Est-ce qu'il est bon en sport ?

Est-ce qu'il est gentil ? Attentionné ? Est-ce qu'il prend soin de sa petite sœur ? Est-ce qu'il m'aide ? Est-ce qu'il sent bon ? Est-ce qu'il chante bien ? Est-ce qu'il aime dessiner les gens qu'il croise ? Est-ce qu'il mérite mieux qu'une mère comme moi et que la vie de merde que je lui offre ?

— Il est assez intelligent, oui. Dans la moyenne en maths et en sciences, excellent en langues et en arts. Et non, il n'aime pas du tout le sport.

Elle le regarde avec attention, cherchant dans ses yeux une lueur de déception, qui ne vient pas.

— On ne peut pas être bon partout. En tout cas, il est sacrément mignon. Il s'intéresse déjà aux filles ?

— Il n'a que douze ans, répond-elle vivement.

— C'est l'âge. Ne me dis pas qu'il est gay, quand même !

Elle a envie de jeter son verre à la figure de Michael et de s'enfuir.

— Qui sait ? Pour l'instant, aucun signe de quoi que ce soit. Ça ne l'intéresse pas encore. Enfin, je devrais finir de couper les tomates, dit-elle pour changer de sujet. Il faut le temps que ça repose.

Elle se lève. Lui aussi.

— Je vais mettre le barbecue en route.

Elle fait un pas vers la cuisine, mais Michael lui attrape le bras. Son regard est vitreux, et il n'arrive plus à se tenir tout à fait droit. Il n'est que 13 h 30. Il pose ses paumes sur les hanches de Lucy et l'attire à lui. Il attrape une mèche de cheveux qu'il glisse derrière son oreille et se penche vers elle.

— Je n'aurais jamais dû te laisser partir, murmure-t-il.

Ses lèvres écorchent les siennes un instant. Il la dévisage intensément et la renvoie dans la cuisine en lui collant une main aux fesses.

26

Chelsea, 1990

Peu de temps après cette discussion avec ma mère durant laquelle j'avais découvert que David donnait tout notre argent à des associations caritatives et qu'il allait vivre avec nous pour toujours, je le vis embrasser Birdie.

Une vision qui me répugna profondément, à bien des égards.

D'abord, comme vous le savez, je trouvais Birdie particulièrement repoussante. La pensée de ses petites lèvres dures collées à celles généreuses de David, des mains de ce dernier posées sur ses hanches décharnées, de la grosse langue de Birdie en expédition dans la cavité obscure formée par leurs deux bouches… Beurk.

Ensuite, j'avais des valeurs assez traditionnelles, et l'idée de l'adultère me révoltait.

Et enfin, même si je n'en saisis pas tout de suite le sens, les implications de ce baiser illégitime n'étant pas encore évidentes, une sensation de terreur m'envahit en voyant David et Birdie devenir un seul et même être. J'avais pressenti que cette union allait éveiller en chacun d'eux quelque chose qu'il aurait mieux valu laisser enfoui.

C'était arrivé un dimanche matin. Sally était sortie prendre des photos pour un tournage. Justin vendait ses potions au marché. Mes parents traînaient en robe de chambre dans le jardin, ils lisaient le journal en buvant du thé. Je m'étais réveillé à 8 h 30, ce qui n'était pas dans mes habitudes. J'ai toujours été matinal, et, même quand j'étais adolescent, je me levais très rarement après 9 heures. Je venais de sortir de ma chambre et me frottais les yeux encore mi-clos de sommeil quand je les vis, dans les bras l'un de l'autre, devant la chambre de David. Elle portait une chemise de nuit en mousseline, lui un peignoir en coton noir. Elle avait une jambe avancée entre les siennes. Leurs bas-ventres étaient collés l'un à l'autre. Il avait posé une main sur son cou pâle constellé de grains de beauté. Elle avait glissé une paume sur sa fesse gauche.

Je reculai immédiatement dans ma chambre, le cœur battant, mon estomac révulsé. Je plaquai mes deux mains sur ma bouche pour réprimer la nausée qui montait.

— Merde, chuchotai-je.

Puis je répétai ce mot haut et fort. J'ouvris la porte un instant plus tard, mais ils avaient disparu. Je ne savais pas quoi faire. Il fallait que je le dise à quelqu'un. Il fallait que j'en parle à Phin.

Phin écarta ses mèches blondes de son visage d'un petit geste de la main. Malgré l'adolescence, il devenait plus irrésistible de jour en jour. Il n'avait que quatorze ans et mesurait déjà un mètre quatre-vingts. Selon mes observations, il n'avait jamais eu le moindre bouton d'acné. Et, vu que l'étude du visage de Phin était mon passe-temps favori, je l'aurais forcément remarqué.

— Il faut qu'on parle, murmurai-je avec empressement en m'approchant de lui. C'est de la plus haute importance.

Il me suivit au fond du jardin jusqu'au banc courbé qui baignait dans la lumière du soleil matinal. À cette époque de l'année, les arbres étaient trop feuillus pour qu'on puisse nous voir depuis la maison. Je me tournai vers lui.

— Je viens d'assister à une scène abominable.

Phin me lança un regard dubitatif. Il pensait probablement que j'allais lui annoncer que j'avais vu le chat lécher le beurre, ou quelque chose d'aussi trivial et puéril que cela. Il ne me croyait clairement pas capable d'identifier un événement choquant.

— J'ai vu ton père et Birdie…

Son air condescendant s'effaça pour laisser place à de la panique.

— Ils sortaient de la chambre de tes parents. Ils s'embrassaient…

Je le vis tressaillir. J'avais toute son attention. Deux ans après notre rencontre, Phin me regardait enfin. Il serra la mâchoire.

— Tu te fous de ma gueule ? aboya-t-il.

— Non, je te jure ! m'exclamai-je en secouant la tête. Je viens de les voir. Il y a vingt minutes. Je te jure.

Ses yeux s'emplirent de larmes qu'il essaya de réprimer. On m'a souvent dit que je manquais d'empathie. C'est peut-être vrai. Je n'avais pas imaginé que cette nouvelle risquait d'attrister Phin. Le choquer, oui. Le scandaliser, le dégoûter. Mais lui causer de la peine ?

— Je suis désolé, je…

Il secoua la tête. Ses beaux cheveux blonds vinrent dissimuler son visage un instant, puis s'écartèrent à nouveau pour révéler une expression magnifique et déchirante de courage.

— Ça va. Je suis content que tu me l'aies dit.

Un silence s'installa entre nous. Je ne savais pas quoi faire. J'avais enfin capté son attention, mais je venais de lui faire du mal. Je regardais ses grandes mains bronzées, agrippées à ses genoux, et j'avais envie de les prendre dans les miennes, de les caresser, de les embrasser pour faire disparaître sa douleur. Une irrésistible vague de désir physique monta de mes entrailles et déferla sur moi, me noyant dans cette envie brûlante. Je détournai rapidement le regard pour contempler l'herbe entre mes pieds nus.

— Tu vas le dire à ta mère ?

Il fit « non » du menton. Ses cheveux retombèrent, cachant à nouveau son visage.

— Ça la tuerait, répondit-il simplement.

Je hochai la tête, comme si je comprenais ce qu'il voulait dire. Mais je n'en avais aucune idée. Je n'avais que treize ans et je n'étais pas très mature. Oui, la vue de Birdie et David en pyjama en train de s'embrasser passionnément m'avait paru dégoûtante. Oui, je savais qu'un homme marié ne devait pas embrasser une femme qui n'était pas la sienne. Mais je ne parvenais pas à imaginer en quels sentiments cela pouvait se traduire, ni quelle réaction cela pouvait provoquer chez quelqu'un d'autre. Je ne comprenais pas comment Sally aurait pu mourir simplement en apprenant que son mari avait embrassé Birdie.

— Tu vas le dire à ta sœur ?

— Je le dis à personne, putain ! s'écria-t-il. Et tu devrais pas non plus. Sérieusement, ne dis rien à personne. Sauf si je te demande de le faire. OK ?

J'acquiesçai à nouveau. J'étais dépassé par les événements et je ne voyais aucun inconvénient à suivre les ordres de Phin.

Le moment était en train de m'échapper, je le savais. Il allait se lever, rentrer sans me prier de venir avec lui, et je resterais assis seul sur le banc, avec les souvenirs de cette matinée bouillonnant en moi, ces envies, ces besoins, ce désir brut. Malgré ce qui venait d'arriver, tout reviendrait à la normale, à la politesse et à la réserve qui caractérisaient nos relations.

— Et si on sortait ? proposai-je, le souffle court. Si on faisait quelque chose ?

Il se tourna vers moi.

— Tu as de l'argent ?

— Non, mais je peux en trouver.

— Moi aussi. Rendez-vous dans l'entrée à 10 heures.

Il se leva et s'éloigna. Je l'observai, remarquant la marque de sa colonne vertébrale sous son tee-shirt, l'ampleur de ses épaules, ses grands pieds qui foulaient le sol, l'inclinaison tragique de sa magnifique tête.

J'avais trouvé quelques pièces dans les poches de la veste de mon père et subtilisé deux billets dans le portefeuille de ma mère. Je m'étais brossé les cheveux et j'avais enfilé la veste à fermeture Éclair qu'elle m'avait achetée quelques semaines plus tôt dans un magasin bon marché d'Oxford Street, et qui était cent fois plus chouette que tout ce qui venait de chez Harrods ou Peter Jones.

Phin était assis sur l'un des trônes en bas de l'escalier, un livre dans les mains. C'est encore ainsi que je me le figure quand je pense à lui. Dans mes rêves, il abaisse le bouquin, lève les yeux vers moi, son regard s'éclaire en me reconnaissant, et il me sourit. Dans la réalité, il réagit à peine en me voyant arriver.

Puis il se redressa et scruta les environs.

— La voie est libre.

Il me fit signe de le suivre et ouvrit la porte.

— On va où ? demandai-je dans son dos.

Il leva le bras et s'approcha du trottoir. Un taxi s'arrêta, et nous nous y engouffrâmes.

— Je n'ai pas assez pour payer le taxi.

— T'en fais pas, me répondit-il d'une voix calme.

Il sortit de sa poche une liasse de billets de dix livres et me lança un regard satisfait.

— Nom de… Tu as trouvé ça où ?

— Dans la planque de mon père.

— Ton père a une planque ?

— Oui. Il pense que personne n'est au courant.

— Il va s'en rendre compte !

— Peut-être. En tout cas, il pourra jamais prouver que c'est moi qui les ai pris.

Le taxi nous déposa à Kensington High Street, devant un grand bâtiment avec une dizaine de fenêtres arrondies et les mots « KENSINGTON MARKET » écrits en lettres chromées au-dessus de la porte. J'entendais de la musique s'en échapper. Des sons métalliques martelés, assourdissants. Je suivis Phin à l'intérieur et pénétrai dans un inquiétant labyrinthe. Nous passâmes devant des dizaines de magasins minuscules gardés par des hommes et des femmes aux visages fermés, aux cheveux de toutes les couleurs, aux yeux charbonneux, aux vestes en cuir abîmées, aux bouches pincées, aux tenues déchirées faites de résille, de pics en acier, de chaussures compensées, qui avaient des piercings au nez, au sourcil, des colliers de chien, des crêtes, des froufrous, des jupons, des robes à carreaux roses, des cuissardes en vinyle, des bottes à lacets, des vestes de base-ball, des favoris, des choucroutes peroxydées, des jupes longues, des lèvres peinturlurées, mâchant du chewing-gum, mangeant des hot dogs, buvant du thé dans des tasses à fleurs avec un petit doigt à l'ongle peint en noir levé en l'air et un furet en laisse.

Chaque magasin passait sa propre musique, et j'avais l'impression de changer de station de radio au fur et à mesure que j'avançais. Phin touchait tout ce qui lui tombait sous la main : une veste de base-ball vintage, une chemise de bowling brillante au dos de laquelle était brodé le prénom « Billy », une étagère à vinyles, une ceinture cloutée en cuir.

Moi, je ne touchais à rien. J'étais terrifié. Nous nous approchions d'un magasin dont s'échappaient des volutes d'encens. La vendeuse, une femme aux cheveux blancs et à la peau laiteuse qui était assise sur un tabouret, me lança un regard perçant de ses yeux bleus glacés, et je manquai de trébucher.

Dans la boutique suivante, une femme portait un bébé sur ses genoux. Il me sembla révoltant d'emmener un si jeune enfant dans un endroit comme celui-ci.

Nous parcourûmes les couloirs de ce marché étrange pendant une heure. Nous achetâmes des hot dogs et du thé très fort dans un café bizarre à l'étage, tout en observant les gens. Phin s'acheta une écharpe noire et blanche qui ressemblait à celles portées par les hommes dans le Sahara et des 45 tours de groupes dont je n'avais jamais entendu le nom. Il tenta de me convaincre d'acheter un tee-shirt noir avec des serpents et des épées. Je ne cédai pas, même si une part de moi aurait bien voulu le porter pour lui plaire. Il essaya une paire de chaussures en daim bleu avec des semelles compensées en crêpe qu'il qualifiait de « pompes de mac ». Il se regarda dans un miroir en pied et coiffa sa mèche vers l'arrière, ce qui le transforma immédiatement en idole des années 1950, à mi-chemin entre Montgomery Clift et James Dean.

Je dépensai deux livres pour m'acheter une cravate texane ornée d'une tête de bélier. L'homme qui me la vendit, une sorte de cow-boy punk, la glissa dans un sachet en kraft.

Quelques minutes plus tard, nous émergeâmes du marché pour retrouver la lumière d'un samedi matin normal, avec ses familles qui faisaient leurs courses, ses Londoniens qui montaient et descendaient des bus.

Nous marchâmes plus d'un kilomètre pour rejoindre Hyde Park et nous assîmes sur un banc.

— Regarde, m'intima Phin en ouvrant la main droite.

Je baissai les yeux et découvris un petit sachet en plastique froissé. À l'intérieur se trouvaient deux petits morceaux de papier.

— C'est quoi ?

— De l'acide.

Je ne comprenais pas.

— Du LSD.

J'en avais entendu parler. C'était une drogue, quelque chose que prenaient les hippies et qui provoquait des hallucinations. J'écarquillai les yeux.

— Mais… Comment ? Pourquoi ?

— Le type du magasin de disques. Il m'a fait comprendre qu'il en avait. J'ai rien demandé, moi. Il devait penser que j'étais plus vieux.

Je contemplais les morceaux de papier dans le sachet. Mon cerveau n'arrivait pas à bien interpréter la situation.

— Tu ne vas quand même pas… ?

— Non. Enfin, pas maintenant. Mais tout à l'heure, quand on sera à la maison. Ça te dit ?

Je hochai la tête. J'aurais dit « oui » à n'importe quoi tant que cela me permettait de passer du temps avec lui.

Phin nous acheta des sandwichs dans l'un des hôtels chics qui bordaient le parc. Ils étaient servis sur des assiettes aux bords argentés, avec un couteau et une fourchette. Nous nous étions installés près d'une grande fenêtre. Je me demandai ce dont nous avions l'air. Le grand et beau jeune homme, avec son ami aux joues de bébé dans une veste en jersey bon marché.

— Qu'est-ce que font les adultes en ce moment, à ton avis ? demandai-je.

— J'en ai rien à battre.

— Ils ont peut-être appelé la police.

— J'ai laissé un mot.

— Ah bon ? m'étonnai-je de cet acte si bien élevé. Qui disait quoi ?

— « On est sortis avec Henry, on rentre tout à l'heure. »

Avec Henry. Mon cœur fit un bond dans ma poitrine.

— Qu'est-ce qui vous est arrivé en Bretagne ? Pourquoi vous êtes partis ?

Il secoua la tête.

— Tu ne veux pas savoir.

— Si, vraiment. Raconte-moi.

Il soupira.

— C'est la faute de mon père, il a pris quelque chose qui ne lui appartenait pas. Il disait qu'ils étaient censés tout partager, mais ça, c'était un objet de famille. Et ça valait au moins mille livres. Il l'a volé et est allé le vendre. Ensuite, il a déclaré qu'il avait vu quelqu'un cambrioler la maison et le prendre. Il s'est gardé l'argent. Puis le père de la famille a eu vent de l'affaire et il a pété les plombs. On est partis le lendemain, conclut-il en haussant les épaules. Enfin, il y a eu d'autres trucs, mais ça, c'était le plus gros.

Je comprenais mieux pourquoi il ne se sentait pas coupable d'avoir piqué l'argent de son père.

David prétendait gagner sa vie grâce à des cours de sport, mais combien pouvait-il vraiment obtenir en donnant trois leçons par semaine sur la médecine alternative à des hippies dans la salle paroissiale ? Était-il en train de vendre toutes nos affaires ? Il avait déjà réussi à persuader ma mère qu'il était le plus qualifié pour s'occuper de notre budget. Peut-être qu'il prélevait l'argent directement sur notre compte en banque.

L'argent qu'il était censé donner aux associations pour venir en aide aux pauvres.

Tous mes pressentiments commencèrent à prendre la forme d'une menace grave et bien réelle.

— Tu aimes ton père ? demandai-je en jouant avec le cresson qui restait dans mon assiette.

— Non, je le méprise.

J'acquiesçai, rassuré par cet aveu.

— Et toi, tu aimes le tien ?

— Mon père est faible, répondis-je en sachant immédiatement que c'était la vérité.

— Tous les hommes sont faibles. C'est pour ça que le monde est sens dessus dessous. Trop faibles pour aimer vraiment. Trop faibles pour reconnaître leurs torts.

Mon pouls s'accéléra devant la puissance de ce constat. C'était la chose la plus vraie que j'avais jamais entendue. La faiblesse des hommes était la cause de tous les maux de notre univers.

J'observai Phin retirer deux billets de dix de sa liasse pour régler ces sandwichs hors de prix.

— Je suis désolé, mais je ne vais pas pouvoir te rembourser.

Il secoua la tête.

— Mon père va prendre tout ce que toi et ta famille possédez, et ensuite il va détruire vos vies. Alors c'est le moins que je puisse faire…

27

Libby, Dido et Miller referment la porte derrière eux et vont jusqu'au pub que Libby a repéré depuis le toit de la maison. Le bar est noir de monde, mais ils finissent par dénicher une table haute en terrasse et rapportent des tabourets.

— Vous pensez que c'est qui ? demande Dido après avoir bu une gorgée de son gin-tonic.

— Pas un squatteur, répond Miller. Il n'y avait aucune affaire. Si c'était quelqu'un qui vivait vraiment là, il y aurait beaucoup plus de choses.

— Alors vous pensez que c'est quelqu'un qui vient de temps en temps ?

— C'est ce qui me semble le plus probable.

— Il y avait donc bien quelqu'un quand je suis venue samedi dernier.

— Sûrement.

Libby frissonne.

— Je vais vous dire ce que je pense. Vous êtes née en juin 1993, n'est-ce pas ?

— Le 19, oui, précise-t-elle avec un sentiment de malaise.

Comment peut-elle être certaine qu'il s'agit bien de sa date de naissance ? Elle a peut-être été choisie de façon arbitraire par les services sociaux, ou par sa mère adoptive. La représentation qu'elle a de sa propre personne se floute, s'altère.

— Votre frère et votre sœur doivent connaître cette date, puisqu'ils étaient adolescents quand vous êtes née. S'ils savaient également que la maison vous reviendrait à votre vingt-cinquième anniversaire, ils pourraient avoir envie de revenir. Pour vous rencontrer.

— Vous pensez que ça pourrait être mon frère ? demande-t-elle avec un air interloqué.

— Ça pourrait être Henry, oui.

— Mais, s'il savait que c'était moi et qu'il était dans la maison, pourquoi est-ce qu'il n'est pas descendu ?

— Je n'en sais rien.

Libby lève son verre de vin, l'approche de ses lèvres et le repose aussitôt.

— Non, ça ne tient pas debout, déclare-t-elle d'une voix convaincue.

— Pour ne pas te faire peur ? suggère Dido.

— Il aurait pu me laisser un mot. Il aurait pu entrer en contact avec le notaire pour lui dire qu'il voulait me rencontrer. Non, il préfère jouer à cache-cache dans le grenier comme un gamin.

— Peut-être qu'il est un peu fou ? hasarde Dido.

— Qu'est-ce que vous avez découvert sur lui pendant vos recherches ?

— Pas grand-chose. Entre ses trois et ses onze ans, il fréquentait la Portman House School. Ses enseignants disaient de lui qu'il était intelligent, mais assez arrogant. Il n'avait pas vraiment d'amis. En 1988, il a été accepté au collège Saint Xavier à Kensington, mais il n'y est jamais allé. C'est la dernière trace de lui que j'ai trouvée.

— Je ne comprends pas… Il se cache, il rampe dans des tunnels et traverse des fourrés, il ne descend pas alors qu'il sait que je suis en bas… Vous pensez vraiment que c'est Henry ?

— Je ne sais pas. Mais qui d'autre pourrait savoir que vous seriez là ? Qui d'autre pourrait savoir comment entrer sans clé ?

— L'un des autres, murmure Libby. C'est peut-être l'un des autres.

28

Lucy vérifie discrètement l'heure sur son téléphone pendant que Michael se bat avec une guêpe qui survole son assiette. Il la chasse à coups de serviette, mais l'insecte revient sans cesse.

Il est presque 15 heures, et Lucy voudrait être rentrée d'ici une heure. Il lui faut les passeports, mais elle sait que les demander, c'est faire un pas de plus vers le lit de Michael.

Elle attrape les assiettes pour débarrasser.

— Je les emporte à l'intérieur, comme ça la guêpe ne t'embêtera plus.

Il a les yeux vitreux et lui adresse un sourire reconnaissant.

— Ouais, bonne idée. Je nous fais un café.

Elle va dans la cuisine et met les assiettes au lave-vaisselle. Michael l'observe pendant que la machine moud les grains de café.

— Tu as encore une belle silhouette, Lucy. Pas mal pour une nana de quarante ans qui a eu deux enfants.

— Trente-neuf ans, le corrige-t-elle avec un sourire ferme. Merci, Michael.

L'atmosphère est pesante, électrique. Ils ont attendu trop longtemps ce qui doit arriver. Ils ont trop bu, trop mangé, sont restés trop longtemps à somnoler dans le jardin.

— Il ne faut pas que je rentre trop tard à la maison.

— Marco est un grand garçon, rétorque Michael d'un ton léger. Il saura s'occuper de sa petite sœur.

— Oui, mais Stella n'aime pas quand je la laisse trop longtemps.

Elle le voit serrer les dents. Michael ne veut pas entendre parler des faiblesses d'autrui. Il déteste ça.

— Bon, soupire-t-il, j'imagine que tu veux les passeports ?

— Oui, s'il te plaît.

Son cœur bat si fort qu'elle l'entend résonner jusque dans ses oreilles. Il penche la tête sur le côté et lui sourit.

— Tu ne te sauves pas, hein ?

Il va dans son bureau, et elle l'entend ouvrir et fermer des tiroirs. Il revient un instant plus tard, tenant dans les mains une pochette en feutre qu'il agite en direction de Lucy.

— Je suis un homme de parole, tu vois, annonce-t-il en marchant lentement vers elle, sans la quitter des yeux, en jouant avec la pochette.

Elle ne comprend pas ce qu'il attend. Qu'elle la lui arrache des mains ? Qu'elle lui coure après ? Quoi ?

— Merci, répond-elle avec un sourire nerveux.

Soudain, il se colle à elle. Lucy se retrouve coincée contre le comptoir de la cuisine. Michael tient fermement la pochette d'une main et se penche dans son cou. Elle sent ses lèvres sur sa peau. Elle l'entend gémir.

— Oh, Lucy, Lucy, Lucy… Tu sens tellement bon. Et tu es tellement…, halète-t-il en se frottant à elle, tellement sexy, tu es…

Il gémit à nouveau, et sa bouche capture la sienne. Elle lui rend son baiser. Elle est venue pour ça. Elle est venue pour baiser Michael, et c'est ce qu'elle va faire. Elle l'a déjà fait et elle peut le refaire, sans problème, surtout si elle imagine qu'il est Ahmed, ou peut-être un inconnu, oui, elle en est capable.

Elle sent sa langue s'insinuer dans sa bouche et elle ferme les yeux fort, fort, fort. Ses mains se glissent sur ses cuisses et la soulèvent, l'assoient sur le comptoir, descendent le long de ses jambes, les placent autour de sa taille, serrent ses chevilles si puissamment qu'elle grimace, mais elle ne s'arrête pas, elle poursuit son plan. Derrière eux, la machine à café se met à siffler. Sa main heurte un verre vide qui roule et se casse contre la bouilloire. Elle essaie de s'éloigner des morceaux de verre brisé, mais Michael l'en rapproche tout en remontant petit à petit sa jupe, jusqu'à ce qu'il atteigne sa culotte. Elle tente à nouveau de s'écarter sans interrompre leurs ébats, il faut qu'elle en finisse, qu'elle puisse se rhabiller et rentrer à la maison avec les passeports. Elle se concentre pour l'aider à lui retirer ses sous-vêtements, mais elle sent un morceau de verre lui piquer la cuisse. Elle essaie encore de se décaler sur le comptoir, mais Michael se redresse soudainement.

— Bordel, tu vas arrêter de gigoter comme ça, oui ? Putain !

Puis il se colle à elle violemment et, cette fois, elle sent le morceau de verre transpercer sa peau. Elle se penche en avant et gémit de douleur.

— Qu'est-ce que tu fous, putain… !

Comme au ralenti, elle voit la main de Michael s'approcher de son visage et sent ses dents s'entrechoquer, son cerveau rebondir dans son crâne quand elle reçoit sa gifle.

Il y a du sang maintenant, du sang chaud qui coule le long de sa cuisse.

— Je me suis fait mal, regarde, il y a du verre et…

Mais il ne l'écoute pas. Il la repousse sur le comptoir et, cette fois, le verre s'enfonce dans son dos. Il la pénètre et pose sa paume sur sa bouche. Ce n'était pas censé se passer ainsi. C'était censé être un simulacre de relation consentie, elle allait le laisser faire. Mais elle est en train de souffrir, il y a du sang, et elle sent l'odeur de la viande grillée sur la main de Michael, voit la fureur qui s'est peinte sur son visage. Elle veut les passeports, elle veut ces putains de passeports, elle ne veut rien d'autre, et ses doigts se posent sur un couteau, le couteau des tomates, celui qui les avait tranchées si facilement. Elle le tient dans sa main, le plante juste sous le tee-shirt de Michael, là où la peau est douce et blanche comme celle d'un bébé, et la lame s'enfonce si aisément qu'elle n'est pas sûre de l'avoir vraiment touché.

Elle observe un voile de confusion troubler brièvement son regard puis se dissiper quand il comprend ce qui vient d'arriver. Il se retire et titube. Il baisse la tête vers le sang qui s'écoule par jets intermittents de son corps, recouvre la plaie de ses mains, mais le sang continue de couler.

— Putain de merde, Lucy, qu'est-ce que t'as fait ?

Il la dévisage, les yeux écarquillés, incrédule.

— Aide-moi, putain !

Elle trouve des torchons et les lui donne.

— Presse ça dessus. Fort, parvient-elle à articuler.

Il appuie sur les torchons, mais ses jambes se dérobent, et il s'effondre au sol. Elle veut l'aider à se relever, mais il se dégage. Elle comprend soudain que Michael est en train de mourir. Elle devrait appeler les secours. Elle les imagine entrer dans la maison. Ils lui demanderont ce qui s'est passé, elle leur dira qu'il l'a violée, elle aura des preuves. Le verre encore incrusté dans sa chair. Son pantalon descendu aux chevilles. Oui, ils la croiront. Oui.

— J'appelle une ambulance, dit-elle à Michael qui a les yeux dans le vide. Respire, voilà. Je les appelle.

Elle sort son téléphone, la main tremblante, l'allume et s'apprête à composer le numéro quand une idée s'impose à son esprit : oui, ils la croiront peut-être, mais elle ne sera pas libre. Elle devra rester en France, répondre à des questions, avouer qu'elle vit clandestinement dans ce pays, qu'elle n'existe pas. Elle perdra ses enfants, et tout sera révélé, absolument tout, si vite, comme dans un cauchemar.

Son index est toujours suspendu au-dessus de l'écran de son téléphone. Elle lance un regard à Michael, qui tremble. Le sang coule toujours. Elle a envie de vomir et se tourne vers l'évier. Elle a du mal à respirer.

— Merde, merde, merde…

Elle se retourne, regarde son portable, puis Michael. Elle ne sait pas quoi faire. Et soudain, ça arrive. La vie quitte son corps. Elle le comprend tout de suite. Elle l'a déjà vu. Michael est mort.

— Merde, merde, merde !

Elle tombe à genoux et pose ses doigts sur sa gorge pour sentir son pouls. Rien. Elle commence à parler toute seule.

— OK, bon. Qui sait que tu es là ? se demande-t-elle. Joy, peut-être qu'il lui a dit. Mais il aura dit Lucy Smith, oui, Smith. Ce n'est pas mon vrai nom et, de toute façon, je ne m'appelle plus Lucy Smith. Je m'appelle…

Elle attrape la pochette de ses mains tremblantes et sort son passeport, qu'elle ouvre maladroitement.

— Marie Valérie Caron. Bien, très bien. Je suis Marie Caron. Oui, Lucy Smith n'existe plus. Joy ne sait pas où j'habite. Mais… Le collège ! Michael connaît le collège de Marco ! Est-ce qu'il l'aurait dit à Joy ? Non, il n'aurait pas fait ça, bien sûr que non. Et quand bien même, ils ne connaissent que Lucy Smith là-bas, pas Marie Caron. Stella va dans une autre école. Personne ne sait ça, à part moi et Samia. Les gens qui ont fait les passeports ? Non. Et, de toute façon, ils doivent être bien cachés. Les enfants savent que je suis ici, mais ils ne diraient rien. Voilà. C'est tout.

Elle fait les cent pas tout en réfléchissant à haute voix. Elle s'immobilise et regarde Michael. Est-ce qu'elle devrait le laisser là ? Joy le trouverait demain. Ou est-ce qu'elle devrait le déplacer, tout nettoyer, cacher son corps ? Il est lourd. Où pourrait-elle bien le mettre ? Elle ne pourra pas le dissimuler très longtemps, mais peut-être assez pour atteindre Londres avec les enfants.

Oui, décide-t-elle. Elle va tout nettoyer. Elle va planquer le corps dans la cave. Le recouvrir avec elle ne sait trop quoi. Joy viendra demain et pensera qu'il est parti pour quelques jours. Elle ne comprendra qu'il est mort que lorsque le cadavre commencera à sentir. Et, à ce moment-là, ils seront déjà loin. La police pensera qu'il a été tué par l'une de ses mauvaises fréquentations.

Elle ouvre le placard sous l'évier. Elle sort l'eau de Javel et un rouleau de papier absorbant.

Puis elle commence à frotter.

29

Chelsea, 1990

Nous étions assis sur le toit de la maison. Phin avait trouvé un moyen d'y accéder, ce que je pensais impossible. Il fallait ouvrir une trappe dans le plafond du grenier, faire descendre une échelle, grimper dans un tunnel puis pousser une autre trappe qui menait au toit plat, d'où la vue sur la Tamise était incroyable.

Apparemment, nous n'étions pas les premiers à découvrir ce toit-terrasse secret. Il y avait déjà deux vieilles chaises en plastique sales, des plantes en pot mortes et une petite table.

J'avais du mal à croire que mon père ne connaissait pas cet endroit, lui qui se plaignait constamment d'avoir un jardin orienté au nord, ce qui l'empêchait de profiter du soleil en fin d'après-midi. Pourtant, une véritable oasis idéalement exposée toute la journée s'étendait sous mes yeux.

Les petits morceaux de papier étaient en réalité constitués de quatre minuscules carrés collés ensemble. Sur chacun des quarts se trouvait un sourire.

— Et si on fait un bad trip ? demandai-je en me sentant complètement ridicule d'utiliser ce vocabulaire.

— On ne va en prendre qu'une demi-dose chacun pour commencer.

J'acquiesçai avec enthousiasme, même si j'aurais préféré ne pas en prendre du tout. Je n'étais pas vraiment ce genre de personne, voyez-vous. Mais si Phin me l'avait demandé, j'aurais pu me jeter d'une falaise.

Il avala le papier déchiré, et j'en fis autant. Le ciel était bleu pastel. Le soleil n'était pas très fort, mais il réchauffait doucement nos peaux. Pendant un moment, il ne se passa rien. On décrivait ce qu'on voyait. Les gens assis dans leurs jardins, les bateaux sur la Tamise, la station électrique sur la rive opposée. Au bout d'une demi-heure, je commençai à me détendre. De toute évidence, ce n'était pas vraiment du LSD, rien de mal n'allait nous arriver, tout était bien qui finissait bien. À ce moment-là, je sentis mon sang s'embraser sous ma peau. Je levai les yeux vers le ciel. Il était strié de veines blanches qui se gonflaient, s'illuminaient avant de changer légèrement de teinte, prenant un aspect irisé. En réalité, le ciel n'était pas du tout bleu, mais il était composé de millions de couleurs différentes qui étaient de mèche pour créer cette nuance. Le ciel était un complot, un vaste mensonge. Il était bien plus malin que nous et, d'ailleurs, il me semblait que peut-être toutes les choses que nous pensions être insensibles étaient plus intelligentes que nous et se moquaient de notre manque de jugement. Je lançai un regard aux feuilles des arbres et m'interrogeai sur leur verdeur.

Êtes-vous vraiment vertes ? Ou êtes-vous de minuscules particules de violet, de rouge, de jaune et d'or en train de faire la fête et de rire, rire, rire ?

Je me tournai vers Phin.

— Est-ce que ta peau est vraiment blanche ?

Il regarda ses mains.

— Non…

Puis il me regarda et éclata de rire.

— J'ai des écailles ! Regarde, des écailles ! Et toi, tu as des plumes ! ajouta-t-il en me pointant du doigt. Mais qu'est-ce qu'on est devenus ? On est des monstres !

Nous nous courûmes après sur le toit pendant quelques minutes en poussant des cris de bête. Je lissais mes plumes. Phin déroulait sa langue fourchue. Nous fûmes tous deux choqués et émerveillés de découvrir la longueur de cet organe.

— Je n'ai jamais vu une langue aussi longue…

— C'est parce que je suis un lézard !

Je l'observais l'enrouler et la dérouler avec envie. Quand elle sortit une nouvelle fois, je me penchai et la coinçai entre mes dents.

— Aïe ! s'écria Phin en attrapant sa langue avec ses doigts et en se moquant de moi.

— Désolé, je suis un oiseau très bête, j'ai cru que c'était un ver de terre.

Nous nous assîmes sur les chaises pour mieux admirer les spirales de l'aurore boréale qui avait éclaté au-dessus de nous. Les bras le long du corps, nos mains se frôlaient de temps en temps, et chaque fois que la peau de Phin touchait la mienne j'avais l'impression que son corps passait dans le mien et que des morceaux de son âme se mêlaient à la mienne, formant un mélange absolument irrésistible. Il fallait que j'entre en contact avec lui pour capturer toute son essence. Mes doigts s'enroulèrent autour des siens. Il me laissa faire, m'autorisant à tenir sa main, et je le sentis se déverser en moi comme de l'eau s'écoule dans un canal une fois l'écluse ouverte.

— Voilà, murmurai-je en me tournant vers Phin. Toi et moi, nous sommes la même personne maintenant.

— Ah bon ? me demanda-t-il en ouvrant grand les yeux.

— Oui, regarde, poursuivis-je en levant nos mains. On est pareils.

Phin hocha la tête, et nous restâmes ainsi pendant quelque temps, je ne sais pas combien exactement, peut-être cinq minutes, peut-être une heure, main dans la main, les yeux tournés vers le ciel, perdus dans nos étranges rêveries chimiques.

— On ne fait pas de bad trip, si ? finis-je par dire.

— Non, c'est un super trip.

— Le meilleur.

— Oui, le meilleur.

— On devrait vivre ici. Monter nos lits et vivre ici.

— T'as raison. Il faut qu'on le fasse. Tout de suite !

Nous nous levâmes comme un seul homme et nous glissâmes dans le tunnel au-dessus du grenier. Les parois palpitaient comme l'intérieur d'un corps, comme si nous étions dans une gorge, dans un œsophage. Nous manquâmes de tomber sur le palier, et soudain, il me sembla que nous étions arrivés au mauvais endroit, comme quand Doctor Who ouvre la porte du Tardis et ne reconnaît pas les environs.

— On est où ?

— Dans le monde du dessous.

— Je veux remonter.

— On va prendre les oreillers, déclara Phin. Vite !

Il m'attrapa par la main et me fit entrer dans sa chambre. Les oreillers sous le bras, nous nous apprêtions à filer quand David apparut devant nous.

Il sortait de la douche, les cheveux mouillés, le bas du corps entouré dans une serviette, torse nu. Je contemplais ses tétons qui étaient sombres et rigides comme du cuir.

— Qu'est-ce que vous fabriquez ? demanda-t-il en nous dévisageant l'un après l'autre.

Sa voix rappelait les grondements d'un tonnerre lointain. Il était grand et raide comme une statue. Mon sang se glaça.

— On emporte les oreillers là-haut, répondit Phin.

— Là-haut ?

— Oui. On est en bas, là.

— En bas ?

— Oui.

— Mais qu'est-ce que vous avez, tous les deux ? Regarde-moi, ordonna David en empoignant la mâchoire de Phin et en plongeant ses yeux dans les siens. Vous êtes défoncés ? Oui, tous les deux. Qu'est-ce que vous avez pris, bordel, hein ? Du shit ? De l'acide ? Quoi ?

Il nous fit descendre au rez-de-chaussée, appela mes parents et la mère de Phin. Il était toujours en serviette, et je ne pouvais pas détacher le regard de ses tétons en cuir. Je sentais mon déjeuner tanguer dans mon estomac. Nous étions dans le salon, entourés de portraits qui nous épiaient, de têtes d'animaux menaçantes clouées aux murs, et de quatre adultes qui posaient question sur question.

« Comment ? Quoi ? D'où ? Avec quel argent ? Il savait quel âge vous avez ? C'est impossible ! Vous auriez pu mourir ! Vous êtes trop jeunes ! À quoi pensiez-vous ? »

À ce moment-là, Birdie entra dans la pièce.

— Qu'est-ce qui se passe ? demanda-t-elle.

— Casse-toi, ça n'a rien à voir avec toi, répondit Phin.

— Tu ne parles pas à une adulte comme ça ! le réprimanda son père.

— Ça, c'est pas une adulte.

— Phin !

— C'est pas une adulte ! C'est même pas un être humain. C'est une truie. Regardez-la ! Regardez sa peau rose, ses petits yeux… Une truie !

Un profond silence s'abattit sur la pièce. J'observai Birdie et essayai de l'imaginer en truie, mais elle me faisait plus penser à un très vieux chat, l'un de ces vieux matous qui n'ont plus que la peau sur les os, qui perdent des touffes de poils et qui ont les yeux vitreux. Je me tournai vers Phin et le vis défier son père du regard avec un sourire.

— Ça veut dire que toi, tu embrasses les truies !

Il explosa de rire.

— C'est une truie, et toi, tu es un embrasseur de truie ! Tu le savais ça, quand tu l'as embrassée, que c'était une truie ?

— Phin ! s'exclama Sally, horrifiée.

— Henry l'a vu embrasser Birdie la semaine dernière. C'est pour ça qu'on a piqué son argent et qu'on est sortis sans demander la permission. Parce que j'étais en colère. Mais maintenant je comprends pourquoi il a fait ça. Il voulait embrasser une truie.

Phin riait tant qu'il avait du mal à parler. Je voulais rire également, car nous étions devenus la même personne, mais je ne sentais plus cette intense connexion qui nous avait reliés. Je ne ressentais plus que de la terreur.

Sally sortit du salon en courant, Phin sur ses talons, et David, une serviette autour des hanches, leur emboîta le pas. Je regardai Birdie d'un air bizarre.

— Désolé, articulai-je sans trop savoir pourquoi.

Elle me foudroya du regard, bouche bée, avant de quitter la pièce.

Il ne restait plus que moi, ma mère et mon père, qui se leva.

— C'était l'idée de qui, la drogue ?

Je haussai les épaules. Je sentais les effets diminuer. Je redevenais moi-même.

— Je ne sais plus.

— C'était lui, non ?

— Je ne sais pas.

Il soupira.

— Tu vas être puni, jeune homme, marmonna-t-il. Il faudra voir de quelle façon plus tard. Pour l'instant, il te faut un verre d'eau et quelque chose à manger. Quelque chose de costaud. Martina, des toasts ?

Ma mère hocha la tête, et je la suivis dans la cuisine comme un mouton.

Des voix nous parvenaient des étages. Les voyelles stridentes de Sally, les grondements de David, les pleurnicheries de Birdie. Des bruits de pas, des portes qui claquaient. Nous échangeâmes un regard avec ma mère pendant qu'elle mettait du pain à griller pour moi.

— C'est vrai, ce que Phin a dit sur David et Birdie ?

J'acquiesçai.

Elle se racla la gorge, mais ne dit rien d'autre.

Un moment plus tard, nous entendîmes la porte d'entrée se refermer. Je jetai un coup d'œil dans le vestibule et vis Justin qui rentrait du marché du samedi, des sacs de jute dans les mains. Rapidement, sa voix s'ajouta au concert qui se jouait à l'étage.

Ma mère me tendit un toast. Je le grignotai en silence. Je me rappelai cette étrange peur qui m'avait saisi en voyant David et Birdie s'embrasser la semaine précédente, cette impression qu'une horrible malédiction allait déferler sur le monde, comme s'ils venaient d'ouvrir la boîte de Pandore. Puis je me souvins de la sensation de la main de Phin dans la mienne et me dis que nous avions ouvert, de notre côté, une autre boîte de laquelle sortirait quelque chose de remarquable, de beau.

— Qu'est-ce qui va se passer ?

— Je ne sais pas, répondit ma mère. Mais rien de bon.

30

Michael gît dans la cave. Lucy nettoie la cuisine depuis une heure. Elle attrape le sac-poubelle dans l'entrée. Il est rempli de papier absorbant plein de sang, de gants en latex et des déchets de leur repas : les bouteilles de vin et de bière vides, les serviettes, un reste de panzanella. Elle a trouvé des pansements dans la salle de bains de Michael pour couvrir ses plaies et trois mille euros dans le tiroir de sa table de chevet.

Elle lance un regard à la Maserati en la dépassant dans l'allée. Elle se sent étrangement puissante : Michael ne conduira plus jamais son bolide. Il ne réservera plus de vacances surprise à la Martinique, n'ouvrira plus de bouteille de champagne, n'écrira pas son livre à la con, ne sautera plus dans une piscine tout habillé, n'offrira plus jamais cent roses rouges à une femme, n'aura plus jamais de relations sexuelles, n'embrassera plus jamais personne…

Surtout, il ne fera plus jamais de mal.

La sensation disparaît. Elle dépose le sac-poubelle dans un grand conteneur près de la plage. L'adrénaline lui permet de rester concentrée, forte. Elle achète deux sacs entiers de gâteaux et de boissons pour les enfants. Marco lui écrit à 17 heures.

Tu es où ?

Au supermarché. J'arrive.

Les enfants sont sages. Ils regardent les sacs de friandises sans oser y croire.

— On va en Angleterre ! leur annonce-t-elle avec tout l'enthousiasme dont elle est capable à cet instant. On va retrouver la fille de mon amie, pour son anniversaire.

— Le bébé ! s'écrie Marco.

— Exactement. On va voir la maison dans laquelle j'ai grandi. Mais avant, c'est la grande aventure ! D'abord, on va à Paris ! En train. Et ensuite, un autre train jusqu'à Cherbourg. Là, on prendra un bateau pour rejoindre une île qui s'appelle Guernesey. On restera là-bas un jour ou deux, dans une jolie petite maison. Ensuite, un autre bateau nous emmènera en Angleterre, et là, on louera une voiture jusqu'à Londres.

— Tous ensemble ? Avec Fitz ? demande Stella.

— Avec Fitz, oui ! Alors il faut qu'on fasse nos bagages maintenant, et qu'on se couche tôt parce qu'on doit être à la gare demain matin à l'aube, à 5 heures ! C'est parti ! On va manger, se laver, préparer nos affaires, et ensuite au lit !

Elle laisse les enfants dans la chambre avec les biscuits et va voir Giuseppe. Le chien lui saute dessus quand le vieil homme ouvre la porte, et elle le laisse lécher son visage. Elle regarde Giuseppe, ne sachant quoi lui dire. Il ne la trahirait pas, mais il est âgé et peut facilement s'emmêler les pinceaux. Il vaut mieux déguiser la vérité.

— Demain, on part en vacances. On va à Malte voir des amis.

— Quelle chance, c'est un endroit magnifique !

— Il paraît, répond-elle en se sentant coupable de mentir à l'une des personnes qui l'a le plus aidée.

— Mais il y fait chaud, surtout à cette période. Tu veux que je le garde ? demande-t-il en baissant les yeux vers Fitz.

Zut, le chien.

Elle n'y avait pas pensé. Elle panique un instant avant de trouver une idée.

— Je l'emmène avec nous. Pour m'aider pendant le vol.

— Tu as la phobie de l'avion ?

— Non, mais c'est ce que j'ai prétendu pour l'emmener.

Lucy sait que Giuseppe ne posera pas plus de questions. Il ne comprend pas très bien comment fonctionne le monde moderne. Dans sa tête, on est encore en 1987.

— C'est gentil, dit-il en caressant le chien. Alors toi aussi tu pars en vacances, mon toutou ! C'est super, ça ! Vous y allez combien de temps ?

— Deux ou trois semaines. Tu peux louer notre chambre.

Il sourit.

— Elle sera disponible quand vous reviendrez.

Elle lui attrape la main.

— Merci, merci infiniment.

Elle le prend dans ses bras et le serre fort, ne sachant pas si elle le reverra un jour. Puis elle sort de son appartement avant qu'il ne puisse voir ses larmes.

31

— Si ça ne te gêne pas, je vais passer la nuit dans la maison, annonce Miller en posant sa pinte vide sur la table.

— Où est-ce que tu vas dormir ?

— Je ne vais pas dormir, répond-il d'un air déterminé.

— D'accord, si tu veux, approuve Libby.

Ils marchent tous les trois jusqu'à la maison. Libby ouvre le cadenas, pousse les planches de bois, et ils entrent. Ils restent immobiles un moment dans le hall, les yeux levés vers les étages, à l'affût d'un bruit, d'un mouvement. Rien.

— On va y aller, nous ! lance Libby à l'intention de Dido.

Son amie acquiesce et s'avance vers la porte.

— Tu vas t'en sortir tout seul ?

— T'inquiète. Est-ce que j'ai l'air de flipper à l'idée de passer la nuit dans une maison abandonnée où trois membres d'une secte se sont suicidés ?

— Tu veux que je reste avec toi ?

— Non, rentre dormir dans ton lit douillet…

Il penche la tête sur le côté et la regarde avec des yeux de chien battu. Libby sourit.

— Tu veux que je reste.

— Non, non, c'est bon…

Libby éclate de rire et se tourne vers Dido.

— Ça ne te dérange pas de rentrer toute seule ? Je serai au bureau à 9 heures, promis.

— T'en fais pas. Et viens quand tu veux demain, y a pas le feu.

La nuit commence à tomber. Libby vient de raccompagner Dido à la station de métro. En revenant sur ses pas, elle s'imprègne de l'atmosphère de cette chaude soirée d'été avec ses bandes d'adolescentes blondes vêtues de mini-shorts en jean déchirés et de baskets, avec ses beaux salons éclairés qu'on distingue derrière les fenêtres. Pendant un instant, elle s'imagine vivre ici, faire partie de ce monde privilégié, devenir une fille de Chelsea. La maison de Cheyne Walk serait remplie de beaux objets, de lustres en cristal, de tableaux d'art moderne.

Mais, quand elle ouvre la porte du numéro 16, le rêve s'évanouit. La maison est dans un état pitoyable.

Miller est assis dans la cuisine. Il lève les yeux quand elle entre dans la pièce.

— Viens voir ça !

Il utilise la lampe de son téléphone pour éclairer quelque chose à l'intérieur d'un des tiroirs de la table. Elle se penche.

— Là.

Au fond du tiroir, à l'encre noire, quelqu'un a gribouillé quelques mots.

JE SUIS PHIN.

32

Chelsea, 1990

Sally quitta la maison quelques jours plus tard. Birdie s'installa dans la chambre de David, mais Justin décida de rester. Il garda la chambre qu'il avait partagée avec elle jusqu'alors.

Ni moi ni Phin ne fûmes punis pour l'incident avec le LSD, mais il était évident que, pour lui, perdre sa mère était le pire des châtiments que son père aurait pu lui infliger. Il se sentait responsable de la situation et s'en voulait terriblement. Il était également très en colère contre Birdie, qu'il méprisait totalement et nommait désormais « ça ». Il détestait tout autant son père. Et, malheureusement, il m'en voulait aussi, sans formuler son ressentiment. C'est moi qui lui avais tendu le poignard avec lequel il avait éventré, sans s'en rendre compte, le mariage de ses parents. Si je ne lui avais pas dit ce que j'avais vu, rien de tout cela ne se serait produit. Pas d'excursion en ville, pas d'acide, pas de terribles révélations concernant l'embrasseur de truie. Le lien que nous avions tissé sur le toit ce jour-là ne s'effilocha pas petit à petit, non, il se calcina brutalement dans un nuage de fumée toxique.

Je crois que j'avais mérité ce qui m'arrivait. Quand je repense à mes intentions au moment où je lui avais avoué ce dont j'avais été témoin, à ma volonté de le scandaliser, de l'impressionner, à mon absence totale d'empathie, de compassion à l'égard de ce qu'il pouvait éprouver, oui, je me sens quelque peu responsable. Mais j'ai payé le prix fort pour mes actes, c'est indéniable, puisqu'en détruisant à mon insu le mariage de ses parents j'avais déclenché l'effondrement de toute ma vie.

Quelque temps après le départ de Sally, j'eus une grande discussion avec Justin. Il était assis à la table de la terrasse et faisait du tri dans des tas d'herbes et de fleurs. Le fait qu'il reste vivre sous le même toit que son ancienne compagne alors même qu'elle l'avait trompé me semblait profondément triste, mais également subversif. Il continuait sa vie comme avant, cultivant son jardin, transformant les plantes qui y poussaient en poudre qu'il transvasait dans de petits sachets en toile ou dans des flacons en verre auxquels il collait ses étiquettes « L'apothicaire de Chelsea ». Il portait toujours les mêmes vêtements et continuait à se déplacer très lentement. Il ne présentait aucun signe de chagrin d'amour ni d'autre type de tourment. Il me parut intéressant, à moi qui souffrais tant de la fin de ma relation avec Phin, de comprendre ce qu'il se passait dans sa tête. Depuis le départ de Sally et l'accouplement de Birdie et de David, et puisque mes parents devenaient chaque jour un peu plus les ombres d'eux-mêmes, Justin me semblait l'une des personnes les plus normales de notre maison.

Je m'assis en face de lui, et il me lança un sourire.

— Bonjour, mon grand, comment ça va ?

— Tout va bien, très…

J'avais répondu sans réfléchir, car, en réalité, ça n'allait pas fort du tout.

— Tout est un peu bizarre en ce moment, non ?

— C'est le moins qu'on puisse dire, renchérit-il en observant ma réaction.

Un silence s'installa. Il recommença à séparer les bourgeons des tiges et à les poser sur un plateau.

— Pourquoi est-ce que tu vis encore ici, alors que Birdie et toi…

— C'est une bonne question, m'interrompit-il sans me regarder et en poursuivant son activité. Je crois que, même si nous ne sommes plus en couple, elle fait encore partie de moi. Tu vois, l'amour, ce n'est pas que le sexe, et il ne disparaît pas forcément à la fin d'une relation. Ce n'est pas automatique.

Je répondis d'un hochement de tête. En ce qui me concernait, c'était absolument vrai. Bien qu'il fût fort probable que je ne tiendrais plus jamais la main de Phin, ni même que j'aurais de conversation avec lui, mes sentiments ne s'atténuaient pas.

— Tu penses que vous allez vous remettre ensemble ?

— Peut-être, soupira-t-il. Ou peut-être pas.

— Tu aimes bien David ?

— Ah, David…

Son langage corporel changea aussitôt. Il redressa les épaules et entrelaça ses doigts.

— Les avis sont partagés, finit-il par dire. Pour certaines choses, je le trouve extraordinaire, mais parfois il me fait peur.

— Oui, moi aussi, abondai-je en parlant fort, avec enthousiasme. Moi aussi, il me fait peur.

— Et pourquoi ça ?

— Je trouve qu'il est…, commençai-je en cherchant le bon mot. Il est sinistre.

Justin rit doucement.

— Oui, c'est tout à fait ça ! Tiens, reprit-il en me tendant un rouleau de ficelle et une poignée de petites fleurs jaunes qui ressemblaient à des pâquerettes. Fais de petits bouquets et attache-les ensemble.

— C'est quoi ?

— Des calendules. C'est excellent pour apaiser les affections cutanées.

— Et ça, qu'est-ce que c'est ? demandai-je en désignant de minuscules bourgeons jaunes.

— De la camomille. Pour faire des tisanes. Sens ça… Quel parfum !

J'acquiesçai et je fis un premier nœud autour de quelques tiges de calendules.

— C'est bien comme ça ?

— Parfait ! Alors, il paraît que vous vous êtes offert un petit trip avec Phin la semaine dernière ?

Je rougis immédiatement.

— Incroyable ! Moi, j'avais dix-sept ans la première fois que j'ai pris de la drogue. Et toi, tu as quoi, douze ans ?

— Treize ans, répondis-je fermement. J'ai treize ans.

— Si jeune ! Chapeau !

J'avais du mal à comprendre son enthousiasme. Je savais pertinemment que j'avais fait quelque chose de mal, mais je lui souris quand même.

— Tu sais, murmura-t-il en se penchant vers moi, je peux faire pousser ce que je veux ici, en théorie. Tu me suis ?

Je secouai la tête en signe de dénégation.

— Je fais pousser des plantes thérapeutiques, mais je peux faire pousser autre chose. Ce que toi, tu veux.

J'acquiesçai lentement, l'air grave.

— Comme du poison, tu veux dire ?

Il éclata de rire.

— Par exemple. De bons poisons. Ou des mauvais, confirma-t-il en se tapotant le nez.

À ce moment-là, la porte du jardin s'ouvrit. Nous nous retournâmes pour voir qui venait.

C'étaient Birdie et David. Ils se tenaient par la taille. Ils nous lancèrent un regard et poursuivirent leur chemin jusqu'à l'autre bout du jardin. L'atmosphère changea radicalement, comme si un nuage venait d'éclipser le soleil.

— Ça va ? chuchotai-je à Justin.

— T'inquiète.

Nous restâmes assis sur la terrasse, déroutés par leur présence étouffante, à discuter des propriétés des plantes que Justin cultivait. Il me parla de la ciguë et de la belladone, la cerise du diable, qui aurait été utilisée par les soldats de Macbeth pour empoisonner l'armée danoise. Il me parla aussi d'herbes magiques que l'on pouvait utiliser pour jeter des sorts et des plantes aphrodisiaques comme le Ginkgo biloba.

— Comment est-ce que tu as appris tout ça ?

Il haussa les épaules.

— Surtout dans des livres. Et ma mère jardinait beaucoup aussi, donc j'ai été élevé à l'extérieur, au milieu des plantes. Ça s'est fait progressivement.

Depuis le départ de Sally, nous n'avions plus cours. Nous étions livrés à nous-mêmes toute la journée sans savoir que faire. « Lis un livre ! » nous ordonnait-on dès qu'on se plaignait de s'ennuyer. « Fais des calculs ! »

J'étais donc prêt à apprendre quoi que ce soit de nouveau, et l'offre se limitait aux étranges exercices de David et aux cours de violon de Birdie.

— Est-ce qu'il y a des plantes qui peuvent faire faire aux gens des choses contre leur volonté ?

— Il y a les plantes hallucinogènes, bien sûr, comme les champignons…

— Et tu pourrais en faire pousser ici, dans ce jardin ?

— Je peux faire pousser ce que je veux où je veux, mon cher.

— Je peux t'aider ? Je peux cultiver les plantes avec toi ?

— Bien sûr, tu peux être mon apprenti. Ce sera cool.

Je ne sais pas ce qui advenait dans la chambre de Birdie et David une fois la porte fermée, je n'aimais pas penser trop longtemps à ce qu'il se passait dans cette pièce, mais j'entendais des bruits qui même maintenant, presque trente ans plus tard, me font encore frissonner. Je dormais la tête sous l'oreiller toutes les nuits.

Le matin, ils émergeaient toujours en même temps, l'air satisfait et supérieur. David était obsédé par les cheveux de Birdie qui cascadaient jusqu'à sa taille. Il les touchait en permanence. Il les enroulait autour de ses mains, en attrapait des poignées, y plongeait les doigts, lui faisait des tresses tout en lui parlant. Un jour, je le vis même détacher une mèche et la porter à son nez avant d'inspirer profondément.

— Les filles, vous ne trouvez pas que les cheveux de Birdie sont incroyables ? demanda-t-il un jour à ma sœur et Clemency, qui avaient toutes les deux les cheveux au niveau des épaules. Vous rêvez d'en avoir des comme ça, je parie.

— Vous savez, dans beaucoup de religions, c'est très important pour les femmes de les porter longs. C'est une marque de piété, nous informa Birdie.

Ils n'étaient pas religieux, mais Birdie et David parlaient beaucoup de spiritualité dans les premiers temps de leur relation. Ils débattaient du sens de la vie et du caractère éphémère de toute chose. Ils discutaient de minimalisme et de feng shui. Ils demandèrent à ma mère s'ils pouvaient peindre leur chambre en blanc et mettre le sommier en métal dans une autre pièce afin de dormir directement sur le sol. Ils détestaient les aérosols, les fast-foods, les entreprises pharmaceutiques, les fibres synthétiques, les sacs en plastique, les voitures, les avions. Ils nous informaient sur la menace que constituait le réchauffement climatique et s'inquiétaient de leur empreinte carbone. Aujourd'hui, avec les scénarios catastrophe que l'on se joue à chaque canicule, avec nos océans où flottent les cadavres des animaux marins décimés par les déchets, avec les ours polaires perdus sur des morceaux de banquise à la dérive, nous sommes habitués à ce type de discours, mais quand j'y repense, ils étaient en avance sur leur temps. Au début des années 1990, alors que le monde découvrait à peine les nouvelles technologies et les possibilités qu'offrait la culture du tout jetable, ils paraissaient ridicules.

Et j'aurais pu respecter les convictions écologistes de David et Birdie s'ils ne nous obligeaient pas tous à vivre selon leurs préceptes. Malheureusement, le fait qu'eux deux dorment sur un matelas posé par terre ne suffisait pas, il fallait qu'on dorme tous à même le sol. Il ne suffisait pas qu'ils proscrivent les voitures, l'aspirine et le poisson pané, il fallait qu'on en fasse autant. La prémonition que j'avais eue en les voyant s'embrasser se réalisait : Birdie avait réveillé en David un penchant maléfique et elle ferait tout pour qu'il nous contrôle entièrement.

De toute évidence, nous n'étions plus libres.

33

La nuit finit par tomber complètement vers 22 heures. Libby et Miller discutent, assis à la table du jardin, sans se rendre compte de l'obscurité qui s'intensifie jusqu'au moment où ils ne parviennent plus à distinguer leurs visages. Ils allument des bougies dont la flamme vacille dans l'air du soir. Ils ont passé la dernière heure de jour à fouiller la maison et ils parlent de leurs trouvailles.

En plus de celle du tiroir de la cuisine, ils ont trouvé d'autres inscriptions « Je suis Phin » sous la baignoire à pieds du grenier, sur le cadre de la porte d'une des chambres et dans un dressing au premier étage. Ils ont également découvert des cordes d'instruments de musique dans le petit salon et un pupitre rangé dans un placard d'angle. Dans la pièce où Libby avait été abandonnée dans son berceau, il y avait une pile de couches propres en tissu éponge, des épingles à nourrice, du talc et des grenouillères. Dans une malle au bout de l'entrée, ils ont trouvé des livres moisis et gris qui traitaient des propriétés thérapeutiques des plantes, de la magie au Moyen Âge, de sortilèges. Ils étaient enroulés dans une vieille couverture et recouverts par des coussins qui avaient dû, à l'époque, être utilisés sur les chaises de jardin.

Entre une plinthe et un mur, ils ont repéré une alliance en or. Il y avait un poinçon que Miller a pris en photo. Il a zoomé dessus et, en faisant une recherche, ils ont appris que cet anneau datait de 1975, l'année du mariage de Henry et Martina. Une si petite chose oubliée de tous qui avait été protégée des pilleurs et des enquêteurs par cette cachette sombre pendant plus de vingt-cinq ans.

Libby a enfilé l'alliance, celle de sa mère, à l'annulaire de sa main gauche. La bague lui va parfaitement. Elle la fait tourner avec son pouce en parlant à Miller.

Régulièrement, ils s'arrêtent pour écouter les bruits autour d'eux. Miller va au fond du jardin pour observer les ombres et voir si quelqu'un entre par le portail caché dans la végétation. À minuit, ils sortent les coussins trouvés dans la malle, soufflent les bougies et s'installent dans le coin du jardin le plus éloigné du portail. Ils chuchotent quand Miller lui intime soudain de se taire. Il fait un signe de tête vers le fond du jardin. Elle se relève légèrement et plisse les yeux. Il y a quelqu'un, c'est sûr. Elle se rassoit. Là-bas, au bout du jardin, un homme marche sur la pelouse. Il est grand, fin, a les cheveux courts, des baskets blanches, un sac en bandoulière, et les verres de ses lunettes reflètent l'éclat de la lune. Ils le voient poser son sac sur le plot en ciment, puis y monter. Ils l'entendent grimper à la gouttière jusqu'au promontoire. Puis ils se déplacent tout doucement pour le suivre des yeux. L'inconnu disparaît sur le toit.

Le cœur de Libby bat à tout rompre.

—J'en reviens pas… Qu'est-ce qu'on fait ?

—J'en ai pas la moindre idée, murmure Miller.

—On essaie de lui parler ?

—Je sais pas… Tu penses ?

Elle secoue la tête. Elle est terrifiée, mais meurt d'envie de savoir qui est cet homme.

Elle observe Miller. Il saura la protéger. Ou au moins lui donner l'impression qu'il en est capable. L'homme qu'ils ont vu était plus petit que lui et portait des lunettes. Elle hoche la tête.

—Oui, on va lui parler. Il faut qu'on l'interroge.

Miller reste pétrifié un moment avant de se ressaisir.

— OK, c'est parti.

La maison est plongée dans le noir, éclairée seulement par les halos diffus des lampadaires et le reflet argenté de la lune sur la Tamise. Libby suit Miller, rassurée par sa carrure impressionnante. Ils s'arrêtent au pied de l'escalier, puis entament l'ascension lentement, silencieusement, jusqu'au palier du premier étage. Là, il y a plus de lumière, la lune les éclaire à travers la grande fenêtre qui surplombe la rue. Ils lèvent les yeux vers le grenier, puis se regardent.

— On y va ? demande Miller.

— Oui.

La trappe dans le plafond du grenier est ouverte, et la porte des toilettes fermée. Ils entendent le bruit de la chasse d'eau, des pas, le robinet, un raclement de gorge. Puis la porte s'ouvre, et l'homme sort. Il est beau. C'est la première pensée de Libby. Un homme élégant, avec une barbe bien taillée, un visage jeune, des bras musclés, un tee-shirt gris, un jean noir, des lunettes sophistiquées et des baskets à la mode.

Il sursaute et appuie ses mains sur son cœur en tombant nez à nez avec eux.

— Putain de merde !

Libby sursaute aussi. Miller également. Ils se dévisagent.

— Est-ce que…, commence l'homme au moment précis où Libby ouvre la bouche.

Ils se montrent du doigt l'un et l'autre, puis se tournent vers Miller comme s'il pouvait leur répondre. L'homme pivote à nouveau vers Libby.

— Serenity ?

Libby acquiesce.

— Et vous êtes Henry ?

Il a l'air perdu pendant un instant, puis il secoue la tête.

— Non, je ne suis pas Henry, je suis Phin.

II

34

Chelsea, 1990

Ma mère était allemande et elle aimait fêter Noël. C'était sa spécialité. Dès le début du mois de décembre, la maison se parait de décorations faites maison, d'oranges confites, de tissus à carreaux rouges, de pommes de pin peintes. Des odeurs de pain d'épices et de vin chaud s'échappaient de la cuisine. Il n'y avait jamais de guirlandes de Noël brillantes ni de boîtes de Quality Street.

Même mon père appréciait cette période. Il avait un costume de Père Noël qu'il enfilait le soir du 24 quand nous étions petits. Tout en sachant très bien que c'était lui, j'étais étrangement incapable de le reconnaître. C'est sans doute le même type de processus psychologique qui opérait dans le cas de David Thomsen. Quand ils le rencontraient, les gens voyaient en lui un homme comme les autres, mais se persuadaient qu'il était la solution à tous leurs problèmes.

Ce 24 décembre-là, mon père n'enfila pas son costume. Il décréta que nous étions trop grands pour ça – ce qui n'était pas faux –, et qu'il ne se sentait pas assez en forme. Ma mère décora tout de même la maison. Nous nous assîmes tous autour d'un sapin plus petit que ceux des années précédentes, et ouvrîmes nos cadeaux, moins nombreux que d'habitude, pendant que la radio diffusait des chants de Noël et que le feu crépitait dans l'âtre. Au bout d'une demi-heure, avant de passer à table, mon père nous annonça qu'il devait aller s'allonger, car il souffrait d'une terrible migraine.

Trente secondes plus tard, il était étendu au milieu du salon, victime d'un accident vasculaire cérébral.

Bien entendu, à ce moment-là, nous ne savions pas ce qui lui arrivait. Nous pensions qu'il s'agissait d'une sorte d'attaque ou d'une crise cardiaque. On appela le docteur Broughton, le médecin de mon père, qui portait encore sa tenue de Noël (un pull-over à col en V rouge et un nœud papillon orné de feuilles de houx). Je me souviens de sa mine défaite quand mon père lui avoua qu'il n'avait plus d'assurance maladie. Son comportement, auparavant obséquieux, changea radicalement. Il appela une ambulance pour qu'on l'emmène à l'hôpital public et quitta la maison sans dire au revoir.

Mon père rentra deux jours plus tard.

On nous dit qu'il allait bien, qu'il aurait des difficultés cognitives pendant quelque temps et qu'il aurait du mal à se déplacer, mais que son cerveau allait se réparer tout seul et qu'il recouvrerait ses moyens en quelques semaines.

Cependant, il ne s'était jamais tout à fait remis de son premier accident. Et, cette fois, c'était encore pire. Il avait le regard vide. Il utilisait les mauvais mots, quand il parvenait à les trouver. Il passait ses journées assis dans le fauteuil de sa chambre à grignoter des biscuits tout doucement. Parfois, quand on lui parlait, il se mettait à rire sans raison. Et quand on lui faisait une plaisanterie, il ne la comprenait pas.

Il se déplaçait lentement. Il évitait l'escalier. Il ne sortait plus de la maison.

Plus mon père s'affaiblissait, plus David Thomsen s'approchait de son but.

Quand j'eus quatorze ans, en mai 1991, un règlement avait été édicté. Je ne parle pas d'interdits familiaux, comme

« ne pas mettre ses pieds sur les meubles » ou « faire ses devoirs avant de regarder la télévision ». Nous avions toujours eu ce type de principes à la maison. Désormais, nous vivions sous le coup de règles folles, despotiques, écrites au feutre noir sur une grande affiche scotchée à un mur de la cuisine. Je ne les oublierais jamais.

Interdiction de se couper les cheveux sans l'accord de David ou de Birdie.
Pas de télévision.
Interdiction d'inviter des gens sans l'accord de David ou de Birdie.
Pas d'orgueil.
Pas de jalousie.
Interdiction de sortir sans la permission de David ou de Birdie.
Pas de viande.
Pas de produits issus de l'exploitation animale.
Pas de cuir, pas de daim, pas de laine, pas de plume.
Pas de plastique.
Pas plus de quatre objets jetés par jour et par personne, déchets alimentaires compris.
Pas de vêtements teints.
Pas de médicaments.
Pas de produits chimiques.
Une douche par jour et par personne.
Un shampoing par semaine et par personne.
Deux heures par jour avec David dans la salle d'exercice par personne.
Deux heures par jour avec Birdie dans la salle de musique pour les enfants.
Toute nourriture doit être cuisinée à la maison et doit être bio.

Pas de chauffage.
On ne crie pas.
On ne jure pas.
On ne court pas.

Cette liste, assez succincte au début, avait été complétée au fur et à mesure que l'emprise de David sur notre maisonnée augmentait.

À cette époque, Sally nous rendait visite une ou deux fois par semaine et emmenait Phin et Clemency prendre le goûter à l'extérieur. Elle dormait sur le canapé d'amis à Brixton et essayait désespérément de trouver un appartement où elle pourrait vivre avec ses enfants. Quand il passait du temps avec sa mère, Phin revenait toujours particulièrement maussade. Il s'enfermait dans sa chambre et sautait plusieurs repas. À bien y penser, beaucoup des règles avaient été édictées à cause de Phin. David ne supportait pas ses sautes d'humeur. Il ne tolérait pas qu'on ne finisse pas son assiette, qu'il ne puisse pas ouvrir une porte quand bon lui semblait, ou que qui que ce soit ait une vision du monde différente de la sienne. Il détestait les adolescents.

Deux nouvelles règles furent ajoutées.

Pas de porte fermée à clé.
Les résidents doivent assister à tous les repas.

Un matin, peu de temps après l'une des visites de Sally, alors que Phin n'avait pas respecté la règle du « pas de porte fermée à clé », je fus réveillé par un bruit provenant du couloir.

David, les mâchoires crispées, équipé d'un tournevis qu'il manœuvrait de ses mains puissantes, retirait la serrure de la chambre de Phin.

Son fils, assis sur son matelas, les bras croisés, le regardait avec un air de défi.

Quand sonna l'heure du dîner, Phin n'avait toujours pas bougé ni parlé. David le traîna dans la cuisine et le jeta sur une chaise.

Il poussa la chaise jusqu'à la table et servit à Phin une grande assiette de curry de courge avec du riz. Phin ne desserra pas les bras. David se leva, remplit une cuillère de nourriture et la colla aux lèvres de son fils, qui n'ouvrit pas la bouche. J'entendais le métal de la cuillère se heurter aux dents de Phin. C'était une scène fort choquante. Phin avait quatorze ans et demi, mais faisait plus que son âge. Il était grand, fort. La situation aurait pu dégénérer très facilement. Pourtant, il ne bougeait pas. Ses yeux semblaient vouloir transpercer le mur en face de lui, la colère et la détermination se lisaient sur son visage.

David finit par abandonner l'idée de donner à manger à son fils à la cuillère, qu'il jeta à travers la pièce. Le curry laissa sur le mur une sinistre traînée jaune, et la cuillère cogna le sol dans un horrible fracas métallique.

— Dans ta chambre ! aboya David. Immédiatement !

Une veine palpitait à sa tempe. Son cou était rouge et tendu. Je n'avais encore jamais vu un visage humain aussi plein de rage.

— Avec plaisir, cracha Phin.

Et là, presque au ralenti, la main de David se leva et alla s'écraser sur l'arrière du crâne de son fils qui passait devant lui. Phin se retourna, ses yeux rencontrèrent ceux de son père, et j'y lus de la haine pure.

Phin sortit de la cuisine. Nous entendîmes le bruit de ses pas qui montaient l'escalier sans s'arrêter. Quelqu'un se racla la gorge. Birdie et David échangèrent un regard. Les yeux plissés et désapprobateurs de Birdie disaient : « Tu perds le contrôle. Fais quelque chose », et ceux de David, sombres et furieux, lui répondaient : « C'est prévu. »

Dès que le repas fut terminé, je grimpai dans la chambre de Phin.

Il était assis sur son matelas, les genoux ramenés contre son menton. Il me dévisagea.

— Quoi ?

— Ça va ?

— À ton avis ?

Je m'avançai un peu dans sa chambre. Je m'attendais à ce qu'il me demande de partir, mais il toléra ma présence.

— Ça t'a fait mal quand il t'a tapé ?

Mes parents étaient des gens étranges, mais ils ne m'avaient jamais frappé. Je ne pouvais pas me représenter ce que ça faisait.

— Pas vraiment.

Je fis un pas de plus. Soudain, Phin leva les yeux vers moi, et le miracle se reproduisit. Il me voyait enfin, vraiment.

— Je ne peux pas rester ici, m'annonça-t-il en secouant la tête. Il faut que je me tire.

J'eus l'impression que mon cœur s'arrêtait de battre. Sans Phin, je ne voyais pas comment j'aurais pu continuer à exister.

— Pour aller où ?

— Je sais pas. Chez ma mère.

— Mais…

J'allais lui rappeler que sa mère dormait sur un canapé à Brixton. Il m'en empêcha.

— J'en sais rien, OK ? Mais il faut que je parte. J'en peux plus.

— Quand ?

— Maintenant.

Il me regardait sous ses cils démesurément longs. J'essayais de déchiffrer l'expression de ce visage. Peut-être était-ce une proposition ?

— Est-ce que tu veux… Enfin, est-ce que je devrais… venir avec toi ?

— Non ! T'es fou !

Je me sentis rapetisser. Non, bien sûr que non.

— Qu'est-ce que je vais dire quand les adultes demanderont où tu es ?

— Rien, siffla-t-il. Rien du tout. Pas un mot.

J'acquiesçai, les yeux écarquillés. Je le regardai jeter des affaires dans un sac en toile. Des pantalons et des chaussettes, un tee-shirt, un livre, sa brosse à dents. Il se retourna et vit que je l'observais.

— Va-t'en, s'il te plaît.

Je sortis de sa chambre et marchai lentement jusqu'à l'escalier. Je descendis trois marches, poussai la porte derrière moi et m'assis. Je vis Phin se faufiler par la trappe dans le plafond du grenier avec son baluchon sur le dos. Je n'avais pas la moindre idée de l'endroit où il pourrait bien aller. Pendant un moment, je tentai de me convaincre qu'il allait vivre sur le toit. Mais nous étions en mars, il faisait trop froid, c'était impossible. Puis j'entendis des bruits étranges venant de l'extérieur et je me précipitai dans la chambre de Phin. Je collai mon visage à la fenêtre qui donnait sur le jardin. Soudain, je le vis, traversant la pelouse en courant vers l'ombre épaisse des arbres. Il avait disparu.

Je me retournai pour contempler sa chambre vide. Je pris son oreiller et y plongeai mon visage pour m'enivrer de son odeur.

35

Quand ils quittent la maison bleue le lendemain matin, il fait encore nuit. Les enfants ont les yeux mi-clos et ne parlent pas. Lucy retient son souffle en tendant l'argent pour payer le train pour Paris à l'agente au guichet, une femme qui la regarde comme si elle connaissait ses secrets les plus intimes. Son cœur bat plus fort quand ils montent dans le train et il s'emballe quand le contrôleur lui demande leurs billets. Dès que le train ralentit, elle s'attend à voir les flashs bleus des sirènes de police et des képis de gendarmes. À Paris, elle trouve un café calme dans la rue de la gare et s'y installe avec les enfants en attendant le train pour Cherbourg. La peur la rattrape, la pétrifie à chaque étape. À midi, alors qu'ils grimpent dans le train suivant, elle s'imagine Joy arriver chez Michael pour commencer sa semaine de travail. Elle sent l'adrénaline déferler en elle si puissamment que son cœur pourrait exploser. Mentalement, elle parcourt toute la maison de son ex à la recherche de ce qu'elle aurait oublié, de ce qui mènerait Joy directement à la cave. Pourtant, elle en est sûre, rien ne lui a échappé, elle n'a laissé aucune trace. Elle s'est donné un peu d'avance, au moins un jour, si ce n'est trois ou quatre. Et quand même les policiers découvriraient le corps, qu'est-ce que Joy pourrait bien dire qui conduirait à cette gentille Lucy, à la mère du fils de Michael ? Elle leur parlerait probablement des relations louches qu'entretenait son patron, de ces hommes à la mine patibulaire qui sonnaient parfois pour parler « affaires ». Elle les guiderait dans une tout autre direction et, quand ils finiraient par se rendre compte que c'est une fausse piste, Lucy serait déjà loin.

Quand le train arrive à Cherbourg, les battements de son cœur reprennent un rythme normal, et elle réussit à manger le croissant qu'elle s'est acheté à Paris.

À la station de taxi, ils montent dans une vieille Scénic, et Lucy demande au chauffeur de les emmener à Diélette. Le chien s'assoit sur ses genoux et pose la tête contre la vitre à moitié ouverte. Il est tard. Les enfants s'endorment.

Diélette est un petit port situé entre des collines verdoyantes et la Manche. Le petit ferry qui va à Guernesey transporte des vacanciers britanniques, essentiellement des familles. Lucy tient fermement les passeports dans ses mains moites. Leurs documents sont français, mais elle est anglaise. Ses deux enfants ont des noms différents du sien. Stella n'a pas la même couleur de peau qu'elle. Ils portent des sacs à dos crasseux et sont si fatigués qu'ils ont l'air malades. Et leurs papiers sont faux. Lucy est convaincue qu'on va les mettre à l'écart dans une petite pièce pour leur poser des questions. Elle a prévu ce voyage long et tortueux afin de dissimuler au mieux leur itinéraire, mais en tendant les passeports à l'agent des douanes avant de monter dans le ferry, son cœur bat si fort qu'elle a l'impression qu'il peut l'entendre. Il tourne les pages, regarde les photos puis les individus qui lui font face, rend les passeports et leur fait signe d'avancer.

Ça y est, ils sont en mer, dans l'écume gris-bleu bouillonnante de la Manche, la France derrière eux.

Elle s'assoit au fond du bateau et prend Stella sur ses genoux afin qu'elle voie une dernière fois le pays de sa naissance, le seul qu'elle ait jamais connu, disparaître à l'horizon.

— Au revoir, la France, murmure Stella avec un geste de la main. Au revoir.

36

Libby ne peut détacher le regard de Phin.

Il la dévisage également.

— Je vivais ici, il y a longtemps, explique-t-il bien que personne ne lui ait posé de question.

Libby ne sait pas quoi dire.

— Tu es très jolie.

— Oh…

— Et toi, tu es qui ? demande-t-il en se tournant vers Miller.

— Miller Roe, enchanté, annonce Miller en lui tendant la main.

Phin lui lance un regard méfiant.

— Je connais ce nom…

Miller se racle la gorge.

— C'est toi, le journaliste ?

— Ouais.

— Il était vraiment nul, cet article. Faux de bout en bout.

— J'ai eu l'occasion de m'en rendre compte.

— Tu es si jolie, je n'en reviens pas, reprend Phin en se tournant à nouveau vers Libby. Tu ressembles tellement…

— À ma mère ?

— Trait pour trait.

Libby repense aux photos de sa mère, à ses beaux cheveux noirs et à ses yeux maquillés. Cette remarque la flatte.

— Qu'est-ce que vous faites ici ?

— Je t'attendais.

— L'autre jour, vous étiez là, je vous ai entendu… Pourquoi est-ce que vous vous êtes caché ?

— Non, je suis venu à ta rencontre, mais le temps que j'arrive en bas, tu t'étais enfuie.

— Ah…

— On descend ? propose Phin.

Ils le suivent dans l'escalier, jusqu'à la cuisine.

Phin s'assoit. Miller et Libby s'installent en face de lui. Elle scrute son visage. Il doit avoir une quarantaine d'années, mais il a l'air beaucoup plus jeune. Ses cils sont extrêmement longs.

— Alors, c'est ta maison maintenant ! commence Phin en ouvrant les bras.

Elle acquiesce.

— On dirait bien. J'aurais dû la partager avec mon frère et ma sœur, normalement.

— Eh bien, tant pis pour eux. Bon anniversaire, d'ailleurs. Un peu en retard.

— Merci. Ça fait combien de temps que vous n'étiez pas venu ici ?

— Des décennies.

S'ensuit un long silence nerveux, que Phin finit par briser.

— J'imagine que vous avez des tas de questions à me poser.

Miller et Libby échangent un regard. Elle hoche la tête.

— Et si on allait ailleurs ? suggère Phin. J'habite de l'autre côté du fleuve. J'ai du vin au frais, une terrasse, et des chats qui ressemblent à des coussins.

Ils se consultent à nouveau.

— Je ne vais pas vous tuer. Et mes chats non plus. Venez, je vais tout vous raconter.

Vingt minutes plus tard, Libby et Miller sortent d'un ascenseur étincelant et s'avancent dans un couloir au sol en marbre à la suite de Phin.

La porte de son appartement est la dernière de l'étage.

Les lumières s'allument automatiquement quand ils entrent dans le vestibule. Les baies vitrées du salon donnent sur une terrasse qui surplombe la Tamise.

Tout est clair et impeccablement décoré. Une immense peau de mouton blanche est étendue sur un long canapé crème. Un extravagant bouquet de lys et de roses, que Libby s'attendrait plutôt à trouver dans la salle d'exposition de Northbone Kitchens, est posé sur la table basse.

Phin appuie sur le bouton d'une petite télécommande pour ouvrir les portes des baies vitrées et leur fait signe de s'asseoir sur les canapés d'extérieur. Pendant qu'il va chercher le vin, Libby et Miller s'interrogent du regard.

— Cet appart doit bien valoir deux millions.

— Au moins, renchérit Libby, qui se lève pour apprécier la vue. Regarde ! C'est la maison. On est juste en face.

Miller la rejoint.

— Je doute que ce soit une coïncidence, dit-il froidement.

— Tu crois qu'il voulait surveiller la maison ?

— Oui, j'en suis même certain. Pourquoi aurait-il choisi cet appartement-là sinon ?

— Qu'est-ce que tu penses de lui ? murmure Libby.

Miller hausse les épaules.

— Il est un peu…

— Spécial, non ?

— Oui, et un peu…

Phin fait irruption derrière eux avec une bouteille de vin plongée dans un seau rempli de glace dans une main, et un chat dans l'autre. Il pose le vin sur la table et garde l'animal dans ses bras.

— Je vous présente Mindy, déclare-t-il en levant la patte de l'animal. Mindy, voici Libby et Miller.

Le chat les ignore et essaie d'échapper à l'étreinte de Phin.

— C'est ça ! s'exclame Phin quand Mindy parvient à s'enfuir. Fais ta snobinarde, je m'en fous.

Il se retourne vers ses invités.

— C'est ma préférée. Je tombe toujours amoureux de ceux qui me détestent. C'est pour ça que je suis célibataire.

Il ouvre la bouteille et sert trois grands verres.

— Santé ! À nos retrouvailles.

Ils trinquent, et un silence pesant retombe sur le petit groupe.

— La vue est époustouflante. Vous vivez ici depuis longtemps ?

— Non, pas vraiment. Ils ont fini l'immeuble l'année dernière. Et tutoie-moi, je t'en prie !

— L'emplacement est incroyable, juste en face de Cheyne Walk.

— Je voulais rester dans les parages, confesse-t-il en regardant Libby. Pour ton retour.

Un autre chat persan arrive. Celui-là est obèse et a les yeux globuleux.

— Ah, le voilà. Monsieur M'as-tu-vu. Il vous a entendus, ajoute Phin en attrapant l'énorme félin et en le posant sur ses genoux. Il s'appelle Monsieur Queue. Comme ça, je suis sûr d'en avoir une quand je veux.

Libby rit et boit une gorgée. Si la situation était différente, elle serait probablement en train de passer une merveilleuse soirée estivale, entourée de deux beaux hommes, profitant d'une vue à couper le souffle sur la ville, un verre de vin blanc frais à la main. En réalité, elle se sent mal à l'aise. Même les chats semblent faux.

— Si jamais tu nous racontes tout ce qui s'est vraiment passé à Cheyne Walk, ce sera en off ?

— Non, pas forcément.

— Je peux t'enregistrer ? poursuit-il en cherchant son portable dans sa poche arrière.

— Si tu veux, répond nonchalamment Phin, les doigts caressant les longs poils du chat. Pourquoi pas, après tout. Je n'ai plus rien à perdre. Vas-y.

Miller prend un instant pour démarrer l'enregistrement. Libby remarque que ses mains tremblent légèrement, trahissant son excitation. Elle avale une grande gorgée de vin pour se calmer. Miller pose son téléphone sur la table.

— Donc, tu dis que tout est faux dans mon article. On peut commencer par là, peut-être ?

— Tout à fait.

Le chat saute des genoux de Phin, qui balaie d'un revers de la main les poils restés sur son pantalon.

— Lors de mes recherches, j'ai découvert l'existence d'un homme nommé David Thomsen. Avec un H.

— Mon père.

Libby voit un éclair de soulagement et de triomphe passer sur le visage de Miller.

— Et Sally est ta mère ?

— Oui, c'est ça.

— Et Clemency ?

— Ma sœur.

— Et le troisième corps retrouvé dans la maison…

— Était celui de mon père, confirme Phin. Exactement. C'est dommage que tu ne l'aies pas compris pendant que tu écrivais ton article.

— Je savais tout ça, mais je n'ai jamais réussi à vous retrouver. Je vous ai cherchés pendant des semaines, tous les trois, sans résultat. Qu'est-ce qu'il vous est arrivé ?

—Pour ma mère ou ma sœur, je n'en ai aucune idée.

—Vous n'êtes pas en contact ?

—Non. La dernière fois que j'ai vu ma mère, j'avais quinze ans. Et ma sœur, seize. D'après mes informations, ma mère vit en Cornouailles. J'imagine que c'est également le cas de ma sœur.

Il hausse les épaules et attrape son verre.

—Penreath, précise-t-il.

Miller lui lance un regard surpris.

—Je pense qu'elle vit à Penreath.

—Oh, vraiment ? Merci.

—Mais de rien ! répond-il en se frottant les mains. Demandez-moi autre chose ! Demandez-moi ce qui s'est vraiment passé, le soir où ils sont tous morts.

Miller sourit tristement.

—OK. Que s'est-il vraiment passé, le soir où Martina Lamb, Henry Lamb et David Thomsen sont morts ?

Phin les regarde tous les deux avec un air malicieux, puis se penche vers le téléphone de Miller.

—D'abord, ils ne se sont pas suicidés. Ils ont été assassinés.

37

Chelsea, 1991

Phin était parti depuis une semaine. Il m'était si difficile de supporter le vide de mon existence sans lui. Quand il était là, chaque repas était la possibilité de voir son visage, chaque nouveau jour m'offrait la chance d'une rencontre fortuite. Sans lui, je vivais dans une maison sombre, peuplée d'inconnus.

Au septième jour, j'entendis la porte se refermer d'un coup sec et des voix s'élever du hall. Phin était là, avec Sally. Elle parlait d'un ton vif à David, qui se tenait dans le vestibule, les bras croisés.

— Je ne lui ai jamais dit de venir. Purée ! C'est la dernière chose que j'aurais faite. C'est déjà assez gênant pour moi de m'incruster chez Toni. Je n'ai aucune envie de mêler mon fils à tout ça.

— Pourquoi ne m'as-tu pas appelé ?

— Il m'a dit que tu étais d'accord ! Comment voulais-tu que je sache qu'il s'était sauvé ? J'ai fini par le faire, quand même.

— J'ai cru qu'il s'était fait tuer. On était morts d'inquiétude.

— *On* ? C'est qui « on », bordel ?

— Nous tous. Et ne parle pas comme ça ici, s'il te plaît.

— Phin m'a dit que tu le frappais.

— Mais non, je ne le frappe pas. Pff! C'était juste une gifle.

— Tu l'as giflé?

— Ma pauvre Sally, tu n'as vraiment aucune idée de ce que c'est que de vivre avec ce gamin. Il est malpoli. Il vole. Il se drogue. Il manque de respect à tout le monde.

Sally leva la main entre eux deux.

— Arrête ça. C'est un ado. C'est un gentil garçon, mais c'est normal qu'il ait ce comportement. C'est de son âge.

— C'est peut-être vrai dans ta pathétique conception du monde, mais nous, on ne croit pas à ça. Il n'a aucune excuse. L'idée ne m'aurait jamais traversé l'esprit de faire ce qu'il fait quand j'avais son âge. Il est infernal.

Je vis la paume de Sally se poser sur l'épaule de Phin, ses joues se creuser.

— Je visite un appartement à Hammersmith demain. Il y a deux chambres. On va pouvoir commencer la garde alternée.

— Comment est-ce que tu vas payer le loyer? demanda David, l'air sceptique.

— Je travaille, tu sais.

— On verra bien. Mais je ne pense pas que Phin soit entre de bonnes mains avec toi. Tu es trop laxiste.

— Je ne suis pas laxiste, David, j'aime mon fils. Ça ne te ferait pas de mal d'essayer.

Sally resta chez nous quelques heures. L'atmosphère était irrespirable. Birdie refusa de descendre, mais on pouvait tout de même l'entendre soupirer, tousser et faire les cent pas dans sa chambre. Quand Sally partit enfin, elle dévala l'escalier au pas de course et se jeta dans les bras de David.

— Ça va, mon amour? demanda-t-elle d'un ton mélodramatique.

David hocha la tête, impassible.

— Oui, très bien.

Puis il se tourna vers Phin et, les yeux mi-clos, prononça les mots qui précipitèrent notre chute.

— Les choses vont changer ici, jeune homme. Tu peux me croire.

Puisque David et Birdie ne pouvaient pas le surveiller en permanence, Phin fut enfermé dans sa chambre. Les adultes voulaient nous convaincre que cette décision était tout à fait normale, logique, saine.

« C'est pour son bien », répétaient-ils.

Il avait le droit d'en sortir pour aller aux toilettes, prendre sa douche, aider au jardin et en cuisine, faire de l'exercice et assister aux cours de violon et aux repas.

À cette époque, nous passions déjà le plus clair de notre temps libre dans nos chambres, et cet enfermement ne nous sembla pas aussi insoutenable qu'il m'apparaît à présent, en écrivant ces mots. Quand j'y repense, la propension qu'ont les enfants à tolérer l'inacceptable me fascine. Avec le recul, je comprends à quel point cette mesure était choquante.

Peu de temps après le retour de Phin, j'avais commencé un livre qu'il m'avait prêté quelques semaines auparavant. J'étais assis en tailleur sur mon matelas quand il entra dans ma chambre. En le voyant, je sursautai. Il était relativement tard, et je pensais que sa porte avait déjà été fermée pour la nuit.

— Comment… ?

— Justin m'a raccompagné après le repas. Il a fait exprès de ne pas bien tirer le verrou.

— Ce bon vieux Justin. Qu'est-ce que tu vas comptes faire ? Tu ne vas pas fuguer, si ?

— Non, ça ne sert plus à rien maintenant. Ma mère emménage dans son appartement la semaine prochaine, et je vais aller vivre avec elle. Tout ce merdier, c'est fini pour moi.

J'avais l'impression que je venais de recevoir un coup de poing dans le ventre.

— Mais tu penses que ton père va te laisser partir ? demandai-je, ma voix se brisant.

— J'en ai rien à foutre, qu'il me laisse ou pas. J'ai quinze ans en décembre. Je peux décider de vivre avec ma mère si je veux, et il ne pourra rien y changer.

— Et Clemency ?

— Elle viendra avec nous.

— Tu penses que ton père et Birdie vont partir aussi, si vous n'êtes plus là ?

Un rire cruel s'échappa de sa bouche.

— À ta place, je n'y compterais pas. Il est bien là où il est. Les pieds sous la table, et tout le monde à ses pieds.

Je ne répondais plus.

— Tu te souviens de cette nuit ? Sur le toit ? Quand on a pris de l'acide ?

J'acquiesçai vivement. Comment aurais-je pu l'oublier ?

— Tu sais qu'il en reste, là-haut ?

— Un autre…

— Buvard de LSD. Le type de Kensington Market m'en avait donné deux, et on n'en a pris qu'un.

Je finis par comprendre ce qu'il me proposait.

— Tu veux que…

— Oui. Ils pensent tous que je suis enfermé dans ma chambre. Les filles dorment. Personne ne montera. Tu peux aller dire bonne nuit à tout le monde et remonter avec un verre d'eau. Je t'attends ici.

Bien entendu, je m'exécutai.

Nous prîmes avec nous une couverture, enfilâmes nos pull-overs. Je passai le premier par la trappe. Phin me tendit le verre d'eau et me suivit. Nous étions en juillet, mais l'air était humide et frais. Phin retrouva le sachet qu'il avait laissé dans un pot de fleurs. Je n'avais pas vraiment envie de renouveler l'expérience. J'espérais qu'avec le temps et les intempéries le morceau de papier aurait perdu ses propriétés chimiques, qu'une bourrasque malvenue le ferait tomber loin de nous, ou que Phin se raviserait et le rangerait dans son sachet en me disant qu'il n'avait pas besoin de ça, puisqu'il m'avait, moi.

Nous balayâmes les quelques feuilles mortes qui se trouvaient sur les chaises en plastique et nous assîmes côte à côte.

Phin plaça le buvard au creux de sa main.

Le ciel était splendide. Bleu roi, ambre roussi, rose vif. Il se reflétait dans le fleuve. Au loin, on distinguait le scintillement du pont de Battersea.

Phin observait les nuages. Tout me semblait très différent par rapport à la première fois que nous avions pris de l'acide. Il avait changé. Il était plus calme, moins rebelle.

— Quel travail tu voudrais faire plus tard ? me demanda-t-il.

— Un boulot dans l'informatique. Ou dans le cinéma.

— Pourquoi pas les deux ? suggéra-t-il.

— C'est vrai ! m'enthousiasmai-je. Des films faits sur ordinateur.

— Cool.

— Et toi ?

— Je veux aller vivre en Afrique et devenir guide de safari.

— Ça sort d'où, ça ? demandai-je, hilare.

— On en a fait un quand j'avais six ans. On a vu des hippos s'accoupler, c'est à peu près tout ce dont je me rappelle, en plus de notre guide. Un Anglais super sympa qui se prénommait Jason.

Je remarquai dans sa voix une pointe d'envie et je me sentis soudain bien plus proche de lui.

— Je me souviens d'avoir dit à mes parents que c'était ça que je voulais faire quand je serai grand. Mon père m'a répondu que ce n'était pas en conduisant des touristes dans un 4x4 que j'allais devenir riche. Comme si c'était la seule chose qui comptait…

Il soupira et baissa les yeux vers sa main.

— On y va ?

— Un petit bout pour moi, juste un tout petit morceau.

Les deux heures qui suivirent se déroulèrent comme un rêve magnifique. Nous regardâmes le ciel jusqu'à ce que toutes les couleurs aient fondu dans la masse noire de la nuit. Nous eûmes des discussions insensées sur le sens de l'existence. Nous rîmes jusqu'à en avoir le hoquet.

Au bout d'un moment, il me dit :

— Il faudra que tu viennes me voir à Hammersmith, quand j'aurai déménagé. Dans notre maison.

— Oui, j'espère.

Puis je lui demandai :

— Qu'est-ce que tu ferais si je t'embrassais ?

Phin se mit à rire sans s'arrêter jusqu'à ce qu'il soit pris d'une quinte de toux. Il était plié en deux, et je le regardais avec un sourire béat, essayant de comprendre sa réaction.

— Mais sérieusement, qu'est-ce que tu ferais ?

— Je te pousserais du toit, répondit-il. « Pouf » !

Il mima l'action.

Je me forçai à rire. Ha ! ha ! Très drôle.

— On s'en va, tu m'accompagnes ?

— Pour aller où ?

— Tu vas voir.

Je le suivis. Quel garçon idiot j'étais. Nous revînmes sur le palier, puis passâmes par une fenêtre et descendîmes la façade de la maison dans un état d'excitation merveilleuse qui me donna la nausée.

— Qu'est-ce qu'on fait ? demandai-je à plusieurs reprises, mes doigts s'agrippant aux interstices entre les briques, mon pantalon se déchirant sur les saillies du mur. On va où ?

— C'est mon passage secret, m'expliqua-t-il, un éclair de folie dans les yeux. On va voir la Tamise ! Personne n'en saura rien !

Quand nous touchâmes à nouveau le sol, je saignais à trois endroits différents, mais je m'en fichais. Je le suivis à travers l'ombre jusqu'à un portail dont j'ignorais l'existence, au fond du jardin. Et soudain, comme dans *Le Monde de Narnia*, nous étions passés dans un autre univers. Phin m'attrapa par la main et m'entraîna jusqu'aux berges de Chelsea. Nous traversâmes un grand boulevard pour atteindre le fleuve. Il me lâcha la main. Nous restâmes un moment côte à côte, observant les éclats dorés et argentés qui serpentaient à la surface de l'eau. Je me tournai vers Phin, qui me parut plus beau qu'il ne l'avait jamais été dans cette lumière particulière.

— Arrête de me regarder comme ça.

Je ne baissai pas le regard.

— Je suis sérieux. Arrête.

Je le scrutai avec plus d'intensité encore.

Il me poussa dans l'eau. Mes oreilles se remplirent d'échos et de bulles, mes vêtements devinrent lourds et se collèrent à ma peau. J'essayai de crier, mais mes poumons s'emplirent de liquide. Mes mains trouvèrent le mur de la berge, et mes pieds donnèrent un grand coup de talon dans le néant visqueux. Ensuite, j'ouvris les yeux et je vis des visages, une constellation de faciès noircis autour du mien, et j'essayai de leur parler, de leur demander de m'aider, mais ils se détournèrent tous, et je remontai. Une douleur dans le poignet. Phin qui me tirait de marche en marche jusqu'à la berge.

— T'es un vrai malade ! dit-il en riant, comme si j'avais choisi de sauter dans la Tamise, comme si c'était une bonne blague.

Je le repoussai.

— Putain de connard ! criai-je d'une voix aiguë. Putain de connard de merde !

Je m'éloignai de lui en courant, traversai le boulevard, me faisant klaxonner au passage, et j'arrivai devant la maison.

Phin me suivait de près et il me rattrapa devant la porte, à bout de souffle.

— Putain, mais qu'est-ce que tu fous ?

J'aurais dû m'arrêter, j'aurais dû m'en empêcher, respirer un grand coup, réfléchir aux conséquences avant d'agir et prendre une autre décision. J'étais consumé par la rage, pas seulement parce que Phin m'avait fait tomber dans cette Tamise répugnante et glacée, mais aussi parce qu'il m'avait ignoré pendant des années alors que durant tout ce temps j'avais espéré qu'il me remarquerait, et que, quand il l'avait enfin fait, ça avait été uniquement pour servir ses propres intérêts, puisque ensuite j'étais redevenu invisible à ses yeux. Je le dévisageai, il était beau et sec, j'étais laid et trempé. Je me retournai et j'appuyai de toutes mes forces sur la sonnette.

Il me regarda, et dans ses pupilles je vis qu'il ne savait pas s'il lui fallait rester ou fuir. Une seconde plus tard, David ouvrit la porte. Il nous examina tous les deux des pieds à la tête, ses épaules se soulevèrent, ses lèvres se pincèrent. Il ressemblait à un animal en cage, prêt à bondir.

— Rentrez immédiatement, gronda-t-il d'une voix lente et pleine de colère.

Phin s'élança, mais son père était plus grand que lui, plus athlétique, et il le rattrapa avant même qu'il ait pu atteindre le coin de la rue. Il le plaqua sur le trottoir. J'observai la scène sans ciller, les dents claquant à l'intérieur de mon crâne d'adolescent, les bras croisés autour de mon corps.

Ma mère apparut.

— Qu'est-ce qu'il se passe ? demanda-t-elle en jetant un coup d'œil derrière moi. Qu'est-ce que tu as fait, Henry ?

— Phin m'a poussé dans la Tamise, bégayai-je.

— Mon Dieu…, s'indigna-t-elle en m'attirant à l'intérieur. C'est pas vrai. Viens, enlève tes vêtements. Qu'est-ce que…

Mais je n'enlevai pas mes vêtements. Je restai dans l'entrée, fasciné par la vision de David traînant son fils sur le trottoir, comme un prédateur venant de capturer sa proie.

Et voilà, me dis-je. *Bien fait pour toi.*

38

Le mercredi matin, après deux nuits passées dans une modeste chambre d'hôte et une traversée agitée pour rejoindre le Royaume-Uni, Lucy et ses enfants louent une voiture à Portsmouth et ils se mettent en route vers Londres.

Quand elle avait fui ce pays, c'était l'hiver. Depuis, elle s'imaginait l'Angleterre comme un endroit où il faisait toujours froid, où les arbres étaient nus et les gens emmitouflés pour se protéger des intempéries. Elle retrouve le pays plongé dans un long été caniculaire. Des passants bronzés et heureux se promènent en short, lunettes de soleil sur le nez. Les terrasses envahissent les trottoirs, les enfants jouent dans les fontaines, et des transats sont installés devant les magasins.

À travers la vitre, Stella observe le spectacle, Fitz sur les genoux. Elle n'a jamais quitté la France. Ni même la Côte d'Azur. Sa courte vie s'est entièrement déroulée dans les rues de Nice, entre la maison bleue, l'appartement de sa grand-mère, la crèche et l'école.

— Alors, l'Angleterre, tu en penses quoi ? demande Lucy en jetant un regard à sa fille dans le rétroviseur.

— Ça me plaît. C'est coloré.

— Ah oui ?

— Les arbres sont très, très verts.

Lucy sourit. Marco lui indique la prochaine rue à prendre pour rejoindre l'autoroute, selon Google Maps.

Trois heures plus tard, ils pénètrent dans les faubourgs déshérités de la capitale.

Marco est maintenant lui aussi collé à la fenêtre. Il espère voir Big Ben ou Buckingham Palace, mais se retrouve nez à nez avec des échoppes de poulet frit ou d'appareils électroniques d'occasion.

Ils traversent enfin la Tamise, qui scintille comme une rivière de diamants sous le soleil. Les maisons de Cheyne Walk étincellent.

— Voilà, on est arrivés !

— C'est laquelle ? demande Marco d'un ton fébrile.

— Celle-là, répond Lucy en désignant le numéro 16.

Sa voix est claire, mais son cœur s'alourdit à la vue de la maison.

— Celle avec les planches de bois ?

— Oui, confirme-t-elle tout en cherchant une place de stationnement.

— Elle est immense !

— Ça, c'est sûr.

Pourtant, avec son regard d'adulte, la demeure lui semble plus petite. Quand elle était enfant, elle pensait qu'il s'agissait d'un manoir, mais en réalité, ce n'est qu'une maison. Très grande, mais une maison tout de même.

Il n'y a pas de place aux alentours sur Cheyne Walk, et ils finissent par se garer au bout de King's Road. Apparemment, il faut télécharger une application pour pouvoir laisser sa voiture à cet endroit.

Il fait trente degrés, comme dans le sud de la France.

Le temps d'arriver à la maison, ils sont tous en sueur, et le chien halète.

Un cadenas protège les planches devant la porte. Ils se tiennent sur le perron et observent la bâtisse.

— Tu es sûre que c'est la bonne maison ? Il n'y a personne ici…

— En ce moment, non. On va entrer et attendre les autres à l'intérieur.

— Comment on va faire ?

Lucy inspire profondément.

— Suivez-moi.

39

Libby est réveillée par un puissant rayon de soleil. Elle laisse sa main tomber au sol pour attraper son téléphone, puis tâtonne vers la table de chevet. Il n'est pas là. Ses souvenirs de la nuit précédente sont flous, informes. Elle se relève dans le lit et observe la chambre. Une petite pièce aux murs blancs avec un lit en bois très bas et un matelas épais, dans lequel elle se trouve. Tout comme Miller.

Elle remonte sans réfléchir la couette pour couvrir sa poitrine avant de se rendre compte qu'elle est habillée. Le même haut qu'hier, ses sous-vêtements. Elle croit se souvenir d'avoir enlevé son short pendant que Miller était dans la salle de bains, avant de se cacher sous la couette. Elle a l'impression de s'être fait un bain de bouche avec du dentifrice et en sent les restes sur ses gencives. Elle se rappelle vaguement un certain nombre de détails.

Elle est chez Phin.

Dans le même lit que Miller.

Ils sont tous les deux habillés et ont dormi tête-bêche.

Phin a passé la soirée à remplir leurs verres. Il a insisté pour qu'ils restent dormir, tellement que c'en était devenu louche.

— Ne pars pas, s'il te plaît. Je viens à peine de te retrouver, je ne veux pas te perdre.

— Tu ne vas pas me perdre. On est voisins maintenant, regarde ! s'était-elle exclamée en désignant les belles maisons de Cheyne Walk.

— S'il vous plaît, avait-il plaidé en battant de ses très longs cils. Vous serez mieux pour dormir ici que sur ces vieux matelas ! Et je vous préparerai le petit déjeuner demain matin ! J'ai des avocats. C'est ce que vous mangez le matin, vous les millennials, non ?

— Je préfère les œufs, avait répondu Miller.

— Mais tu n'es pas vraiment un millennial, toi ? avait demandé Phin en faisant la moue.

— Eh si, figure-toi ! Mais j'ai raté la mode de l'avocat.

Libby jette un coup d'œil au réveil sur la table de nuit et calcule rapidement que, si elle part dans huit minutes, elle devrait pouvoir être au travail à 9 heures. Ce qui est tard pour elle, mais correct pour recevoir les appels et visites des clients.

Elle enfile son short sans faire de bruit et se redresse.

Miller se retourne, encore endormi.

En l'observant, elle découvre qu'il a un tatouage sur le bras, son tee-shirt s'étant relevé pendant la nuit. Elle déteste ça, ce qui rend sa quête amoureuse particulièrement difficile ces derniers temps. Mais Miller est mignon, et elle ne peut pas s'empêcher de le regarder. Doux et séduisant.

Elle parvient à détourner les yeux et se rend dans la salle de bains attenante sur la pointe des pieds. Elle est déjà venue ici très tard hier soir. Dans le miroir, elle découvre avec satisfaction qu'elle n'a pas mauvaise mine. Le brushing de la veille a survécu aux péripéties de la soirée. Elle se brosse à nouveau les dents avec son doigt et se gargarise avec l'eau du robinet. Elle se fait une queue de cheval et utilise un déodorant trouvé dans un placard.

Quand elle revient dans la chambre, Miller est réveillé. Il lui sourit.

— Bonjour, lui lance-t-il en s'étirant.

Cette fois, elle voit son tatouage dans son intégralité. Une sorte de symbole celtique. Ça pourrait être pire.

— J'y vais, lui annonce-t-elle en attrapant son sac.

— Tu vas où ?

— Au travail.

— Vraiment ? Ta chef ne te laisserait pas prendre ta matinée ?

Elle s'arrête dans son élan. Bien sûr que si, mais Libby n'a même pas songé à le lui demander. À cette idée, elle se sent mal à l'aise.

— Non, il faut que j'y aille. J'ai une grosse journée, des réunions avec des clients…

— Et tu ne veux pas laisser tomber tes collègues.

— Voilà.

— Si tu me donnes trente secondes, je pars avec toi, propose-t-il en repoussant la couette et en découvrant le bas de son corps, son boxer rouge et bleu, et ses jambes musclées de rugbyman par la même occasion.

— Tu ne sais pas où j'ai mis mon portable, par hasard ?

— Aucune idée, répond-il en enfilant son pantalon.

Ses cheveux et sa barbe sont un vrai champ de bataille. Elle réprime un sourire.

— Tu ne te regardes pas dans le miroir avant de sortir ?

— Je devrais ? demande-t-il, l'air inquiet.

— Non, non, tu es très bien, le rassure-t-elle en pensant à l'heure qui tourne. On trouve nos téléphones et on y va.

Elle pose sa main sur la poignée et l'actionne. La porte ne s'ouvre pas. Elle essaie à nouveau, sans succès. Elle répète le mouvement quatre fois, puis se tourne vers Miller.

— On est enfermés.

40

Chelsea, 1991

Après l'épisode de la Tamise, David séquestra Phin dans sa chambre pendant toute une semaine. Sans sortir. D'une certaine façon, cela m'arrangeait, car je n'aurais pas pu regarder Phin en face. Il m'avait poussé dans le fleuve, certes, mais ce que j'avais fait en représailles était bien pire.

Je souffrais. J'étais habité par les remords, les regrets, la fureur, l'impuissance, le manque. Après les repas, on montait une assiette dans la chambre de Phin, et il avait le droit de se rendre aux toilettes deux fois par jour. Son père montait la garde derrière la porte, les bras croisés, comme un videur antipathique.

L'atmosphère qui régnait dans la maison était pesante. David décidait de tout. Une énergie sinistre et inquiétante émanait de lui, et nous faisions tout pour éviter sa colère.

Un après-midi pendant cette incarcération, je m'occupais des plantes avec Justin et je décidai de lui poser des questions.

— Tu ne trouves pas ça grave que David enferme Phin ? commençai-je, les yeux tournés vers le grenier.

Il haussa les épaules.

— Il aurait pu te tuer, Henry. Tu aurais pu y rester.

— Je sais, mais ça n'a pas été le cas, je ne suis pas mort. Ça me semble… mal.

— Peut-être. Moi, je n'aurais pas géré la situation comme ça, mais je n'ai pas d'enfant, alors… David fait « ce qu'il a à faire », j'imagine, poursuivit-il en mimant des guillemets avec ses mains.

— Ce qu'il a à faire ? Comment ça ?

— Tu sais, exercer son pouvoir sur tout ce qui bouge.

— Je le déteste, avouai-je, et ma voix se brisa.

— Bienvenue au club.

— Pourquoi est-ce que tu ne pars pas ?

Il me regarda, puis vérifia les alentours.

— J'y pense. Ne le dis à personne, OK ?

Je hochai la tête.

— J'ai entendu parler d'une petite propriété au pays de Galles par une cliente du marché. Apparemment, ils cherchent quelqu'un pour s'occuper de leur jardin aromatique. Ce serait comme ici, pension complète, mais sans chef ni concours de bites, conclut-il en levant les yeux au ciel.

Je lui souris. « Concours de bites ». L'expression m'amusa.

— Tu partirais quand ?

— Bientôt. Dans quelques jours. Tu veux venir ?

Je n'en revenais pas.

— Au pays de Galles ?

— Oui. Tu pourrais continuer à être mon apprenti.

— Mais je n'ai que quatorze ans.

Il ne réagit pas et continua à nouer les plantes entre elles.

Ce n'est qu'un peu plus tard que je compris le véritable sens de cette invitation. Il ne m'avait pas proposé de l'accompagner pour être son apprenti, ni parce qu'il avait besoin de moi. Il m'avait posé cette question parce qu'il voulait me sauver.

Deux jours plus tard, il disparut. Il n'avait dit à personne qu'il partait et avait quitté la maison de si bonne heure que même David dormait encore. J'avais appris de mes erreurs avec Phin et je ne dis rien au sujet du pays de Galles. Justin ne voulait pas que les autres connaissent sa destination. Plus tard ce jour-là, j'entrai dans sa chambre. Il était arrivé avec très peu d'affaires et reparti avec le strict nécessaire. Il avait laissé ses livres à la maison. Ils étaient tous rangés sur le rebord de la fenêtre.

Le Grand Livre de la sorcellerie moderne.

La Wicca pour débutants.

Wicca : sorts et potions.

Après avoir vérifié qu'il n'y avait personne dans le couloir, je cachai les livres sous mon pull.

Je m'apprêtais à courir dans ma chambre quand mes yeux furent attirés par un objet posé sur sa table de chevet. Une petite chose recouverte de poils. Je crus d'abord qu'il s'agissait d'une souris morte, mais en m'approchant je découvris une patte de lapin accrochée à une chaîne. Je croyais me souvenir que c'était censé porter chance, comme les trèfles à quatre feuilles et la bruyère blanche. Je la fourrai dans ma poche et courus jusqu'à ma chambre où je dissimulai mon butin sous mon matelas.

Je pensais vraiment qu'un jour il aurait refait surface.

Après la découverte des corps par la police, pendant leur enquête pour comprendre ce qui s'était passé et retrouver les enfants Lamb tragiquement disparus, je m'attendais à le voir surgir dans le journal télévisé pour parler du temps où il avait séjourné à la maison, de David Thomsen qui séquestrait son fils dans sa chambre et nous dictait nos moindres faits et gestes.

Je l'ai cherché sur Internet des dizaines de fois, mais je n'ai jamais pu retrouver sa trace. Il est peut-être mort, ou bien il a émigré vers de nouveaux horizons lointains et obscurs, ou encore il a décidé de ne plus jamais se mêler de cette affaire et de ne pas révéler ce qu'il savait. Quoi qu'il en soit, j'étais soulagé de ne pas le revoir. Mais, après son départ, il me manquait. De prime abord, il m'avait fait peur, mais j'avais fini par comprendre qu'il n'avait rien d'un ennemi.

Les mois passèrent. L'été laissa place à l'hiver. Je m'occupais du jardin d'herbes de Justin, ce que David encourageait grandement, puisque cette activité était en accord avec son idéologie. Les enfants devaient tous travailler dur et faire quelque chose de sain. Ils ne devaient pas développer des compétences qui pourraient les mettre sur le chemin maléfique du capitalisme. Bien sûr, il ignorait tout des livres qui se trouvaient cachés sous mon matelas et des talents très particuliers que j'acquérais. Chaque soir, j'apportais du basilic ou de la menthe à ceux qui cuisinaient, et on me complimentait. Un jour, Birdie me fit même couler un bain après m'avoir vu dans le jardin, sous la pluie battante, tentant de protéger un carré de terre que je venais de semer.

— Tu te débrouilles comme un chef, m'avait-elle félicité en me tendant une serviette pendant que je montais l'escalier. David est très content de toi.

« David est très content de toi. »

J'avais envie de mordre Birdie, de la mordre comme un chien.

C'était prévisible, mais Sally n'avait pas réussi à louer l'appartement à Hammersmith et vivait encore sur un canapé à Brixton. Elle parlait désormais de déménager en Cornouailles.

Un après-midi, elle avait emmené Phin et Clemency à une fête et était rentrée avec ses enfants trois heures plus tard que prévu, indéniablement soûle. J'avais déjà vu maintes fois des adultes éméchés quand mes parents avaient encore une vie sociale et organisaient des soirées tous les week-ends, mais je n'avais jamais vu personne aussi ivre que Sally ce soir-là.

— Je ne comprends même pas comment tu peux imaginer qu'on laisserait les enfants vivre avec toi, l'avait attaquée David avec colère. Regarde-toi !

— Et toi ! Tu peux parler ! Pour qui tu te prends ? Tu es pathétique. Pathétique. Toi et cette pauvre fille. Et Dieu sait qui d'autre tu te tapes. Dieu seul le sait.

J'avais vu David essayer de jeter Sally dehors. Il était à deux doigts de la frapper, mais faisait tout pour se retenir. Ma mère s'était interposée pour éviter le drame.

— Je vais te faire couler un café, avait-elle proposé à Sally en l'attrapant par le coude et en lançant un regard d'avertissement à David. Viens, je vais m'occuper de toi.

J'avais fait comme si je ne savais rien de ce qu'il venait de se passer et j'étais entré dans la cuisine un instant plus tard.

— Je prends de l'eau, m'étais-je justifié, mais personne ne prêtait attention à moi.

J'avais fait mine de partir et je m'étais dissimulé silencieusement derrière la porte du garde-manger.

Sally pleurait sans bruit, un mouchoir sur le visage.

— S'il te plaît, prends soin d'eux, avait-elle pleurniché. Pour moi. Je ne sais pas si je pourrai…

La suite de ses paroles fut couverte par le sifflet d'un bateau qui passait devant la maison.

— Je suis tellement inquiète. Phin me raconte qu'il est enfermé dans sa chambre et, oui, je sais qu'il a fait quelque chose d'horrible, je sais que Henry aurait pu se noyer, mais c'est tellement… inhumain, non ? Enfermer un enfant comme ça. David ne se rend pas compte.

— Tu sais comment il est, Sally…, avait répondu ma mère. C'est sa façon à lui de nous protéger. Il nous a sauvés. Sincèrement. Avant de le rencontrer, je ne voyais pas d'intérêt à mon existence. Maintenant, chaque matin en me réveillant, je suis heureuse d'être là, d'être moi. Je n'exploite plus la planète. Je ne pille plus la Terre. Je ne participe plus au réchauffement climatique. Mes enfants ne gâcheront pas leurs vies à travailler dans des bureaux et ne voleront pas l'argent des pauvres. Si seulement David avait pu arriver plus tôt…

41

Libby et Miller tambourinent sur la porte, qui s'avère être blindée et ne bouge pas. Ils s'approchent de la fenêtre pour voir s'il y a une issue de ce côté-là, mais la lucarne ne s'ouvre pas, et ils se trouvent au dixième étage.

Ils fouillent la pièce de fond en comble pour dénicher leurs téléphones, en vain.

Au bout d'une demi-heure, ils arrêtent de taper à la porte et s'assoient sur le sol, déconfits, le dos contre le lit.

— On fait quoi ? demande Libby.

— S'il ne se passe rien d'ici trente minutes, j'essaie de défoncer la porte.

— Pourquoi tu ne le fais pas maintenant ?

— Je ne suis pas aussi fort que j'en ai l'air, vois-tu. J'ai des problèmes de dos, il faut que je fasse gaffe.

— Dans dix minutes, alors.

— OK.

— Qu'est-ce qu'il veut, à ton avis ?

— Aucune idée.

— Tu penses qu'il va nous tuer ?

— J'en doute.

— Pourquoi est-ce qu'il nous a enfermés ici alors ?

— Par accident ?

Libby lui lance un regard incrédule.

— T'es pas sérieux ?

Le réveil indique 7 h 37. Elle est en train de calculer son retard, quand ils entendent une porte claquer. Ils se redressent. La voix de Phin qui parle à l'un des chats. Des bruits de bisous. Ils se lèvent et se mettent à crier.

Un instant plus tard, la porte s'ouvre, et Phin les regarde, l'air dépité.

— Oh, mon Dieu, murmure-t-il, une main sur la bouche. Je suis désolé… En fait, je suis somnambule, et il m'est déjà arrivé de déranger mes invités la nuit. Une fois, je suis même allé me coucher avec l'un d'eux. Alors j'ai préféré fermer à clé avant d'aller au lit. Je me suis réveillé très tôt ce matin pour aller courir et je vous ai oubliés. Je suis absolument navré. Venez, venez, je vais préparer le petit déjeuner.

— Je dois y aller, je suis en retard, annonce Libby froidement.

— Oh, tu ne peux pas les appeler et leur raconter ce qui s'est passé ? Je suis sûr qu'ils comprendront. Venez, j'ai du jus d'orange frais et tout ce qu'il faut. Il fait très beau, on peut manger sur la terrasse. S'il vous plaît.

Il reprend le ton de la veille, le chantage affectif pour les inciter à rester. Libby se sent prise au piège.

— Pourquoi est-ce que tu ne nous as pas prévenus, hier soir ? Pourquoi tu ne nous as pas dit que tu nous enfermais ? Tu aurais pu nous demander de verrouiller de l'intérieur.

— Il était très tard, j'avais bu, je n'ai pas réfléchi…

— Tu nous as vraiment fait flipper. J'ai eu très, très peur, insiste-t-elle d'une voix qui se brise, libérant la tension des minutes précédentes.

— S'il vous plaît, pardonnez-moi. Je suis trop bête, pardon. Vous dormiez, et je ne voulais pas vous réveiller, alors j'ai agi sans réfléchir. S'il vous plaît, restez pour le petit déjeuner.

Libby regarde Miller. Il veut rester. Elle acquiesce.

— D’accord, mais en vitesse. Phin ?

Il la regarde tendrement.

— Où sont nos téléphones ?

— Ils ne sont pas dans votre chambre ?

— Non. Ni l’un ni l’autre.

— Vous avez dû les laisser dans le salon hier. On va les retrouver.

Ils le suivent dans l’entrée puis dans la pièce à vivre.

— Les voilà ! s’exclame-t-il d’une voix joviale. Vous les aviez mis à charger dans la cuisine. Nous avons vraiment trop bu hier soir. Allez vous installer sur la terrasse, j’apporte le petit déjeuner.

Ils s’assoient côte à côte sur le canapé. Le soleil éclaire la rive opposée de la Tamise, blanchissant les fenêtres des maisons de Cheyne Walk.

Elle sent Miller se rapprocher d’elle.

— C’est louche, lui murmure-t-il à l’oreille. Je ne crois pas au « J’étais bourré, donc je vous ai enfermés dans la chambre », ni à cette histoire de téléphones. J’avais bu hier, mais je me souviens très bien que j’avais mon portable sur moi quand on s’est couchés. Il y a un loup.

Libby hoche la tête.

— Oui, ça ne sent pas bon.

Elle allume son téléphone et appelle Dido. Elle tombe sur son répondeur.

— C’est trop long à expliquer, mais je suis toujours à Chelsea. Est-ce que tu pourrais demander à Claire d’assurer le rendez-vous avec les Morgan ? Ils viennent à 10 heures. Elle a toutes les infos. J’ai rentré les derniers devis dans la base hier, il faut juste les imprimer. Je serai là pour mon deuxième rendez-vous, c’est sûr. Je suis vraiment désolée, je te raconterai tout en arrivant. Si je ne suis pas là à 10 h 30, appelle-moi. Et si je ne réponds pas…, poursuit-elle en jetant un coup d'œil vers Phin, qui coupe du pain dans la cuisine. Je suis à Battersea, dans l'immeuble qui est pile en face de la maison. OK ? Je ne sais pas quel est le numéro, mais je suis au dixième étage, à peu près. À tout à l'heure, et encore désolée.

Elle raccroche et se tourne vers Miller.

Il la regarde du coin de l'œil et lui sourit.

— Je ne le laisserai pas te faire du mal, ne t'inquiète pas. Et je te jure que tu seras à l'heure pour ton deuxième rendez-vous. En avance, même. Ça marche ?

Libby ressent un élan d'affection pour Miller. Elle lui sourit et hoche la tête.

Phin sort sur la terrasse avec un plateau dans les mains qu'il dépose devant eux. Des œufs brouillés, une purée d'avocat saupoudrée de graines de sésame, des tartines de pain de seigle, un petit pot de beurre et une carafe de jus d'orange avec des glaçons.

— Pas mal, non ? s'enquiert-il en leur tendant des assiettes.

— Ça a l'air délicieux, répond Miller en se frottant les mains.

Il attrape deux tartines et les pose dans son assiette.

— Thé, café ?

Libby demande un expresso dans lequel elle verse un nuage de lait. Elle prend du pain, mais elle a encore l'estomac noué.

Elle regarde Phin. Elle a envie de le questionner sur ses révélations de la veille, mais elle n'arrive pas à mettre le doigt sur ce qui la tracasse. Tous les éléments de l'histoire qu'il a racontée restent flous. Elle se souvient de cette femme, Birdie, qui jouait du violon. D'un chat. D'une liste de règles, d'un sacrifice païen et d'un accident avec Henry. Mais tout lui semble très vague, comme s'il ne leur avait rien dit de précis.

— Tu as des photos de vous à l'époque ? demande-t-elle à la place.

— Non, répond-il, l'air désolé. Pas une seule. Tu sais, il n'y avait plus rien dans la maison quand nous sommes partis. Mon père avait tout vendu, tout. Ce qui n'avait pas de valeur, il le donnait à des associations. Mais peut-être que vous vous souvenez de cette chanson qui est sortie dans les années 1980 ? Mais non, bien sûr, vous êtes trop jeunes. Il y avait ce tube d'un groupe qui s'appelait The Original Version. C'était le hit de l'été quand nous nous sommes installés dans la maison. Birdie, cette femme dont je vous ai parlé hier soir, jouait dans ce groupe. Birdie et Justin. Le clip a été filmé à Cheyne Walk. Vous voulez le voir ?

Libby n'en revient pas. À part la photo de ses parents sur leur trente-et-un qui était dans l'article de Miller, elle n'a aucune autre image d'époque de cette maison où elle est née.

Ils vont dans le salon, et Phin branche son téléphone sur l'écran plat géant. Il cherche le clip sur YouTube et démarre la vidéo.

Libby reconnaît immédiatement la chanson. Elle n'a jamais su le titre ni le nom du groupe, mais elle l'a souvent entendue.

Au début de la vidéo, les musiciens se tiennent devant le fleuve. Ils sont tous habillés de la même façon, avec des vêtements en tweed, des bretelles, des chapeaux et des Doc Martens. Ils sont nombreux, probablement une dizaine. Il y a deux femmes. L'une joue du violon, l'autre des percussions.

Phin met la vidéo sur pause.

— Voilà. C'est celle avec les cheveux longs.

Libby observe la femme sur l'écran. Maigrichonne, le menton fuyant, l'air sérieux. Elle tient son violon sur son épaule et lance un regard de défi à la caméra.

— C'est elle, Birdie ?

Libby n'arrive pas à croire que cette petite femme banale soit celle dont Phin leur a parlé la veille, cette sadique qui régnait d'une main de fer sur leur maison.

Phin acquiesce.

— Oui, cette putain de sorcière.

Il redémarre la vidéo, et le groupe apparaît désormais dans une demeure somptueuse et extravagante, remplie de tableaux, de meubles pompeux, de fauteuils tapissés de velours rouge, d'épées brillantes, de lourds rideaux, de têtes d'élan, de renards empaillés et de lustres étincelants. La caméra suit les musiciens en mouvement. Ils posent au pied de l'escalier sculpté, courent dans les couloirs lambrissés, se battent avec les sabres, enfilent un casque de chevalier, montent à califourchon sur le canon devant la maison et se regroupent devant l'immense cheminée où brûlent des bûches.

— C'est tellement beau ! s'extasie Libby.

— Oui, ça l'était, répond Phin. Puis cette connasse et mon père ont tout détruit.

Libby se retourne vers l'écran. Dix jeunes gens, une maison pleine de vie et de richesses, d'énergie et de chaleur.

— Mais comment ça a pu dégénérer à ce point ? demande Libby d'une voix songeuse.

42

Lucy, les enfants et Fitz contournent le pâté de maisons de Cheyne Walk sous un soleil de plomb. Ils s'aventurent dans une sorte de terrain vague et marchent jusqu'au mur du fond, où Lucy ouvre un portail et fait signe aux enfants de ne pas faire de bruit. Ils traversent un écran de végétation et débouchent sur une pelouse jaunie par le long été.

Elle remarque avec surprise que la porte de la maison qui donne sur le jardin n'est pas fermée à clé. Un carreau a été brisé récemment, semble-t-il. Elle frissonne.

Elle passe sa main à l'intérieur et appuie sur la poignée. La porte s'ouvre. Au moins, ils n'auront pas à escalader le mur d'enceinte pour entrer par le toit.

— Ça fait peur, murmure Stella en suivant sa mère à l'intérieur.

— Oui, un petit peu.

— Vous voulez rire, c'est génial ! s'enthousiasme Marco en s'accoudant contre un immense radiateur, l'air émerveillé.

Lucy fait faire le tour du propriétaire aux enfants. Il lui semble que ni la poussière ni les toiles d'araignée n'ont bougé depuis la dernière fois qu'elle était ici, comme si elles attendaient son retour. Les rayons de lumière qui découpent l'obscurité, le bruit de ses pas sur les planches du parquet, les ombres sur les murs, rien n'a changé. Elle avance doucement dans la maison et touche du bout des doigts toutes les surfaces qu'elle rencontre. En l'espace d'une semaine, elle est retournée dans les deux maisons qui ont le plus marqué sa vie, dans les deux lieux où elle a le plus souffert, où elle s'est brisée, desquels elle a dû s'échapper. Elle en a le cœur gros.

Une fois toutes les pièces explorées, ils ressortent et s'assoient à l'ombre dans le jardin laissé à l'abandon.

Elle observe Marco jouer avec une branche. Aujourd'hui, il porte un tee-shirt noir, et pendant un instant, alors qu'il lui tourne le dos, Lucy croit voir Henry en plein jardinage. Elle commence à se lever pour le regarder dans les yeux, puis se ravise. Non, Henry est un homme maintenant, plus un garçon.

Elle essaie d'imaginer ce à quoi il pourrait ressembler, mais n'y parvient pas. Elle se souvient uniquement de son visage lors de cette dernière nuit, de ses mâchoires serrées après le terrible choc, de la lueur vacillante de la bougie qui éclairait ses joues, de son silence.

— C'est quoi, ça ? lui crie Marco.

Lucy met sa main en visière pour mieux voir.

— Il y avait un jardin de plantes aromatiques ici, répond-elle en se redressant et en s'approchant de son fils. L'un des habitants de la maison faisait pousser des herbes thérapeutiques.

Marco s'arrête et plante le bâton entre ses pieds. Il contemple la maison.

— Qu'est-ce qu'il s'est passé ici ?

— Comment ça ?

— Il y a un truc avec cet endroit. Depuis qu'on est arrivés, tu es bizarre. Tes mains tremblent. Tu dis que ta tante t'a emmenée en France parce que tu étais orpheline, mais j'ai l'impression qu'il s'est passé quelque chose de très, très grave avant ton départ. Dans cette maison.

— On en parlera plus tard, Marco. C'est une longue histoire.

— Et ton père et ta mère ? insiste-t-il.

Dans cette maison, son fils va enfin pouvoir lui poser toutes les questions qu'il gardait pour lui.

— Ils sont enterrés où ?

Elle se force à esquisser un sourire.

— Je n'en sais rien. Rien du tout.

Quand elle était enfant, Lucy écrivait tout, tout le temps. Avec son carnet et un stylo, elle s'installait quelque part, n'importe où, et griffonnait des mots et des phrases. Des flux de conscience. Phin attaché à un tuyau dans sa chambre. Les adultes morts. La camionnette stationnée dans l'ombre, le moteur vrombissant. Ce long trajet dans la nuit noire. Le silence et la sidération. Puis l'attente, l'attente de cet événement qui n'était jamais venu jusqu'au moment où enfin, maintenant, vingt-quatre ans plus tard, alors qu'elle l'attend toujours, elle sait que le dénouement est si proche qu'elle peut presque l'apercevoir.

Cette histoire, elle l'a écrite des dizaines de fois. Elle l'a écrite puis a détaché les pages de son carnet, les a froissées et jetées à la poubelle, à la mer, par la fenêtre d'une camionnette. Elle les a brûlées, les a noyées, les a déchirées en mille morceaux. Elle avait besoin d'écrire ces événements, de les transformer en récit pour qu'ils ne déterminent pas sa vie.

Chaque fois, la vérité mettait ses nerfs à vif, lui tordait le ventre, écrasait son cœur, s'insinuait jusque dans ses rêves, lui donnait la nausée le matin et l'empêchait de fermer l'œil le soir.

Elle savait depuis toujours que si elle retournait un jour à Londres, à cet entrelacs de souvenirs insoutenables, ce serait pour le bébé.

Où est-elle ? Oui, elle a dû trouver la maison. De toute évidence, quelqu'un est entré récemment. Il y a des canettes dans le réfrigérateur, des verres dans l'évier, ce carreau brisé.

Alors elle n'a plus qu'à attendre que le bébé revienne.

43

Chelsea, 1992

Ensuite, ma mère est tombée enceinte.

Pas de mon père, évidemment. Il avait déjà du mal à se lever de son fauteuil. Quand on nous l'a annoncé, je n'étais pas si surpris. En effet, à cette époque, j'avais déjà été contraint d'admettre l'atroce vérité : ma mère était obsédée par David.

Vous vous souvenez certainement que, le soir où David était arrivé, j'avais remarqué un mouvement de retrait chez elle qui trahissait son attirance. J'avais pu observer ce béguin initial se transformer en désir réel à mesure que mon père s'affaiblissait et que l'influence de David s'affirmait. Ma mère était complètement subjuguée et elle aurait été prête à tout sacrifier, même sa famille, pour obtenir son assentiment, pour le séduire.

Ces derniers temps, j'avais commencé à discerner d'autres éléments.

Des portes qui grinçaient tard dans la nuit. Une rougeur dans son cou. De l'électricité dans l'air. Des murmures. L'odeur de David dans les cheveux de ma mère. Birdie qui la surveillait. David qui détaillait du regard des parties de son corps qu'il aurait dû ignorer. Il passait entre eux un courant puissant, virulent, qui imprégnait tous les recoins de la maison.

L'annonce fut faite comme toutes les autres, pendant le dîner. David eut l'honneur de partager la bonne nouvelle, bien entendu. Il était assis entre ma mère et Birdie et leur tenait la main à toutes les deux. Ses veines se gonflaient de fierté sous sa peau. Il était si content de lui. Quel homme. Deux nanas dans son plumard et un polichinelle dans le tiroir. Quel homme !

Ma sœur fondit en larmes, et Clemency quitta la table pour aller vomir dans les toilettes.

Je regardai ma mère, absolument consterné. Ce n'était pas tant la nouvelle qui me choquait que cette façon si ouverte, si heureuse, de l'annoncer. Comment n'avait-elle pas pu songer qu'une conversation avec chacun de ses enfants aurait été plus appropriée ? Ne se sentait-elle pas coupable ? N'avait-elle pas honte ?

Apparemment non.

— Ma chérie, tu as toujours voulu avoir un petit frère ou une petite sœur ! s'écria-t-elle en prenant la main de ma sœur.

— Mais pas comme ça ! Pas comme ça !

Toujours tellement théâtrale, ma sœur. Enfin, cette fois-ci je ne pouvais pas la blâmer.

— Et papa ? m'indignai-je sans espoir.

— Votre père sait tout, avoua-t-elle en posant sa main sur la mienne. Il comprend. Il veut que je sois heureuse.

David n'avait pas bougé et il nous observait attentivement. Dans sa grande bonté, il avait accordé à notre mère le droit de nous réconforter, mais il se souciait comme d'une guigne de nous voir horrifiés à l'idée qu'il ait pénétré et fécondé notre mère. Il ne se préoccupait que de lui-même.

Je regardais Birdie, qui arborait un air étonnamment triomphal, comme si tout ceci résultait de son initiative.

— Je ne peux pas avoir d'enfants, expliqua-t-elle comme si elle lisait dans mes pensées.

— Donc ma mère est votre couveuse ? lui crachai-je durement.

David soupira. D'un doigt, il se tapota les lèvres, un geste qu'il faisait souvent et qui m'est encore insupportable quand je le remarque chez d'autres aujourd'hui.

— Cette famille a besoin d'un ancrage, d'un cœur, d'une raison d'être. Cette maison a besoin d'un bébé. Et votre incroyable mère va nous l'offrir. C'est une déesse.

Birdie acquiesça sagement.

Clemency était revenue dans la cuisine. Elle avait le teint blême. Elle s'écroula sur sa chaise et frissonna.

— Chérie, essaie de voir les choses comme moi, lança David à son intention. Nos deux familles seront unies ! Tous les quatre, vous aurez un frère ou une sœur en commun. Deux familles, unies, martela-t-il en posant ses mains sur celles des deux filles.

Ma sœur se remit à pleurer, et Clemency ne desserra pas le poing.

Birdie leva les yeux au ciel.

— Oh, grandissez un peu, toutes les deux, siffla-t-elle.

David lui intima de se taire d'un regard qu'elle rejeta en secouant la tête.

— Il vous faudra quelques jours pour vous habituer à cette idée, je comprends. Mais il faut me faire confiance. Tout va changer maintenant, je vous le promets. Ce bébé sera le futur de notre communauté. La prunelle de nos yeux.

Je n'aurais jamais pu imaginer que ma mère deviendrait aussi énorme. Elle qui avait été si svelte, avec ses hanches dessinées et sa taille fine, était désormais la plus grosse de la maison. On lui donnait à manger en permanence et on l'empêchait de faire quoi que ce soit.

Apparemment, le « bébé » avait besoin d'un millier de calories supplémentaires par jour. Quand nous devions choisir entre de la soupe à la carotte et du riz aux champignons, ma mère dévorait des spaghettis et de la mousse au chocolat. Et je vous ai déjà dit qu'à ce stade nous n'avions plus que la peau sur les os ? Nous qui n'étions déjà pas bien gros, à part mon père… On nous affamait pendant que ma mère était gavée comme une oie. J'avais presque quinze ans et je portais les mêmes vêtements depuis quatre ans. Clemency et ma sœur avaient l'air d'anorexiques, et Birdie ressemblait à un bâton. Déjà que les plats vegan, ça ne fait pas franchement grossir, mais quand, en plus, on ne vous accorde que de petites portions et qu'on vous répète qu'il ne faut pas se goinfrer, ne pas se resservir, quand l'un déteste le beurre et qu'il n'y a donc jamais de gras (alors que les enfants ont besoin de lipides), qu'une autre ne supporte pas le sel et qu'il n'y a donc jamais assez de goût, et que la dernière refuse de manger du blé parce que ça transforme son ventre en coussin péteur et qu'il n'y a donc jamais assez de consistance, ça donne des gens décharnés en mauvaise santé.

Après la découverte des cadavres, quand notre rue fourmillait de journalistes armés de micros et de caméras, l'une des voisines passa au journal télévisé et parla de notre maigreur. Je ne l'avais jamais vue de ma vie.

— C'était à se demander s'ils avaient assez à manger. J'étais un peu inquiète, ils étaient squelettiques, c'est vrai. Mais je ne voulais pas me mêler de ce qui ne me regardait pas, vous comprenez ?

En effet, chère voisine mystère, tu ne voulais vraiment pas t'en mêler.

Nous maigrissions à vue d'œil tandis que ma mère enflait. Birdie lui fabriqua des tuniques spéciales en coton noir. Elle avait acheté des mètres et des mètres de tissu lors d'une vente à prix cassés quelques mois auparavant, afin d'en faire des sacs et de les vendre au marché de Camden. Elle avait réussi à en refourguer deux avant de se faire chasser par les exposants autorisés. Le projet avait été immédiatement abandonné, mais elle cousait désormais avec ferveur, déterminée à s'impliquer dans la grossesse de ma mère. David et Birdie se mirent à porter eux aussi ces tuniques noires. Ils donnèrent leurs autres vêtements à une association. Ils avaient l'air complètement ridicules.

J'aurais dû me douter qu'il ne leur faudrait pas longtemps pour décréter que nous devions tous nous habiller comme eux.

Un jour, Birdie entra dans ma chambre, sac-poubelle à la main.

— Nous allons tous donner nos vêtements. Nous en avons moins besoin que d'autres gens. Allez, on va mettre les tiens là-dedans.

Quand j'y repense, je ne leur opposais pas beaucoup de résistance. Je n'avais jamais cru aux bêtises de David, mais j'avais peur de lui. Je l'avais vu plaquer Phin sur le trottoir un an plus tôt. Je l'avais vu le frapper. Je savais qu'il était capable du pire. Et je me méfiais tout autant de Birdie. C'était elle qui avait déchaîné le monstre qui sommeillait en lui. Alors oui, je marmonnais et soupirais, mais je ne résistais pas. C'est ainsi que, ce mardi après-midi d'avril, je me retrouvai à vider les tiroirs de ma commode dans des sacs-poubelle. Mon jean préféré. Le sweat à capuche H&M que Phin m'avait donné quand je lui avais dit qu'il lui allait bien. Mes tee-shirts. Mes pulls. Mes shorts.

— Mais qu'est-ce que je vais porter ? Je ne vais quand même pas me balader à poil !

— Tiens, prends ça, dit-elle en me tendant une tunique et un collant noirs. On va tous porter les mêmes vêtements maintenant. C'est cohérent.

— Je ne peux pas sortir comme ça ! m'insurgeai-je.

— On va garder nos manteaux. Et, de toute façon, tu ne mets jamais un pied dehors.

Ce qui n'était pas faux. J'étais devenu une sorte d'ermite. Entre les « règles » de la maison, le fait qu'on n'était plus inscrits à l'école et que je n'avais nulle part où aller, je ne sortais plus. Je lui pris les habits des mains et croisai les bras, l'air borné. Elle me regarda avec insistance.

— Allez, donne-moi le reste.

Je baissai les yeux. Elle voulait que je lui donne les vêtements que je portais sur moi. Je soupirai.

— Je peux ? demandai-je en désignant la porte du menton.

Elle haussa les sourcils et sortit de ma chambre.

— Dépêche-toi, me pressa-t-elle depuis le couloir. Je n'ai pas que ça à faire.

Je me déshabillai le plus vite possible et pliai à la hâte mes vêtements.

— Je peux garder mon caleçon ?

— Oui, bien sûr, répondit-elle avec impatience.

J'enfilai la ridicule tunique noire et le collant, puis me regardai dans le miroir. Je ressemblais à un tout petit moine très maigre. J'eus du mal à ne pas exploser de rire. Sans faire de bruit, j'ouvris mes tiroirs et je les fouillai rapidement. Enfin, je trouvai ce que je cherchais. La cravate texane que j'avais achetée avec Phin deux ans plus tôt. Je ne l'avais jamais portée, mais je ne pouvais pas supporter l'idée que je ne le ferais jamais. Je la glissai sous mon matelas avec les livres de sorcellerie et la patte de lapin de Justin, puis j'allai ouvrir la porte. Je tendis mes vêtements à Birdie.

— C'est bien.

Pendant un moment, j'eus l'impression qu'elle allait me passer la main dans les cheveux. Elle se contenta de me sourire.

— C'est très bien.

Et puisque, pour une fois, elle avait l'air bien disposée à mon égard, j'allais lui poser la question qui me brûlait les lèvres. J'inspirai profondément puis je la lâchai à toute vitesse.

— Tu n'es pas jalouse de ma mère ?

Pendant un quart de seconde, elle parut dévastée. J'eus l'impression de pouvoir lire en elle, de pouvoir toucher le jaune coulant de son cœur. Elle tressaillit puis se ressaisit.

— Bien sûr que non. David veut un enfant. Je suis heureuse que ta mère puisse le lui donner.

— Mais il a dû… avoir une relation sexuelle avec elle.

Je n'étais pas sûr d'avoir déjà prononcé ces mots à voix haute. J'eus instantanément les joues en feu.

— Oui, bien sûr, acquiesça-t-elle d'un ton pincé.

— Mais c'est ton petit ami.

— Compagnon. C'est mon compagnon. Il ne m'appartient pas, et je ne lui appartiens pas non plus. Tout ce qui compte, c'est qu'il soit heureux.

— Et toi, tu es heureuse ?

Elle partit sans répondre.

Quelques jours après l'annonce de ma mère, ma sœur eut quatorze ans. Même si je n'étais pas le mieux placé pour en juger, je voyais bien qu'elle devenait une très jolie jeune fille. Elle était grande, comme ma mère, et, puisqu'elle n'avait plus le droit de les couper, ses cheveux lui arrivaient à présent à la taille. Contrairement à ceux de Clemency et de Birdie qui perdaient leur vitalité et se cassaient, ceux de ma sœur étaient épais et brillants. Elle était fine, comme nous tous, mais cela lui allait plutôt bien. Je me disais (quand je pensais à ça, ce qui était assez rare, je vous rassure) qu'avec quelques kilos de plus elle aurait eu une silhouette renversante. Par ailleurs, un visage assez charmant, mutin, était en train de remplacer les joues de bébé que j'avais vues toute ma vie. Il fallait le reconnaître, ma sœur était presque belle.

Si je mentionne tout ça, ce n'est pas parce que j'imagine que vous voulez savoir ce que je pensais du physique de ma sœur. Mais il ne faudrait pas que vous ayez en tête l'image faussée d'une petite fille. Non, elle avait bien grandi.

Et, bientôt, elle ne serait plus une enfant.

44

Libby arrive au bureau essoufflée. Elle a deux minutes de retard pour son rendez-vous avec Cerian Tahany. Sa cliente est une célébrité locale, une DJ qui dépense cinquante mille livres pour refaire sa cuisine. Chaque fois qu'elle entre dans les locaux, l'atmosphère devient électrique. Normalement, Libby se serait préparée à fond pour ce rendez-vous, elle aurait imprimé tous les documents, servi le café, vérifié son reflet dans le miroir, avalé un bonbon à la menthe et lissé son chemisier. Mais aujourd'hui, quand elle arrive, sa cliente est déjà assise, obnubilée par son téléphone.

— Je suis confuse, pardonnez-moi.

— Pas de problème, répond Cerian en rangeant son portable. On s'y met ?

Pendant une heure, Libby est trop occupée pour penser aux événements de la veille. Elle se concentre sur des revêtements en marbre de Carrare, des rangements pour couverts, des hottes aspirantes, des plafonniers en cuivre ou en émail. Ça lui fait du bien. Elle adore parler cuisines. Elle maîtrise le sujet. Le rendez-vous se termine, Cerian glisse ses lunettes dans son sac, fait la bise à Libby et quitte le bureau. La tension retombe, et tout le monde se détend.

Dido lui fait signe de venir dans son bureau.

— Alors ? questionne-t-elle en ouvrant une canette de Coca Light. Qu'est-ce qu'il s'est passé hier ?

— Je ne suis pas tout à fait sûre. C'était… bizarre.

Libby lui raconte la rencontre avec Phin au grenier, la traversée du pont de Chelsea, le splendide appartement de Battersea offrant une vue directe sur la maison. Elle revient sur ce qu'il leur a révélé la veille, en tout cas ce dont elle se souvient, puis elle lui avoue s'être réveillée ce matin dans le même lit que Miller.

— Ça, je l'aurais parié.

— De quoi ? demande Libby en lui lançant un regard dubitatif.

— Miller et toi. Vous avez un truc.

— On n'a pas de truc.

— Si, fais-moi confiance. Je ne me trompe jamais sur ces choses-là. J'ai déjà prédit trois mariages de personnes qui, à l'époque, ne se connaissaient même pas. Je te jure.

Libby lève les yeux au ciel.

— On était bourrés et on s'est couchés dans le même lit, tout habillés. Ce matin, on avait toujours nos vêtements. En plus, il a un tatouage, et je déteste ça.

— Je pensais que tout le monde aimait les tatouages de nos jours.

— Pas moi.

Son téléphone vibre.

— Quand on parle du loup !

Elle répond.

— Salut !

— Écoute, commence-t-il d'une voix pressée. Il y a quelque chose qui tourne pas rond. L'enregistrement de Phin que j'ai fait hier soir, il a disparu.

— Comment ça ?

— Il a été supprimé de mon portable.

— Tu es où, là ?

— Dans un café à Victoria. J'étais sur le point de le retranscrire et je ne le trouve pas.

— Mais… Peut-être que tu t'es trompé et que tu n'as rien enregistré hier ?

— Non, c'est impossible. Je me souviens, j'ai vérifié que ça avait bien marché. Et je l'ai écouté après. Il était là. J'ai même renommé le fichier.

— Tu penses que…

— C'est un coup de Phin. Tu te souviens d'être allée te coucher avec ton téléphone. Moi aussi. Et mon portable ne s'ouvre qu'avec mon empreinte digitale. Je pense qu'il est venu dans la chambre pendant qu'on dormait, qu'il a déverrouillé mon téléphone avec mon doigt, qu'il a aussi pris le tien et qu'il nous a ensuite enfermés. Et ce n'est pas tout. J'ai fait une petite recherche Internet sur Phin Thomsen. Il n'y a aucune trace de lui nulle part. Et l'appartement où nous avons dormi, c'est un Airbnb. D'après leur site Web, il est loué depuis la mi-juin. Depuis…

— Mon anniversaire.

— Exactement.

Elle l'entend soupirer.

— Je n'ai aucune idée de qui est vraiment ce mec. Mais il n'est pas clean du tout.

— Tu te rappelles ce qu'il nous a dit ? Tu penses qu'on pourrait y voir plus clair avec ça ?

— Je ne sais pas. Je me souviens des grandes lignes, mais vers la fin, ça devient…

— Très flou. Moi aussi. Et j'ai dormi…

— Comme une masse.

— Depuis ce matin, je me sens…

— Un peu patraque ? Moi aussi.

— Complètement patraque.

— Je crois que…

— Oui, l'interrompt-elle. Il nous a drogués. Mais pourquoi ?

— Ça, je n'en sais rien. Tu devrais vérifier ton téléphone. Tu as un mot de passe ?

— Oui.

— C'est quoi ?

— Ma date de naissance, marmonne-t-elle en levant les yeux au ciel.

— Bon. Tu devrais vérifier si tu ne remarques rien d'anormal dans ton portable. Il aurait pu trafiquer quelque chose. Installer un logiciel espion ou un truc du genre.

— Tu crois ?

— Je n'en sais rien. Mais il est chelou. Toute notre soirée d'hier était bizarre. Il était dans la maison sans clé. Il nous a drogués.

— Probablement.

— Ouais. Enfin, ce qui est sûr, c'est qu'il est venu dans la chambre, qu'il a utilisé mon doigt pour déverrouiller mon téléphone, qu'il a pris le tien dans ton sac et qu'il nous a séquestrés. Il ne faut pas le sous-estimer.

— Tu as raison. Je vais vérifier. Si ça se trouve, il nous écoute en ce moment même.

— Oui, c'est possible. Si tu nous écoutes, sale bouffon, on va pas te lâcher !

Il se tait un moment.

— Enfin, on devrait se revoir au plus vite. J'ai fait des recherches sur Birdie Dunlop-Evers. Elle a un passé assez intéressant. Et je pense que j'ai retrouvé le jardinier aussi, Justin. Tu es dispo quand ?

Libby sent son cœur s'accélérer en songeant à ces nouveaux développements.

— Ce soir, répond-elle à bout de souffle. Ou bien…

Elle lance un regard interrogateur à Dido qui hoche rapidement la tête.

— Maintenant ? demande-t-elle à Miller autant qu'à Dido, qui articule silencieusement : « Vas-y ! » Maintenant, si tu veux. Où ?

— Dans notre café ?

Elle sait immédiatement à quoi il fait référence.

— Parfait. J'y serai dans une heure.

Elle raccroche et se tourne vers Dido.

— Tu sais, je pense que ça ne te ferait pas de mal de prendre des vacances.

— Mais…

— Mais rien. Je peux m'occuper des Morgan et de Cerian Tahany. On dira que tu es malade. Ce qui est en train de t'arriver est bien plus important que ce qui se passe ici.

Libby s'apprête à protester et à défendre son travail. Les cuisines sont très importantes. Elles rendent les gens heureux. Les gens ont besoin d'elles. Les cuisines, et ceux qui les achètent, occupent toute la vie de Libby depuis cinq ans. Mais elle sait au fond d'elle que son amie a raison.

— Merci, dit-elle d'une voix reconnaissante.

Elle range son bureau, envoie deux mails, prépare une réponse automatique sur sa messagerie et marche d'un pas rapide jusqu'à la gare de St Albans.

45

Chelsea, 1992

À l'été 1992, notre maison avait muté et s'était transformée en quelque chose de monstrueux. Le monde extérieur, peuplé de carnivores, de gaz d'échappement, de germes contre lesquels on ne pouvait pas lutter avec des entraînements sportifs musclés et des jolies fleurs, ne pouvait qu'amener misère et dévastation à la précieuse progéniture de David. En conséquence, plus personne n'avait le droit de quitter la maison. On nous livrait des légumes chaque semaine, et notre garde-manger était rempli d'assez de céréales, de graines et de haricots pour survivre pendant au moins cinq ans.

Puis un jour, juste avant mon quinzième anniversaire, David nous ordonna d'abandonner nos chaussures.

Nos chaussures.

Apparemment, les chaussures, même celles qui n'étaient pas faites de peaux d'animaux morts, étaient une abomination. Elles évoquaient des trottoirs sales, des marches sans joie jusqu'à des bureaux maléfiques où des gens jouaient avec l'argent des un pour cent les plus riches pour les enrichir, tandis que les quatre-vingt-dix-neuf autres demeuraient pris dans les rets d'une pauvreté entretenue par le gouvernement. Les indigents en Inde n'avaient pas de chaussures et, de ce fait, nous ne devions plus en porter non plus. Elles furent toutes rassemblées dans un grand carton et déposées à côté d'un conteneur à vêtements.

Entre le jour où David confisqua nos chaussures et la nuit de notre évasion, deux ans plus tard, personne ne mit un pied hors de la maison.

46

Miller est en train de mastiquer quand Libby entre dans le café du West End où ils se sont vus la première fois.

— Qu'est-ce que tu manges ? demande-t-elle en accrochant son sac au dossier de la chaise où elle s'assoit.

— Un sandwich poulet-chorizo, répond-il en essuyant un peu de sauce au coin de sa bouche. À tomber par terre.

— Il est 16 heures. On parle de quel repas exactement ?

Il prend un air pénétré.

— Déjeuner tardif ? Dîner précoce ? Apéro dînatoire ? Tu as mangé, toi ?

Elle secoue la tête. Elle n'a rien pu avaler depuis le petit déjeuner chez Phin, le matin même. Elle a l'estomac noué.

— J'ai pas faim.

Il hausse les épaules et reporte son attention sur son sandwich.

Libby commande un thé et le laisse finir son repas.

Il y a une dimension séduisante dans l'appétit de Miller. Il mange comme si c'était la seule chose qui lui importait. Il se dévoue totalement à sa nourriture.

— Libby, je te présente Birdie Dunlop-Evers, reprend-il en ouvrant son ordinateur portable et en le tournant vers elle. Bridget Elspeth Veronica Dunlop-Evers, pour être exact. Née dans le Gloucestershire en avril 1964. Arrivée à Londres en 1982 pour étudier le violon à l'Académie royale de musique. Le week-end, elle jouait dans la rue jusqu'à intégrer le groupe Green Sunday avec son mec de l'époque, Roger Milton. Qui est devenu ensuite le chanteur des Crows !

Il guette sa réaction. Elle le regarde sans comprendre.

— Ils sont célèbres ?

Il lève les yeux au ciel.

— Bref. Birdie se débrouille à Londres avec son violon pendant quelques années, puis elle passe une audition pour jouer avec The Original Version. Elle se met à sortir avec Justin Redding, qui rejoint aussi le groupe en tant que percussionniste. Si l'on en croit les interviews de l'époque, elle était assez autoritaire. Les autres membres du groupe ne l'aimaient pas trop. À l'été 1988, ils deviennent connus avec la chanson de ce matin, puis ils enregistrent encore une chanson avec Justin et Birdie, mais c'est un bide. Birdie en veut à tout le monde, elle pique une crise et quitte le groupe avec Justin. C'est à ce moment-là qu'on perd la trace de Birdie Dunlop-Evers sur Internet. Rien depuis. C'est tout.

Il mime une chute avec sa main.

— Et ses parents ?

— Rien non plus. Elle avait sept frères et sœurs. Une famille nombreuse, catholique, riche. Ses parents sont toujours en vie, je pense, en tout cas je n'ai trouvé aucune mention de leur décès. Et il y a des dizaines de petits Dunlop-Evers pleins de fric qui jouent de la musique ou ont des entreprises de livraison à domicile de plats vegan. Peut-être que ses parents ne se sont pas rendu compte que leur quatrième fille ne donnait plus signe de vie depuis 1994. Ou qu'ils n'en ont rien à faire.

— Qu'est-ce qu'on sait de son copain, Justin ?

— Pas grand-chose. J'ai trouvé son nom dans des articles qui parlent des deux tubes de The Original Version. Rien d'autre.

Cette affaire laisse Libby pantoise. Comment peut-on vivre sans laisser de trace et disparaître sans que personne ne le remarque ?

Miller retourne l'ordinateur vers lui et tape quelques mots sur le clavier.

— J'ai aussi effectué des recherches sur Phin. J'ai contacté le propriétaire de l'appartement. Je lui ai dit que j'enquêtais sur des meurtres et qu'il me fallait le nom de son dernier locataire. Il me l'a tout de suite donné, il semblait trop content de collaborer à une enquête. Et figure-toi que son locataire s'appelle Justin Redding.

Libby ouvre grand les yeux.

— Comment ?

— Phin, enfin, si on peut l'appeler comme ça, a utilisé le nom de l'ex de Birdie pour louer l'appartement.

— C'est pas vrai.

— Si ! Et pour finir, tiens-toi prête… J'ai trouvé une certaine Sally Radlett !

Il tourne à nouveau l'écran vers elle. Libby découvre le visage d'une femme d'âge mûr, ses cheveux gris coupés en carré court, des lunettes en écaille, des yeux bleus, un léger sourire aux lèvres, une chemise claire ouverte, une peau pâle, des restes de beauté dans certains détails de son visage. Sous sa photo est écrit « Conseillère en développement personnel à Penreath, Cornouailles ».

— La ville est la bonne. L'âge correspond aussi. Le métier me semble assez cohérent. Du développement personnel. C'est bien le genre de truc débile que Sally Thomsen ferait, non ?

Il la regarde d'un air triomphant.

— Tu en dis quoi ? C'est elle, non ?

Elle hausse les épaules.

— Peut-être bien.

— Il y a son adresse, poursuit-il.

Elle sait déjà ce qu'il va lui demander.

— Tu penses qu'on devrait y aller ?

— Je sais qu'on doit y aller.

— Quand ?

Il hausse un sourcil, sourit et compose un numéro sur son téléphone. Il s'éclaircit la voix.

— Bonjour, je voudrais parler à Sally Radlett, s'il vous plaît.

Libby entend une femme répondre : « C'est moi-même. »

Miller raccroche aussi soudainement qu'il avait décidé d'appeler. Il fixe Libby du regard.

— Maintenant ?

— Mais…, balbutie-t-elle en essayant rapidement d'inventer une excuse pour se dérober. Il faut que je me douche, finit-elle par dire sans conviction.

Il lui sourit à nouveau et reprend l'ordinateur.

— Chambre d'hôte ou hôtel ?

— Hôtel.

— Parfait.

En quelques clics, il leur réserve deux chambres au Premier Inn de Truro.

— Tu te doucheras en arrivant.

Il ferme son portable, débranche l'alimentation et range le tout dans une housse de protection.

— Tu es prête ?

Elle se lève et se rend compte que la perspective de passer la journée avec lui la ravit.

— Oui.

47

Chelsea, 1992

Il m'était apparu que le bébé à venir était la cause de tous nos maux. Je voyais ma mère grossir pendant que nous maigrissions. Je voyais David s'enorgueillir de la situation, rouler des mécaniques, se pavaner. À chaque kilo que ma mère prenait, chaque fois que le bébé donnait un coup de pied, l'insoutenable suffisance de David montait d'un cran. J'essayais de me concentrer sur ce que Phin m'avait dit lors de notre excursion à Kensington. Son père avait été expulsé de la dernière maison qu'il avait essayé d'infiltrer et de contrôler. J'imaginais la honte qu'il avait dû ressentir quand ses hôtes l'avaient surpris en train de voler. Je me forçais à me rappeler que l'homme qui paradait chez moi comme un gros dindon était aussi celui qui s'était matérialisé sur le pas de notre porte, quatre années auparavant, sans le sou et sans domicile.

Je ne pouvais pas supporter que ce bébé vienne au monde. Je savais que David l'utiliserait pour consolider sa position de dieu vivant au sein de notre petit univers étriqué. Si le bébé ne naissait pas, ma mère arrêterait de manger en permanence, et nous aurions à nouveau le droit de sortir. Et, surtout, nous n'aurions pas de raison de continuer à vivre avec David Thomsen. Rien ne nous lierait à jamais.

Je savais ce que j'avais à faire. Je vous préviens, ça ne donne pas une très bonne image de moi. Mais j'étais un enfant, j'étais désespéré. Je voulais nous sauver.

Il me fut étrangement facile de l'empoisonner. Je cuisinais pour elle le plus souvent possible. Je lui faisais des tisanes et des jus. Dès que je préparais quelque chose pour ma mère, j'ajoutais les ingrédients qui étaient listés dans le chapitre du livre de Justin intitulé « Mettre fin naturellement à une grossesse non désirée ». Des tas de persil, de cannelle, d'armoise, de graines de sésame, de camomille et d'huile d'onagre.

Quand je lui apportais un verre de jus, elle me prenait la main et me disait que j'étais un garçon adorable, qu'elle avait de la chance que je prenne soin d'elle. Je rougissais et ne répondais pas. D'une certaine façon, je prenais soin d'elle. Je m'assurais qu'elle ne se retrouverait pas enchaînée à David jusqu'à sa mort. Mais j'étais loin d'être adorable.

Un jour, j'entendis ma mère descendre et parler avec Birdie dans la cuisine. À ce moment-là, elle était enceinte de cinq mois, et le fœtus était déjà assez développé.

— Le bébé n'a pas bougé aujourd'hui. Pas du tout.

L'inquiétude s'accentua au fil des heures, et une vague de noirceur déferla au fond de moi. Je savais très bien ce qui allait se passer.

On n'appela pas le médecin, bien entendu. On n'alla pas non plus aux urgences. Apparemment, en plus de tous ses talents extraordinaires, David Thomsen était également un gynécologue expérimenté. Il s'occupa de tout, nous envoyant chercher des serviettes, de l'eau, des remèdes homéopathiques inutiles.

Le bébé mit cinq jours à sortir.

Ma mère beugla pendant des heures. Elle était dans sa chambre avec David, Birdie et le bébé. Ses cris résonnaient à travers toute la maison. Nous, les enfants, étions rassemblés dans une des chambres du grenier, incapables de comprendre les implications de cette fausse couche. À la fin de la journée, ma mère descendit avec le bébé enveloppé dans un châle noir, et David creusa une tombe au fond du jardin. On enterra le fœtus dans la nuit, à la lueur des bougies.

Ce soir-là, je m'assis en face de mon père, prêt à avoir une discussion.

— Tu sais que le bébé est mort ?

Il se tourna vers moi. Je savais qu'il ne répondrait pas à ma question, il ne pouvait plus parler. J'espérais néanmoins voir dans ses yeux ce qu'il pensait des événements du jour. Mais je n'y lus que de la peur et de la tristesse.

— Ç'aurait été un garçon. Elijah. Ils sont en train de l'enterrer au fond du jardin.

Il continua à me dévisager.

— C'est peut-être aussi bien comme ça, non ? Qu'est-ce que tu en penses ?

Je cherchais la voie d'une rédemption pour mes péchés. J'interprétai son silence comme une approbation de mes actes.

— De toute façon, il serait probablement mort à un moment ou à un autre. Sans suivi médical… Ou pire, maman aurait pu mourir aussi. Voilà, c'est sans doute mieux ainsi.

Je croisai mon reflet dans la vitre obscure de la fenêtre au-dessus de mon père. J'avais l'air jeune et bête.

— Il était tout petit.

Ma voix se brisa sur le dernier mot. Le bébé était tellement petit, comme une étrange poupée. Mon cœur s'était serré en découvrant ce minuscule corps. Mon petit frère.

— Quoi qu'il en soit, c'est fini. Et maintenant, j'imagine qu'on va essayer de revenir à la normale.

Mais c'était bien cela, le problème. Il n'y avait pas de normale. La vie de mon père n'était pas normale. La mienne non plus. Le bébé n'était plus là, mais je n'avais toujours pas de chaussures. Le bébé n'était plus là, mais mon père passait ses journées assis dans un fauteuil à regarder fixement le mur d'en face. Le bébé n'était plus là, mais nous n'allions toujours pas à l'école, et nous n'avions toujours pas d'amis ni de relations avec le monde extérieur.

Et David Thomsen, lui, était toujours là.

48

Il est 21 heures. Lucy et les enfants se sont installés dans l'ancienne chambre de Justin au premier étage pour y passer la nuit. Leurs ombres dansent sur les murs à la lumière des bougies. Stella somnole, le chien roulé en boule entre ses jambes.

Lucy ouvre une canette de gin-tonic, Marco une de Fanta. Ils trinquent à Londres dans un tintement métallique.

— Bon…, commence-t-il en hésitant. Tu peux me raconter pour le bébé maintenant, non ?

Elle soupire et se masse le front.

— Je ne suis pas sûre. C'est tellement…

— Dis-moi, s'il te plaît.

— Je te raconterai demain, annonce-t-elle en bâillant. C'est promis.

Marco s'endort quelques minutes plus tard, laissant sa mère seule dans cette maison décrépie qu'elle s'était juré de ne jamais revoir. Elle soulève doucement la tête de son fils, posée sur ses genoux, et se redresse. Par la fenêtre, elle observe le coucher de soleil qui se reflète dans les vitres des bâtiments neufs de l'autre côté du fleuve. Ils n'existaient pas quand elle vivait ici. S'ils avaient été là, peut-être qu'on les aurait vus, qu'on aurait su, qu'on les aurait sauvés, et que leurs vies se seraient déroulées normalement.

Elle s'endort vers 3 heures, quand son esprit accepte enfin de ne plus ressasser ces vieilles histoires pour se laisser emporter par les rêves.

Soudain, elle est réveillée en sursaut. Elle se redresse. Marco aussi. Elle regarde son téléphone, la matinée est déjà bien entamée.

Elle entend des bruits de pas à l'étage du dessus.

Lucy attrape la main de son fils et pose un doigt sur ses lèvres.

Le bruit cesse. Elle commence à se détendre. Puis elle entend le plancher grincer de plus belle.

— Maman…

Elle prend fermement la main de Marco et se lève. Elle traverse la pièce sur la pointe des pieds. Le chien se réveille à son tour, lève la tête, s'extrait de l'étreinte de Stella et suit Lucy jusqu'à la porte. Ses griffes cliquettent bruyamment sur le sol, alors Lucy le prend dans ses bras. Elle sent un grognement se former au fond de sa gueule et lui murmure de se calmer.

Marco se tient derrière elle. Il respire fort, et vite.

— Recule ! lui ordonne-t-elle.

Le grognement du chien se fait de plus en plus puissant. Ils entendent un pas de plus au-dessus d'eux, et Fitz éclate.

Les pas s'arrêtent.

Puis ils reprennent, assurés, déterminés, et descendent l'escalier de service. Lucy se fige. Le chien se met à aboyer et se débat pour s'échapper. Elle s'adosse à la porte pour la maintenir fermée.

Stella se réveille à son tour et la dévisage de ses grands yeux.

— Qu'est-ce qui se passe, maman ?

— Rien, ma chérie, murmure Lucy. Rien du tout. Fitz fait des bêtises.

La porte du premier étage s'ouvre et se ferme en claquant. Lucy sent l'adrénaline monter en elle.

— C'est le bébé ? demande Marco dans un souffle, une expression de terreur déformant ses traits.

— Je ne sais pas. Je ne sais pas qui c'est.

Les pas s'arrêtent devant la porte. Ils entendent quelqu'un respirer de l'autre côté. Le chien se tait, les oreilles aplaties, les babines retroussées. Lucy s'écarte de la porte et l'entrouvre. Le chien saute de ses bras et se faufile dans l'interstice. Un homme se tient là. Fitz lui aboie dessus tout en lui tournant autour. L'homme l'observe, un sourire au coin des lèvres, puis il lui tend la main. Fitz la renifle et laisse l'homme lui caresser la tête.

— Bonjour, Lucy, dit l'homme. Sympa, ton chien.

III

49

Libby s'étire dans la couverture aubergine du lit de sa chambre. Elle aime cette chaîne d'hôtels qui lui rappelle des souvenirs d'enterrement de vie de jeune fille, de week-ends entre copines, de mariages dans des villes éloignées. Un lit de Premier Inn est quelque chose de familier et de réconfortant. Elle pourrait y passer la journée, mais elle doit retrouver Miller dans le hall à 9 heures. Elle jette un coup d'œil à son téléphone : 8 h 48. Elle se fait violence pour se lever et prend une douche rapide.

Au cours des cinq heures du voyage depuis Londres, la veille au soir, Libby avait appris beaucoup de choses sur Miller.

Il a eu un accident de voiture à vingt-deux ans et a passé une année en fauteuil roulant, le temps de la rééducation. Il était très fin et sportif quand il était jeune, mais n'avait jamais réussi à recouvrer sa silhouette d'antan. Il a deux grandes sœurs, son père est gay, il a grandi à Leamington Spa. Il a fait des études de sciences politiques, et c'est là qu'il a rencontré son ex-femme Matilda, que tout le monde appelle Mati. Il lui a montré une photo d'elle sur son téléphone. Elle est incroyablement mignonne avec des cheveux rouge foncé, une grande bouche et une coupe de hipster à la garçonne qui aurait eu l'air ridicule sur quatre-vingt-dix-neuf pour cent des gens.

— Pourquoi est-ce que vous vous êtes séparés ? Si ce n'est pas trop indiscret.

— C'était ma faute, avait-il répondu en posant une main sur son cœur. C'est à cause de moi que ça a merdé. Je faisais tout passer avant elle. Mes amis, mes petites affaires. Et surtout mon travail. Je bossais sur cet article pour le *Guardian*. Enfin, j'ai compris la leçon. Je ne ferai plus jamais passer mon boulot avant ma vie personnelle.

Il hausse les épaules.

— Et toi ? Est-ce qu'il y a un monsieur Libby quelque part ?

— Non, non. Mais c'est un projet en cours.

— Tu es encore jeune, ça va.

— Oui, avait-elle admis, oubliant pour une fois le sentiment d'urgence qu'elle ressent habituellement quant à ses objectifs. Tu as raison.

Elle remet les vêtements qu'elle portait la veille et descend dans le hall avec deux minutes de retard. Miller l'attend déjà. Il ne s'est pas changé ni, semble-t-il, douché. Il a l'air hirsute d'un homme qui n'a pas dormi dans son lit depuis quarante-huit heures. Il y a cependant une dimension plaisante dans cette nonchalance et cet air débraillé. Elle doit résister à la tentation de passer une main dans ses cheveux en bataille et de lisser le col de son tee-shirt.

Bien entendu, il ne s'est pas privé du copieux petit déjeuner de l'hôtel et il finit son café quand il la voit arriver. Il lui sourit, pose sa tasse, et ils quittent l'hôtel.

Le bureau de Sally est situé dans une petite bâtisse en pierre dans la rue principale de Penreath. Le spa *The Beach* occupe le rez-de-chaussée, le cabinet est à l'étage. Miller sonne, et une très jeune femme vient leur ouvrir.

— Oui ?

— Bonjour. Nous venons rencontrer Sally Radlett.

— Elle est en rendez-vous. Je peux vous aider ?

La jeune femme a la peau pâle, les cheveux blonds et la même carrure que Sally. Pendant un moment, Libby pense qu'il s'agit de sa fille, mais c'est impossible. Sally a au moins soixante ans.

— Nous devons vraiment discuter avec elle, insiste Miller.

— Vous avez rendez-vous ?

— Non, malheureusement. C'est une urgence, voyez-vous.

La jeune femme plisse les yeux un instant, avant de se tourner vers un canapé en cuir.

— Vous pouvez l'attendre ici, elle ne devrait plus en avoir pour très longtemps.

— Merci beaucoup.

Ils s'assoient côte à côte.

C'est une petite pièce. Ils sont si proches de la jeune femme, assise à son bureau, qu'ils entendent sa respiration.

Le téléphone qui sonne vient rompre ce silence inconfortable. Libby se penche vers Miller.

— Et si ce n'est pas elle ? murmure-t-elle.

— Alors ce n'est pas elle, répond-il en haussant les épaules.

Libby le dévisage. De toute évidence, elle ne voit pas le monde de la même façon que lui. Miller est toujours prêt à s'être trompé, à devoir rebondir. L'idée de vivre sa vie comme il vit la sienne fait battre son cœur un peu plus vite.

Une porte s'ouvre, et une grande femme apparaît. Elle porte une robe grise à manches courtes et des sandales dorées. Elle prend congé d'un homme d'âge moyen, puis remarque leur présence. Elle leur lance un regard inquisiteur, puis se tourne vers son assistante.

— Lola ?

— Ils voulaient te voir en urgence.

La femme pivote vers eux et leur sourit, l'air incertain.

— Que puis-je pour vous ?

De toute évidence, elle n'apprécie pas que des gens débarquent à l'improviste.

Miller ne se démonte pas, il se lève et s'approche d'elle.

— Madame, je m'appelle Miller Roe, et voici mon amie Libby Jones. Pourriez-vous nous accorder une petite dizaine de minutes ?

Elle jette un regard à son assistante qui confirme que son prochain rendez-vous est à 11 h 30. Elle les invite à entrer dans son bureau et referme la porte derrière eux.

Le cabinet de Sally est élégant, meublé à la scandinave avec un canapé beige où est posé un plaid en crochet blanc. Les murs sont gris clair, le bureau et les chaises sont en bois blanc. Des dizaines de petites photographies en noir et blanc décorent la pièce.

— Alors, qu'est-ce qui vous amène ?

Miller lance un regard à Libby. Il veut qu'elle commence. Elle s'avance vers Sally.

— Je viens d'hériter d'une très grande maison à Chelsea.

— À Chelsea ? répète-t-elle vaguement.

— Oui, sur Cheyne Walk.

Elle hoche une fois la tête.

— Au numéro 16.

— Oui, d'accord, l'interrompt-elle avec impatience. Je ne vois pas ce…

Elle se tait et scrute Libby.

— Est-ce que… vous êtes le bébé ?

Elle acquiesce.

— Et vous êtes Sally Thomsen.

— Techniquement non, répond Sally après une pause. J'ai repris mon nom de jeune fille depuis quelques années, depuis que j'ai ouvert ce cabinet. Je ne voulais pas que les gens… Enfin, j'ai eu des moments difficiles et j'avais besoin de prendre un nouveau départ. Mais oui, j'étais Sally Thomsen. Écoutez, je ne veux rien avoir affaire avec ça, ajoute-t-elle d'un ton sec. J'ai juré à ma fille que je ne révélerais jamais ce qui s'est passé à Chelsea. Jamais. Elle a été traumatisée pendant des années, et elle ne s'en est toujours pas remise. Ce n'est pas à moi de raconter ça. Je suis très heureuse de savoir que vous êtes vivante, saine et sauve, mais il faut que vous partiez maintenant.

— Est-ce qu'on pourrait parler avec votre fille ?

Sally lance un regard glacial à Miller.

— C'est hors de question.

50

Chelsea, 1992

Ma mère ne se remit jamais d'avoir perdu son bébé. Elle se retira progressivement de la vie de notre communauté. Elle prit ses distances avec David. Elle commença à passer plus de temps avec mon père, restant assise à ses côtés en silence.

Bien entendu, je me sentais complètement responsable du malheur de ma mère. Je me mis à lui concocter des remèdes contre la mélancolie trouvés dans les livres de Justin, mais il était impossible de lui faire avaler quoi que ce soit. Mes efforts ne servaient à rien.

David semblait l'avoir tout à fait abandonnée, ce qui me surprenait. Je m'étais attendu à ce qu'il s'implique dans sa convalescence, mais il se montrait très distant, glacial.

Un jour, peu de temps après la mort du bébé, j'eus une discussion avec lui.

— Pourquoi est-ce que tu ne parles plus à ma mère ? lui demandai-je.

Il soupira.

— Ta mère a besoin de trouver sa propre voie vers la guérison.

« Sa propre voie. »

Un sentiment de fureur m'envahit.

— Je n'ai pas l'impression qu'elle guérisse du tout. Elle va de moins en moins bien. Et mon père ? Tu ne crois pas qu'il a besoin de soins médicaux ? Tout ce qu'il fait, c'est végéter dans son fauteuil toute la sainte journée. Peut-être qu'à l'extérieur quelqu'un pourrait lui venir en aide. Une thérapie ? Ou des chocs électriques, peu importe. Il y a probablement des tas de nouvelles techniques pour soigner les gens qui ont fait des AVC, mais on n'en sait rien parce qu'on est coincés ici !

Je m'étais mis à crier sans m'en rendre compte et, quand ces mots quittèrent ma bouche, je sus immédiatement que j'avais dépassé les bornes. La froideur cinglante et la puissance de sa main m'atteignirent en pleine face.

Je sentis le goût métallique sur ma langue, un engourdissement dans mes lèvres. Je vis le sang au bout de mes doigts après avoir touché ma bouche et levai les yeux vers David, horrifié.

Il me regardait de haut, ses larges épaules soulevées, une veine palpitant à sa tempe. La vitesse à laquelle cet homme calme et spirituel pouvait se transformer en monstre de violence dépassait l'entendement.

— Tu n'as aucun droit de parler de ces choses-là, grogna-t-il. Tu ne sais rien à rien. Tu n'es qu'un enfant.

— Mais c'est mon père. Et depuis que tu es arrivé, tu le traites comme de la merde !

Sa main s'abattit à nouveau sur moi, cette fois sur mon autre joue. Je savais que cela devait arriver. La première fois que j'avais vu David Thomsen, j'avais su qu'il n'hésiterait pas à me frapper si je m'opposais à lui. C'était inéluctable.

— Tu as tout gâché ! poursuivis-je, persuadé désormais que je n'avais plus rien à perdre. Tu te prends pour quelqu'un de tout-puissant, mais tu ne l'es pas ! Tu es une brute, c'est tout ! Tu es arrivé ici et tu as terrorisé tout le monde jusqu'à ce qu'on devienne tes esclaves. Ma mère est tombée enceinte de toi, et maintenant elle est triste, et tu n'en as strictement rien à faire ! Parce que tu ne penses qu'à toi !

Cette fois, il me frappa si fort que je m'écroulai au sol.

— Lève-toi ! Lève-toi et va dans ta chambre ! Une semaine d'isolement, voilà ce que tu mérites.

— Tu vas m'enfermer ? Parce que j'ai osé te dire la vérité en face ?

— Non ! gronda-t-il. Je t'enferme parce que tu me dégoûtes tellement qu'il m'est insupportable de te voir. Alors, tu y vas tout seul ou je te traîne, hein ?

Je me relevai et me mis à courir. Mais pas en direction de l'escalier, en direction de la porte d'entrée. Je tournai la poignée et je poussai, et j'étais prêt, prêt à fuir, prêt à interpeller un passant et à lui demander de nous aider, de nous sortir de la maison où nous vivions sous la coupe d'un tyran.

À l'aide !

Mais la porte ne s'ouvrit pas.

Comment ne m'en étais-je pas douté ? Je tapai et tapai dessus, puis me retournai vers David.

— Tu nous as enfermés ?

— Non. La porte est fermée, c'est très différent. Alors, on y va ?

Je montai l'escalier en martelant chaque marche, David sur les talons.

J'entendis le bruit du verrou de ma chambre se refermer sur moi.

Je vociférai et pleurai de façon pathétique, comme un bébé.

À travers le mur, j'entendis Phin me crier de la boucler.

J'appelai ma mère, mais elle ne vint pas.

Personne ne vint.

Ce soir-là, mon visage tuméfié par les coups de David me faisait mal, et la faim me torturait. Je ne parvins pas à dormir et passai la nuit à regarder les nuages défiler devant la lune, les silhouettes sombres des oiseaux perchés dans les arbres, à écouter les moindres bruissements de la maison.

Je pense que, dans la semaine qui suivit, je devins un peu fou. Je grattais les murs avec mes ongles jusqu'à en saigner. Je frappais ma tête contre le sol. J'émettais des grognements d'animaux. Je vis des apparitions. David s'imaginait probablement que j'allais sortir de ma semaine d'isolement terrassé et prêt à demander pardon. Ce ne fut pas le cas.

Quand ma porte fut finalement déverrouillée, sept jours plus tard, et que je fus autorisé à circuler dans la maison, je ne me sentais pas vaincu. J'étais consumé par la colère et le désir de vengeance. Cette fois, j'allais en finir avec David.

Mais, en recouvrant mon simulacre de liberté, je remarquai que quelque chose d'autre flottait dans l'air. Un grand secret se déplaçait dans la maison entre les rayons du soleil, avec les particules de poussière, et se coinçait dans les toiles d'araignée au plafond des pièces.

En m'asseyant à la table pour prendre le petit déjeuner le premier matin, je posai la question à Phin.

— Qu'est-ce qu'il se passe ? Pourquoi est-ce que tout le monde est bizarre ?

— On n'est pas tout le temps comme ça ? répondit-il en haussant les épaules.

— Non, c'est pire que d'habitude. Une catastrophe se prépare.

À ce moment-là, Phin était déjà tombé malade, c'était évident. Sa peau, autrefois lisse et sans défaut, était désormais grise et sèche. Ses cheveux, devenus gras, pendaient lourdement d'un côté de son visage. Et son parfum avait changé, il s'était chargé de notes aigres.

J'avais fait part de mes inquiétudes à Birdie.

— Tu ne trouves pas que Phin a l'air malade ?

— Pas du tout, avait-elle rétorqué d'un ton guindé. Il devrait simplement faire plus d'exercice.

À travers la porte de la salle de sport, j'entendais son père l'inciter à se surpasser.

— Allez, tu peux le faire. En arrière, vraiment en arrière. Allez ! Mets-y un peu du tien !

Quand il sortait de ces séances, Phin paraissait épuisé. Il montait lentement l'escalier, comme si chaque marche le faisait atrocement souffrir.

— Tu devrais venir au jardin avec moi. Ça te ferait du bien de prendre l'air.

— Je ne vais nulle part avec toi.

— Pas forcément avec moi. Tu devrais aller dehors.

— Tu ne vois pas que rien dans cette baraque ne peut m'aider ? La seule chose qui me ferait du bien, ce serait de dégager d'ici. Il faut que je parte, m'avait-il confié, en plantant ses yeux dans les miens. Le plus vite possible.

J'avais l'impression qu'après mon père, ma mère et Phin, la maison aussi s'éteignait. Justin nous avait abandonnés. Le bébé était mort. Nous n'avions plus rien à faire ici.

Un après-midi, j'entendis un éclat de rire qui provenait du rez-de-chaussée. Je me penchai dans l'escalier et je vis David et Birdie sortir de la salle de sport. Ils rayonnaient de santé. David passa son bras autour des épaules de Birdie et l'attira contre lui. Il l'embrassa sur la bouche avec un répugnant bruit de succion. C'est à ce moment-là que je compris. C'étaient eux qui, comme des vampires, absorbaient toute l'énergie de la maison, son amour, sa vitalité, sa bonté. Ils gardaient tout pour eux et festoyaient sur nos corps et nos esprits brisés.

J'observai les murs nus de la maison, là où des tableaux étaient autrefois accrochés, les coins vides où de beaux meubles se trouvaient avant leur arrivée. Je me souvenais des lustres qui reflétaient la lumière du soleil. Du cuivre, de l'argent, de l'or qui brillaient dans chaque pièce. De la garde-robe de ma mère, de ses robes de couturier, de ses sacs à main, des bagues qu'elle arborait fièrement, des boucles d'oreilles ornées de diamants et de saphirs. Tout avait disparu. Tout avait prétendument été donné à de « bonnes œuvres » pour aider les « pauvres ». J'essayai d'estimer la valeur de ce qui avait disparu. Probablement des milliers de livres. Des dizaines de milliers.

Puis je reportai mon attention vers David, avec Birdie dans ses bras, vers ces deux tyrans si libres, détachés du drame qui se jouait dans la maison. Voici ce qui me traversa l'esprit.

Tu n'es pas un messie, un gourou ni un dieu, David Thomsen. Tu n'es pas un philanthrope, pas un homme bon. Tu n'es pas un sage. Tu es un criminel. Tu es venu chez moi et tu nous as dépouillés. Tu n'as aucune compassion. Si tu en avais, tu serais assis aux côtés de ma mère qui pleure la mort de votre bébé. Tu chercherais à tirer mon père de l'enfer dans lequel il est enfermé. Tu emmènerais ton fils chez le médecin. Tu ne serais pas en train de badiner avec Birdie. Tu serais peiné par le malheur de ceux qui t'entourent. Et, puisque tu n'as pas de compassion, David Thomsen, tu n'as certainement pas donné notre argent aux pauvres. Tu l'as gardé pour toi. Dans cette « planque » dont Phin m'avait parlé. Alors où est-il, notre argent ? Et qu'as-tu l'intention d'en faire, au juste ?

51

Chelsea, 1992

Deux semaines après la fin de mon isolement, David annonça que ma sœur était enceinte. Elle avait à peine quatorze ans.

À cette nouvelle, Clemency s'éloigna brusquement de ma sœur, comme si elle venait de lui balancer de l'huile brûlante. Je vis le visage imperturbable de ma mère, ses yeux vides, mornes. Elle savait déjà. Je croisai le regard de Birdie, qui me sourit. La vue de ses petites dents me fit exploser. Je me jetai sur la table vers David. J'essayai de le frapper ou, pour être exact, de le tuer. C'était mon intention.

Mais j'étais petit, il était grand, et bien entendu Birdie s'interposa, et on me tira par les épaules pour me remettre à ma place. Je lançai un regard à ma sœur qui souriait étrangement. Je ne pouvais pas croire que j'avais été aussi aveugle, que je n'avais pas compris que ma pauvre petite sœur croyait à toutes leurs bêtises, qu'elle admirait David comme ma mère, comme Birdie, qu'elle était fière que David l'ait choisie, fière de porter son enfant.

Puis quelque chose d'autre m'apparut.

David ne voulait pas seulement notre argent. Il voulait aussi la maison.

Ça avait été son objectif depuis le début, et avoir un enfant avec ma sœur lui permettrait d'atteindre ce but.

Le lendemain, j'entrai dans la chambre de mes parents. J'ouvris un des cartons dans lesquels on avait entassé leurs objets sans valeur quand on avait donné les meubles. Je sentais que mon père me regardait.

— Papa, où est ton testament ? Là où tu dis à qui revient la maison, si tu meurs ?

Je vis qu'il essayait de parler. Il ouvrit la bouche d'un ou deux millimètres. Je m'approchai de lui.

— Papa, tu sais où sont passés tous tes papiers ?

Ses yeux quittèrent mon visage et se posèrent sur la porte de la chambre.

— Ils sont dans une autre pièce ?

Il cligna des yeux.

Il faisait ça parfois quand on lui donnait à manger. Ma mère lui demandait si c'était bon, il cillait, et elle lui donnait une cuillerée de plus.

— Dans quelle pièce ?

Son regard se déplaça un peu vers la gauche. Vers la chambre de Birdie et David.

— Dans la chambre de David ?

Il cligna des yeux.

Mon cœur s'emballa.

Je ne pouvais absolument pas entrer dans cette chambre. D'abord parce qu'elle était fermée à clé, et ensuite, parce que si je me faisais surprendre, la punition qu'on m'infligerait serait insupportable.

Une fois de plus, je me tournais vers les livres de Justin pour trouver une solution.

Potion pour un étourdissement passager.

Voilà ce dont j'avais besoin. La décoction devait provoquer quelques minutes de confusion et de somnolence, une « petite fugue inaperçue ».

Il fallait utiliser de la belladone, la cerise du diable, cette plante vénéneuse dont Justin m'avait parlé au début de mon apprentissage. J'en avais planté il y avait quelque temps, en secret, quand j'avais découvert des graines dans son coffre d'apothicaire. Il avait fallu mettre le semis à tremper pendant deux semaines au réfrigérateur. J'avais dit aux adultes que je faisais des essais avec une nouvelle plante pour guérir Phin de sa mélancolie.

Ensuite, je les avais plantées dans deux grands pots. Au bout de trois semaines, les graines avaient commencé à germer et, la dernière fois que j'y avais jeté un coup d'œil, les plants se portaient à merveille. Si j'en croyais les livres dont je disposais, il était très difficile de faire pousser de la belladone. J'avais donc été assez fier de moi quand les premières fleurs violettes avaient éclos.

Je me faufilai dans le jardin, subtilisai quelques petites branches, les cachai dans la ceinture de mon collant et remontai dans ma chambre en vitesse. J'avais préparé la mixture avec des feuilles de camomille et de l'eau sucrée. Il fallait également y ajouter deux poils prélevés sur le dos d'un chat roux et un soupir de vieille femme, mais ce que je faisais, c'était du sérieux, pas de la magie.

Mes tisanes étaient généralement très appréciées. Je dis à David et Birdie que je testais un nouveau mélange : camomille et feuilles de framboisier. Ils me regardèrent avec gratitude et m'assurèrent que cela sentait très bon.

Pendant que Birdie buvait, je m'excusais de ce que le mélange était peut-être un peu trop sucré, ce n'était qu'une petite larme de miel que j'avais ajoutée pour atténuer l'amertume des feuilles de framboisier. Selon le livre, il fallait que le buveur ingurgite au moins la moitié d'une tasse pour que la potion fasse effet. Je restai avec eux à les regarder en souriant comme si j'attendais leur approbation, afin qu'ils continuent de boire même s'ils n'aimaient pas trop le goût.

Mais ils aimèrent beaucoup le goût et finirent leur tasse sans problème.

—Je dois dire que cette tisane est très relaxante, Henry, commenta Birdie en rangeant la vaisselle propre. Je crois même que je vais devoir…

Son regard se troubla.

—… aller me coucher.

David avait lui aussi toutes les peines du monde à garder les yeux ouverts.

—Oui, une petite sieste ne nous fera pas de mal.

—Je vais vous aider, intervins-je. Je suis désolé, j'ai dû mettre trop de camomille… Venez, venez.

Birdie s'accrocha à mon bras, puis posa sa joue contre mon épaule.

—J'adore cette tisane, Henry. C'est la meilleure tisane du monde.

—Elle est très, très bonne, renchérit David.

Il chercha la clé de leur chambre sous sa tunique, dans la bourse en cuir qu'il portait sous ses habits. C'était probablement là qu'il gardait également celles de la maison et des chambres. Il avait du mal à ouvrir, alors je le fis pour lui. Puis je les emmenai jusqu'à leur lit, où ils tombèrent immédiatement dans un sommeil profond.

J'étais parvenu à entrer dans la chambre de Birdie et David. Je n'avais pas mis un pied dans cette pièce depuis le jour où lui et Sally étaient arrivés.

Je jetai un regard autour de moi, mais mon cerveau n'arrivait pas à comprendre ce que je voyais. Des piles de cartons d'où sortaient des vêtements, des livres, des objets, autant de biens matériels censés être néfastes. Dans un coin, je vis deux paires de chaussures. Celles de Birdie, celles de David. Je vis de l'alcool, une bouteille de vin à moitié bue avec le bouchon dans le goulot, un verre avec des résidus sombres au fond, quelques bouteilles du meilleur whisky de mon père. Un paquet de biscuits. Un emballage de barre chocolatée. Des sous-vêtements en soie. Du shampoing de marque.

Je décidai d'ignorer tout cela pour le moment. Je n'avais aucune idée de la durée de cet « étourdissement passager ». Il fallait que je trouve les papiers de mon père rapidement et que je décampe sans tarder.

Pendant que je fouillais les cartons, je mis la main sur ma trousse. Je ne l'avais pas vue depuis mon dernier jour d'école primaire. Je la tins un instant et l'observai comme la relique d'une civilisation disparue. Je repensai au garçon dans son uniforme marron sortant de classe pour la dernière fois, songeant au nouveau monde qui s'offrait à lui. J'ouvris la pochette, je l'approchai de mon visage et respirai l'odeur de l'innocence et des copeaux de crayons taillés. Puis je la glissai dans mon collant pour la cacher plus tard dans ma chambre.

Je trouvai une robe de soirée de ma mère, les fusils de mon père, le justaucorps et le tutu de ma sœur, sans comprendre à quelle fin ils conservaient ces objets.

Dans le troisième carton que j'inspectai, je trouvai les dossiers que je cherchais : des boîtes à archives gris marbré avec des pinces en métal menaçantes à l'intérieur. J'en sortis une intitulée « affaires domestiques » et je me mis à feuilleter les documents qu'elle contenait.

Finalement, je l'avais sous les yeux, le dernier testament de Henry Roger Lamb et de Martina Zeynep Lamb. Je le coinçai également dans mon collant. Je le lirais au calme, dans ma chambre. J'entendais le souffle de Birdie s'accélérer et je vis sa jambe tressauter. Je fouillai rapidement un autre carton. Là, je vis des passeports. Je les ouvris à la page d'identité : le mien, celui de ma sœur, ceux de mes parents. Je sentis la colère monter en moi. Nos passeports ! Cet homme avait confisqué nos passeports ! Cela me paraissait encore plus odieux que de nous séquestrer dans notre propre maison. Voler le passeport de quelqu'un, c'était l'empêcher de sortir du pays, de partir à l'aventure, d'explorer, d'apprendre, de découvrir le monde… Mon cœur était gonflé de rage. Mon passeport avait expiré, celui de ma sœur était valide pendant encore six mois. Ils ne nous serviraient plus.

J'entendis David marmonner quelque chose.

L'étourdissement passager avait été un petit peu trop passager, et je n'étais pas sûr de réussir à leur faire boire à nouveau une de mes tisanes expérimentales. C'était peut-être ma seule chance de découvrir les secrets que renfermait cette pièce.

Je trouvai une boîte de comprimés de paracétamol. Des bonbons pour la toux. Des préservatifs. Et, sous ce bric-à-brac, une pile de billets. J'en touchai les contours du bout des doigts, la pile était assez épaisse. Mille livres, peut-être. Peut-être plus. J'en tirai quelques billets de dix et je les glissai dans mon collant avec les documents que j'avais récupérés.

Birdie grogna.

David aussi.

Je me relevai, satisfait de sentir le testament, ma trousse et les billets de dix livres serrés contre mon ventre.

Je quittai la chambre sur la pointe des pieds, fermant discrètement la porte derrière moi.

52

Lucy a la tête qui tourne. Le visage de l'homme lui paraît changer sous ses yeux. Il ressemble à quelqu'un, puis à quelqu'un d'autre. Elle lui demande qui il est.

— Tu sais très bien qui je suis.

Cette voix lui est familière et pourtant étrangère.

Stella s'est approchée d'eux et a pris la jambe de sa mère dans ses bras.

Marco se tient debout à côté d'elle, droit et fort.

Fitz accepte les caresses de l'inconnu avec bonheur, se roulant sur le dos pour qu'il lui gratte le ventre.

— Mais quel gentil chien ! Oui, c'est bien, ça !

Il lève les yeux vers Lucy et remonte ses lunettes sur son nez.

— J'aimerais tellement avoir un chien, mais je crois que ce serait trop dur pour lui si je le laissais seul toute la journée quand je suis au travail. Donc j'ai des chats.

Il soupire, se redresse et la dévisage de la tête aux pieds.

— J'aime bien ton style, au fait. Je n'aurais jamais pensé que tu deviendrais une sorte de… *bohémienne.*

Elle l'observe en plissant les yeux.

— Tu es…

— Je ne vais pas te le dire ! Allez, il faut que tu devines.

Lucy soupire. Elle est si fatiguée. Elle vient de tellement loin. Sa vie est toujours si difficile, rien n'est jamais simple. Pas une seule seconde. Elle a fait de mauvais choix et s'est souvent retrouvée au mauvais endroit avec de mauvaises personnes. Parfois, elle a l'impression d'être un fantôme, les contours d'une personne qui existait autrefois, mais que la vie a effacée.

Elle est devenue une mère, une meurtrière, une migrante sans-papiers qui s'est introduite dans une maison qui ne lui appartient pas. Tout ce qu'elle souhaite, c'est revoir le bébé et boucler la boucle de sa vie. Mais cet homme est là, et il se pourrait bien qu'il soit son frère, mais elle ne le reconnaît pas. Pourquoi a-t-elle peur de lui ?

Elle continue de l'observer, elle remarque l'ombre de ses longs cils sur ses joues. Phin. C'est Phin. Puis elle regarde ses petites mains délicates, ses poignets fins.

— Henry, c'est toi ?

53

Chelsea, 1992

Après l'annonce de la grossesse de ma sœur, j'allai voir ma mère.

— Tu laisses ta fille coucher avec un homme de ton âge ! C'est dégueulasse !

— Ça n'a rien à voir avec moi, répondit-elle distraitement. Tout ce que je sais, c'est qu'un bébé va arriver dans nos vies et qu'on devrait tous se réjouir de cet heureux événement.

Je ne me suis jamais senti aussi seul qu'à cet instant-là. Je n'avais plus de mère ni de père. Plus personne ne venait nous rendre visite. La sonnette ne retentissait jamais. La ligne téléphonique était coupée depuis plusieurs mois. Quelques jours après la fausse couche de ma mère, quelqu'un était venu et avait frappé des coups vigoureux à la porte, avec insistance, pendant une demi-heure. On nous avait ordonné de rester dans nos chambres tant que l'importun ne partirait pas. Ma mère nous avait ensuite confié que c'était son frère, Karl. J'aimais beaucoup ce jeune oncle haut en couleur qui jetait les enfants dans la piscine et racontait des blagues graveleuses qui faisaient froncer les sourcils des adultes. La dernière fois que je l'avais vu, c'était lors de son mariage, à Hambourg. J'avais dix ans. Il portait un costume trois-pièces à fleurs. Penser qu'il était venu jusqu'ici pour nous et qu'on ne l'avait pas laissé entrer me brisait le cœur.

— Pourquoi est-ce qu'on n'a pas ouvert la porte ? Pourquoi ?

— Il ne pourrait pas comprendre nos choix. Sa vie est futile et vaine.

Je ne répondis pas. Il n'y avait rien à ajouter. Bien sûr qu'il n'aurait pas compris. Personne n'aurait pu comprendre. Au moins, elle se rendait compte de cela.

On nous livrait un cageot de légumes par semaine. Nous laissions l'argent dans une enveloppe cachée à côté de la porte. De temps en temps, le livreur sonnait. Ma mère allait ouvrir la boîte aux lettres.

— J'avais pas de navets aujourd'hui, alors j'ai mis des rutabagas, ça ira ?

— Oui, c'est très bien, merci, répondait-elle avec un sourire.

Une fois les cadavres découverts, ce livreur avait raconté à la police qu'il pensait qu'il s'agissait d'une sorte de congrégation religieuse et que ma mère était une nonne. Il appelait notre maison « le couvent ». Il n'imaginait pas que des enfants vivaient là. Encore moins un homme.

J'étais devenu extrêmement solitaire à cette époque. J'essayais de raviver mon amitié avec Phin (si tant est qu'elle ait jamais existé), mais il m'en voulait encore énormément de l'avoir trahi la nuit où il m'avait poussé dans le fleuve. Oui, je sais que j'aurais dû lui en vouloir de m'avoir fait tomber dans la Tamise, mais on avait pris de la drogue, et j'étais insupportable, il faut bien l'avouer. D'une certaine façon, j'avais mérité qu'il me pousse, et la délation qui s'en était suivie résultait bien plus de ma fierté blessée que du danger que j'avais encouru. Et n'oublions pas que j'étais amoureux. Quand on se retrouve dans cet état, on est prêt à tout pardonner. C'est malheureusement une tendance qui m'a poursuivi toute ma vie. Je m'entiche toujours d'hommes qui me détestent.

Un après-midi, je tombai sur Clemency dans la cuisine.

— Tu étais au courant ?

Elle rougit. Nous ne nous étions jamais vraiment adressé la parole, et je lui parlais du fait que sa meilleure amie et son père avaient couché ensemble.

— Non. Pas du tout.

— Mais vous êtes si proches. Comment ça a pu t'échapper ?

— Je pensais qu'ils faisaient du sport, c'est tout.

— Et tu en penses quoi ?

— Je trouve ça répugnant.

Je hochai la tête vivement. Au moins, nous étions sur la même longueur d'onde.

— Ton père a déjà fait ce genre de trucs avant ?

— C'est-à-dire ?

— Coucher avec toutes les filles qui l'entourent.

— Non, répondit-elle doucement. Ma mère, c'est tout.

Je lui proposai de venir dans ma chambre. Elle hésita un moment, l'air inquiet, ce qui me vexa. Puis je me dis que c'était plutôt une bonne chose d'inspirer de la peur, si je devais renverser le tyran et nous sortir de cet enfer.

Dans ma chambre, je tirai sur le matelas pour l'éloigner du mur et lui montrai les objets trouvés dans la chambre de David et Birdie. Je les posai sur le sol et la laissai les observer. Je lui dis d'où ils venaient.

— Comment est-ce que tu as pu aller dans leur chambre ?

— Je ne peux pas te le dire.

Elle avait l'air de plus en plus confuse.

— Ta trousse ?

— Oui. Et il y avait tellement d'autres choses.

Je lui racontai la lingerie fine, le whisky, les billets. Au fur et à mesure que je parlais, elle se décomposait. Comme quand j'avais dit à Phin que j'avais vu son père embrasser Birdie. J'avais fait abstraction du fait que je révélais ces éléments à la fille de David, qu'ils partageaient un patrimoine génétique, des souvenirs, une connexion que j'étais en train de massacrer avec mes mots.

— Il nous ment depuis le début ! s'exclama-t-elle en s'essuyant les yeux. Je croyais qu'on faisait tout ça pour les pauvres ! Je ne comprends plus rien !

Je plantai mon regard dans le sien.

— C'est simple, Clemency. Ton père a volé tous les objets de valeur que possédaient mes parents et maintenant il veut mettre le grappin sur la maison. Normalement, cette maison devrait nous revenir, à ma sœur et moi, quand j'aurai vingt-cinq ans. Mais regarde ça.

Je sortis le testament. Un codicille de la main de David y était attaché. On pouvait y lire, dans une langue se voulant officielle, que, dans l'éventualité de la mort de mes parents, la maison devait revenir directement à David Sebastian Thomsen et ses descendants. Ce codicille avait été signé par ma mère et Birdie. Il n'avait absolument aucune valeur juridique, mais l'intention était très claire.

— Il veut un bébé avec ma sœur pour s'assurer que la maison lui reviendra.

Clemency ne dit plus rien pendant un moment.

— Qu'est-ce qu'on va faire ? finit-elle par me demander.

— Je ne sais pas encore, répondis-je en me frottant une barbe de sage que, bien entendu, je n'avais pas (ma barbe ne s'est mise à pousser qu'après mes vingt ans et n'a jamais été très impressionnante). Mais il faut qu'on agisse.

— D'accord, approuva-t-elle en me regardant avec des yeux écarquillés.

— Mais avant tout, il faut que tu me jures que tout ça, ça reste entre toi et moi.

Je lui montrai tous les objets subtilisés dans la chambre de David et Birdie.

— Tu ne dois rien dire à ton frère ni à ma sœur. À personne. Compris ?

— Oui. Je le jure.

Après un moment de silence, elle reprit la parole.

— Il a déjà fait ça.

— Quoi ?

Elle baissa les yeux.

— Quand ma grand-mère était très vieille, il a essayé de la forcer à lui léguer sa maison. Mon oncle l'a découvert et nous a obligés à partir. C'est pour ça qu'on est allés en France.

J'étais sous le choc.

— Tu penses qu'on devrait aller voir la police ? Tout leur raconter ?

— Non, répondis-je immédiatement. Pour l'instant, il n'a rien fait d'illégal, ça ne marcherait pas. Ce qu'il nous faut, c'est un plan pour se tirer d'ici. Je peux compter sur toi ?

Elle hocha la tête.

— Tu feras tout ce que je te dirai de faire ?

Elle acquiesça de nouveau.

Cette discussion fut l'un des moments décisifs pour nous. Nous aurions pu nous en sortir d'une autre façon, mais, puisque toutes les personnes que j'aimais m'avaient tourné le dos l'une après l'autre, je choisis la pire solution de toutes.

54

Dix minutes plus tard, Libby et Miller quittent le cabinet de Sally.

— Ça va ? lui demande-t-il quand ils sortent dans la chaleur étouffante de la rue.

Elle se force à sourire, mais elle sent qu'elle va fondre en larmes, qu'elle ne peut pas s'en empêcher.

— Oh, ma pauvre. Viens, suis-moi, compatit Miller en la menant dans une cour tranquille où ils s'assoient sur un banc, à l'ombre d'un arbre. Je n'ai pas de mouchoir, désolé.

— T'inquiète pas, j'en ai.

Elle sort un paquet de son sac, Miller sourit.

— Tu es du genre à avoir des mouchoirs dans ton sac.

Elle lui lance un regard noir.

— Qu'est-ce que c'est supposé vouloir dire, ça ?

— Ça veut dire… que… Je sais pas ! Rien. Que tu es organisée, c'est tout.

Elle acquiesce, car elle en a bien conscience.

— J'ai pas le choix.

— Pourquoi ?

Elle hausse les épaules. Elle n'aime pas parler d'elle, mais étant donné ce qu'ils ont vécu ensemble ces deux derniers jours, les limites qu'elle s'impose d'habitude n'ont plus de raison d'être.

— Ma mère, ma mère adoptive, c'était quelqu'un, enfin *c'est* quelqu'un d'assez chaotique. Elle est géniale, adorable, mais c'est mon père qui la cadrait. Il est mort quand j'avais huit ans, et après ça… J'étais tout le temps en retard. Je n'avais jamais les bonnes affaires avec moi. Je ne lui montrais jamais les listes de fournitures ou les inventaires pour les voyages scolaires parce qu'elle était incapable de les respecter. En plein milieu de mon brevet, elle est partie en vacances. Et quand j'avais dix-huit ans, elle a déménagé en Espagne. Il a fallu que j'apprenne à m'occuper de moi, tu vois.

— Jamais sans tes mouchoirs ?

Elle rit.

— Oui, exactement. Une fois, quand j'étais petite, je suis tombée dans l'aire de jeux et je me suis égratigné le coude. Ma mère était en panique totale, elle cherchait quelque chose dans son sac pour me nettoyer, et à ce moment-là une autre maman est arrivée. Elle avait un sac de la même taille que celui de ma mère, elle l'a ouvert et en a sorti une lingette désinfectante et un pansement. Je me suis dit que, quand je serais grande, j'aurais un sac magique comme elle.

— Tu te débrouilles très bien, la réconforte-t-il avec un grand sourire. Tu sais ça, non ?

Elle rit nerveusement.

— Je fais de mon mieux.

Un silence s'installe entre eux. Leurs genoux se touchent, puis s'écartent immédiatement l'un de l'autre.

— On a bien perdu notre temps, en tout cas.

Miller lui lance un regard en coin.

— Je ne dirais pas tout à fait ça… L'assistante, Lola, c'est la petite-fille de Sally.

— Comment tu sais ça ?

— Dans le bureau, j'ai vu une photo de Sally avec une femme plus jeune qui tenait un bébé dans ses bras. Et, sur le mur, il y avait une photo de Sally avec une jeune fille aux cheveux blonds. Et un dessin d'enfant avec écrit « Je t'aime, mamie ». J'ai fait le rapprochement, et voilà.

Il se penche vers Libby pour lui montrer une photo sur son téléphone.

— Qu'est-ce que c'est ?

— Une lettre pour Lola. Elle dépassait de son sac sous son bureau. J'ai fait le coup classique du lacet défait et « clic ».

Libby le regarde, incrédule.

— Mais comment tu as pu penser à… ?

— Libby, je suis journaliste d'investigation. C'est mon job. Si mon hypothèse est bonne, Lola est la fille de Clemency. Donc Clemency doit vivre dans les parages. Et je pense que cette adresse pourrait bien aussi être la sienne. On a peut-être retrouvé l'un des enfants disparus.

Une femme vient ouvrir la porte. À ses côtés, un paisible labrador remue doucement la queue. La femme est en léger surpoids, elle a un buste épais et des jambes longues, une forte poitrine. Ses cheveux sont bruns, coupés au carré. Elle porte des anneaux dorés aux oreilles, un jean bleu et un débardeur en lin rose pâle.

— Bonjour ?

— Bonjour. Vous êtes Clemency ?

La femme hoche la tête.

— Je m'appelle Miller Roe, et voici Libby Jones. On vient de parler à votre mère, au cabinet, et elle nous a dit que vous viviez dans les environs, donc…

Le regard de la femme s'arrête sur Libby, qu'elle dévisage.

— J'ai l'impression… Je vous connais, non ?

Libby baisse les yeux et laisse à Miller le soin de faire les présentations.

— C'est Serenity.

Clemency s'agrippe un moment à l'encadrement de la porte d'entrée. Sa tête tombe en arrière, et Libby pense qu'elle va s'évanouir. Mais elle se reprend et tend la main vers Libby.

— Mais bien sûr ! Tu as vingt-cinq ans ! Oui ! J'aurais dû y penser, j'aurais dû savoir que tu allais venir. Je n'en reviens pas ! Entrez, je vous en prie.

L'intérieur du pavillon est magnifique : du parquet, des peintures abstraites aux murs, des vases remplis de fleurs, des taches de lumière colorées projetées par des vitraux.

Le chien se couche aux pieds de Libby pendant que Clemency va leur chercher des verres d'eau. Libby caresse la tête du labrador qui halète dans l'air lourd du soir. Il sent mauvais, mais Libby ne s'en soucie guère.

Clemency revient et s'installe en face d'eux.

— Qu'est-ce que tu es jolie ! Tu es tellement… vraie.

Libby rit nerveusement.

— Quand je suis partie, tu venais de naître. Je n'avais pas de photo de toi. Je ne savais pas où tu étais, qui t'avait adoptée, quel genre de vie tu aurais. Et je n'arrivais pas à imaginer quelle femme tu deviendrais, c'était impossible. Tu étais un tout petit bébé qui ressemblait à une poupée. Tu ne m'avais pas l'air vraiment réelle. Jamais. Je…

Sa voix se brise, et ses yeux s'emplissent de larmes.

— Je suis tellement désolée. Est-ce que… ? Est-ce qu'on… ? Tout va bien pour toi ?

Libby hoche la tête. Elle repense à sa mère, en caftan rose vif, et à son compagnon qu'elle appelle son « gigolo » (il a seulement six ans de moins qu'elle), allongés sur la petite terrasse de leur T2 à Denia (il n'y a pas de chambre pour Libby quand elle vient leur rendre visite) pendant qu'elle explique à sa fille sur Skype qu'elle n'a pas eu le temps de réserver un vol pour rentrer pour son anniversaire, et que maintenant tout est trop cher. Elle se souvient de l'enterrement de son père, d'avoir tenu la main de sa mère, d'avoir regardé le ciel en se demandant s'il y était arrivé sans encombre, en s'inquiétant de pouvoir retourner à l'école, puisque sa mère ne savait pas conduire.

— Tout va bien. J'ai été adoptée par une famille adorable. J'ai eu beaucoup de chance.

Le visage de Clemency s'éclaire.

— Et tu vis où ?

— À St Albans.

— C'est très bien, ça ! Tu es mariée ? Tu as des enfants ?

— Non. Je suis célibataire. Je vis toute seule. Pas d'enfant, pas d'animal de compagnie. Je vends des cuisines, c'est ça, mon boulot. Je suis très… En fait, il n'y a pas grand-chose à dire sur moi. Enfin, jusqu'à récemment…

— Oui, j'imagine que ça a dû être un choc.

— C'est le moins qu'on puisse dire.

— Et qu'est-ce que tu sais de la maison, de tout ce qui est arrivé ? demande-t-elle prudemment.

— Eh bien, c'est assez compliqué. Mes parents m'avaient dit que ma famille biologique était morte dans un accident de voiture quand j'avais dix mois. Mais l'article de Miller explique que mes parents faisaient partie d'une secte et qu'ils se sont suicidés et qu'ensuite des gitans se sont occupés de moi. Et finalement, il y a deux jours dans la maison de Cheyne Walk, on a vu un homme. Tard le soir. Il nous a dit… qu'il s'appelait Phin.

Clemency ouvre grand la bouche.

— Vous avez vu Phin ?

Libby acquiesce sans conviction. Clemency est au bord des larmes.

— Vous êtes sûrs ? C'était vraiment lui ?

— Il nous a dit qu'il s'appelait Phin. Que tu étais sa sœur. Qu'il ne t'avait pas vue depuis des années.

Clemency secoue la tête.

— Quand je suis partie de la maison, il était tellement malade. C'était horrible. On l'a cherché partout avec ma mère. Partout. Pendant des années. On a téléphoné à tous les hôpitaux de Londres. On a fouillé tous les parcs de la ville en demandant aux SDF s'ils ne l'avaient pas vu. On espérait qu'il nous retrouverait. Mais il n'est jamais revenu… On a fini par croire qu'il était mort. Sinon, il serait venu ici. Il nous aurait rejointes.

Elle s'arrête un moment.

— Vous êtes sûrs que c'était lui ? Il était comment ?

Libby décrit les lunettes en écaille, les cheveux blonds, les longs cils, la bouche pleine. Clemency hoche la tête. Libby parle alors de l'appartement luxueux, des chats persans, elle répète la blague concernant Monsieur Queue, et Clemency fait « non » de la tête.

— Non, ça ne peut pas être Phin. Ça ne lui ressemble pas du tout.

Elle scrute la pièce en réfléchissant.

— À mon avis, ça devait être Henry.

— Henry ?

— Oui. Il était amoureux de Phin. Fou amoureux. Quasiment obsédé. Il passait son temps à l'observer. Il s'habillait comme lui, se coiffait comme lui. Il a même essayé de le tuer en le poussant dans le fleuve. En l'empêchant de remonter à la surface. Heureusement, Phin était plus fort que lui, plus grand. Il avait réussi à lui échapper. Henry a même tué le chat de Birdie, vous saviez ça ?

— Quoi ?

— Il l'a empoisonné, lui a coupé la queue et a jeté le cadavre dans la Tamise. Tout ça, c'étaient des signes avant-coureurs. Je sais que c'est horrible de dire ça d'un enfant, mais pour moi, Henry était le mal incarné.

55

Chelsea, 1993

Je n'ai pas tué le chat de Birdie, bien sûr que non. Mais Suki est morte à cause de moi, c'est vrai.

Je travaillais sur une décoction de belladone, une nouvelle sorte de somnifère, quelque chose d'un peu plus costaud que ce que j'avais administré à David et Birdie quand je m'étais introduit dans leur chambre. Je voulais créer un assoupissement légèrement moins passager. Je l'ai testée sur le chat en me disant que si ça ne lui faisait pas de mal, ça n'en ferait probablement pas aux humains non plus. Malheureusement, ça lui a fait du mal. J'ai retenu la leçon, et ma potion suivante fut moins forte.

Et pour ce qui est du corps, ça a vraiment l'air horrible formulé de la sorte, « coupé la queue ». Je l'ai prise, c'est tout. Elle était très belle, très douce, pleine de différentes couleurs, et je vous rappelle qu'à ce moment-là je n'avais plus rien, rien du tout. Il n'en avait plus besoin, alors je l'ai prise, voilà. Et non, je n'ai pas jeté le chat dans la Tamise. Comment est-ce que j'aurais pu faire une chose pareille ? Je ne pouvais même pas sortir de la maison. Non, je l'ai enterré dans le jardin de plantes aromatiques. Il y est toujours, j'imagine.

Je m'insurge contre l'idée que c'est moi qui aurais poussé Phin dans le fleuve parce que ce n'est absolument pas vrai. Ce qui pourrait être vrai, par contre, ce serait que

Phin m'avait poussé lors d'une bagarre parce que je venais d'essayer de le pousser. Oui, ça s'est peut-être passé ainsi. Il m'a dit d'arrêter de le dévisager. Je lui ai dit que je ne pouvais pas parce qu'il était très beau.

— Tu es trop bizarre. Pourquoi tu es bizarre comme ça ?

— Tu ne sais pas que je suis amoureux de toi ?

(Avant de me juger trop durement, souvenez-vous que je venais de prendre du LSD. Je n'étais pas en pleine possession de mes moyens.)

— Dis pas ça, m'avait-il répondu, embarrassé.

— S'il te plaît, Phin, avais-je supplié. Je t'aime depuis la première fois que je t'ai vu…

Et j'ai essayé de l'embrasser. Mes lèvres se sont pressées sur les siennes et, pendant une fraction de seconde, j'ai cru qu'il allait me rendre mon baiser. Je me souviens encore de ce choc, de la douceur de ce contact, du petit filet d'air qui passa de sa bouche dans la mienne.

J'eus le temps de poser ma main sur sa joue avant qu'il ne s'écarte de moi. Il me regarda avec un tel dégoût que j'eus l'impression qu'il plongeait une épée en plein dans mon cœur.

Il m'a poussé, et j'ai failli tomber à la renverse. Je l'ai poussé à mon tour, et nous avons continué ce petit manège jusqu'à ce que je tombe à l'eau. Je savais qu'il ne l'avait pas fait exprès. Et c'est précisément pour cette raison qu'il ne pouvait pas me pardonner d'avoir dit aux parents qu'il avait essayé de me tuer, de les avoir laissés le séquestrer dans sa chambre pendant tout ce temps sans avouer à personne que c'était un accident. Et il s'est bien gardé de dire qu'il ne l'avait pas fait exprès, car il aurait alors fallu admettre que je l'avais embrassé. Une telle révélation l'aurait exposé au pire.

56

Chelsea, 1993

Un soir d'été, vers le milieu du mois de juin, j'entendis ma sœur se mettre à beugler.

Il n'y a pas d'autre mot pour décrire ses hurlements.

On aurait vraiment dit une vache.

Cela dura un certain temps. Elle était dans une chambre vide qui avait été préparée pour elle. On nous renvoya dans notre chambre, Clemency et moi, jusqu'à nouvel ordre.

Les cris continuèrent pendant de longues heures.

Et enfin, vers minuit moins dix, nous entendîmes un bébé pleurer.

Oui, c'était toi.

Serenity Love Lamb, fille de Lucy Amanda Lamb (quatorze ans) et de David Sebastian Thomsen (quarante et un ans).

Quand j'eus le droit de te voir le lendemain, je tombai immédiatement sous ton charme. Ton visage ressemblait à celui d'un bébé phoque. Tu me regardais avec une telle intensité, sans ciller, et j'avais enfin l'impression que quelqu'un me voyait, ce qui ne m'était pas arrivé depuis bien longtemps. Je te donnais mon doigt à attraper avec ta petite main potelée, et la sensation était étrangement agréable. J'avais toujours pensé que je détestais les bébés, mais je m'étais peut-être trompé.

Quelques jours plus tard, on t'arracha des bras de ma sœur et on t'installa avec David et Birdie. Ma sœur fut réinstallée dans la chambre qu'elle partageait avec Clemency. La nuit, je vous entendais pleurer, toi au premier étage et ma sœur dans la pièce d'à côté. On la faisait descendre pendant la journée pour lui tirer le lait à l'aide d'une machine qui avait l'air tout droit sortie du Moyen Âge. Celui-ci était ensuite stocké dans des bouteilles tout aussi anciennes, puis ma sœur remontait au grenier.

Encore une fois, l'équilibre de la maison fut bouleversé. La séparation entre eux et nous se renforça. Ma sœur était à nouveau de notre côté, et c'est cet acte de cruauté ultime qui nous unit enfin contre eux.

57

Lucy s'avance vers lui.

Son frère.

Son grand frère.

Elle le reconnaît à présent.

Elle plonge son regard dans le sien.

— Tu étais où, Henry, pendant tout ce temps ?

— Oh, à droite, à gauche.

Une vague de fureur s'empare d'elle. Pendant toutes ces années, elle a été seule. Elle n'a eu personne. Et maintenant Henry est là, grand, en pleine forme, élégant, comme si de rien n'était.

Elle étend ses bras pour le pousser.

— Tu l'as laissée ! s'écrie-t-elle. Tu l'as abandonnée !

Il attrape ses mains.

— Non, c'est toi qui l'as abandonnée. Moi, je suis resté ! Tout seul ! Et tu me demandes où j'étais passé ! Mais toi alors, tu étais où ?

— J'étais…

Elle ouvre ses poings et baisse les bras.

— J'étais en enfer.

Ils ne disent plus rien. Lucy fait un pas en arrière et touche l'épaule de Marco.

— Marco, je te présente Henry, ton oncle. Henry, voici mon fils Marco et ma fille Stella.

Le regard incrédule de Marco passe de sa mère à son oncle.

— Je ne comprends pas. C'est quoi le rapport avec le bébé ?

— Henry était…

Elle soupire et recommence.

— Il y avait une petite fille. Elle vivait avec nous quand nous étions adolescents. Nous avons dû la laisser ici parce que… Nous n'avions pas le choix. Henry est revenu ici, comme moi, pour voir le bébé, maintenant qu'elle a grandi.

Henry se racle la gorge. Lucy se tourne vers lui.

— Je l'ai déjà rencontrée. Serenity. Elle était là hier soir.

Lucy pousse un cri de surprise.

— C'est pas vrai. Comment va-t-elle ?

— Elle est en pleine forme. Jolie comme un cœur.

— Et maintenant, où est-elle ?

— Si je ne me trompe pas, elle est en ce moment même avec notre vieille amie Clemency.

Lucy ouvre grand les yeux.

— Clemency ! Mon Dieu ! Où ça ?

— En Cornouailles. Tiens, regarde.

Henry allume son téléphone et lui montre un point sur une carte.

— C'est Serenity. Au 12 Maisie Way à Penreath. J'ai installé un petit mouchard dans son portable. Pour qu'on puisse la suivre à la trace.

— Comment tu sais que c'est chez Clemency ?

— Ah ça ! s'exclame-t-il en quittant l'application pour en ouvrir une autre.

Un clic plus tard, des voix résonnent dans la pièce. Celles de deux femmes qui discutent à voix basse.

— C'est elle qui parle, là ? Serenity ?

Il tend l'oreille.

— Oui, je crois bien, dit-il en montant le volume.
Puis une autre voix se fait entendre.
— Et là, c'est Clemency. Écoute !

58

Clemency a demandé à Miller de les laisser discuter toutes les deux. Elle préfère raconter cette histoire en privé. Miller propose donc d'aller promener le chien, et Clemency s'installe en tailleur sur le canapé pour commencer son récit.

— Notre but, c'était de te sauver. Henry devait endormir les adultes avec ce somnifère qu'il avait confectionné. Ensuite, on devait voler les chaussures qui étaient dans les cartons de la chambre de David et Birdie, enfiler des vêtements normaux, prendre l'argent et le bébé. Puis on aurait utilisé la clé qui se trouvait dans la bourse que mon père gardait toujours sur lui pour sortir de la maison. Une fois dehors, on arrêterait un policier, ou n'importe quel adulte qui aurait l'air gentil, et on lui raconterait qu'on avait été séquestrés pendant toutes ces années. Puis on irait vivre chez ma mère. On ne savait pas très bien comment on pourrait prendre contact avec elle. On s'était dit qu'on trouverait une cabine téléphonique, qu'on appellerait en PCV, en priant pour que ça marche, ajoute-t-elle avec un sourire désolé. Tu vois, on n'était pas bien préparés du tout. Mais il fallait qu'on parte, absolument. Un jour, mon père nous a annoncé qu'il allait organiser une fête pour les trente ans de Birdie. Henry nous a convoqués dans sa chambre. Il était petit à petit devenu le chef de la résistance. Il nous a dit qu'on allait mettre le plan à exécution pendant cette soirée. Il se proposerait de faire à manger. Il m'a demandé de lui fabriquer un petit sac pour qu'il puisse glisser ses fioles dans son collant sans qu'elles tombent. On devait faire semblant d'être contents de fêter l'anniversaire de Birdie. Avec Lucy, on avait même préparé un morceau de violon pour elle.

— Et Phin ? Il faisait partie de votre plan ?

Clemency soupire.

— Phin n'était pas très sociable, et Henry préférait qu'on se débrouille sans lui. Ils étaient… Leur relation était assez malsaine. Henry était amoureux de Phin, mais Phin le haïssait. Et mon frère était très malade.

— Qu'est-ce qu'il avait ?

— On n'a jamais vraiment su. Je me demande si ce n'était pas une sorte de cancer. C'est pour ça qu'avec ma mère on s'est dit qu'il n'avait pas survécu… Enfin, le jour de l'anniversaire, nous étions très stressés tous les trois, reprend-elle. Mais nous donnions toujours l'impression d'avoir envie de faire la fête. Et, d'une certaine façon, c'était vrai. Pour nous, c'était la célébration de notre liberté. Une fois que tout serait fini, nous devions retrouver une vie normale. Ou, en tout cas, une autre vie. On a joué le morceau de violon pour Birdie, monopolisant l'attention des adultes pendant que Henry préparait la nourriture, et c'était vraiment un moment bizarre. Le contraste entre Birdie et mon père, qui respiraient la vitalité et la satisfaction, et le reste d'entre nous, qui étions mal nourris et malades, sautait aux yeux. Mon père avait le bras passé autour des épaules de Birdie, une expression de contrôle absolu sur le visage.

Clemency triture le coussin qui est posé sur ses cuisses, le regard dur, fixe.

— C'était comme s'il avait permis cette fête pour sa femme, comme si c'était le fruit de sa générosité, comme s'il pensait : « Regardez le bonheur que je crée. Malgré tout ce que je leur fais subir, les gens continuent de m'adorer. »

Sa voix déraille, et Libby lui touche le genou.

— Ça va ?

Clemency acquiesce.

— Je n'ai jamais raconté cette histoire à personne. Ni à mon mari, ni à ma fille. Pas même à ma mère. C'est difficile de parler de mon père. De l'homme qu'il était. De ce qu'il lui est arrivé. Car, malgré tout, ça restait mon père. Et, d'une certaine façon, je l'aimais.

— Tu veux faire une pause ?

Clemency fait « non » de la tête et se redresse.

— D'habitude, on posait les plats au centre de la table, et chacun se servait, mais ce soir-là, Henry a annoncé qu'il voulait servir à l'assiette, comme si on était au restaurant. Comme ça, il pouvait s'assurer que les bonnes assiettes allaient aux bonnes personnes. Puis mon père a levé son verre et porté un toast. « Je sais que la vie n'a pas toujours été facile pour certains d'entre nous, en particulier pour ceux qui ont perdu un être cher. Je sais qu'il est parfois difficile de garder la foi, mais le fait que nous soyons réunis, après toutes ces années, une grande famille, de plus en plus grande d'ailleurs… » – à ce moment-là, il a caressé ta tête – « … prouve que nous sommes sur la bonne voie et que nous avons beaucoup de chance. » Il s'est tourné vers Birdie et a dit : « Mon amour, ma vie, mère de mon enfant, mon ange, ma raison d'être, ma déesse. Bon anniversaire, ma chérie. Je te dois tout. » Ils se sont embrassés longtemps, et ça faisait des bruits affreux, et je me souviens d'avoir pensé…

Clemency s'interrompt et regarde Libby avec un air coupable.

— J'ai pensé : *J'espère vraiment que vous allez mourir.* La potion a mis à peu près vingt minutes à agir. Après, en quelques minutes, les adultes étaient tous inconscients. On t'a enlevée des genoux de Birdie et on s'est mis au travail. Henry nous avait dit qu'on aurait vingt ou trente minutes maximum avant qu'ils se réveillent. On a allongé les adultes sur le sol, et j'ai décroché la bourse de mon père sous sa tunique. J'ai essayé toutes les clés avant de trouver celle qui ouvrait la porte de leur chambre. Cette chambre… Ce fut vraiment un choc. Henry nous avait prévenues, mais je ne m'attendais pas à tant de choses. Tous les beaux objets de Henry et Martina dans des cartons, les bibelots anciens, les parfums, les produits de beauté, les bijoux, l'alcool. Henry nous a dit : « Regardez tout ce qu'ils avaient pendant que nous n'avions rien. C'est insupportable. Ce sont des menteurs. » Ça faisait déjà cinq minutes que la potion faisait effet. J'ai trouvé les couches, tes vêtements, les bouteilles de lait. Là, je me suis rendu compte que Phin était derrière nous.

« — Vite, prends des vêtements ! Il faut que tu aies chaud, il va faire froid dehors !

— Je crois que je n'en serai pas capable. Je suis trop faible.

— Mais on ne va pas te laisser ici, Phin.

Il s'est mis à me crier dessus :

— Je ne peux pas ! Je n'ai pas la force ! »

» Ça faisait déjà dix minutes, alors je ne pouvais pas gaspiller plus de temps à le convaincre. Henry remplissait un sac de billets. Je lui ai demandé si on ne devait pas laisser ça pour la police, comme preuve, mais il m'a dit quelque chose comme : « Non, c'est à moi, je le prends avec moi. » Tu pleurais, tu criais. Henry aussi, pour qu'on te fasse taire. À ce moment-là, on a entendu quelqu'un monter l'escalier. Un instant plus tard, Birdie ouvrait la porte. Elle avait l'air complètement folle et avait du mal à se tenir debout. Elle a titubé à travers la chambre, les bras tendus vers toi, en criant : « Rendez-moi mon bébé, rendez-la-moi ! »

» Elle s'est jetée vers toi pour t'attraper. Henry était en train de perdre la boule. Il criait sur tout le monde. Phin était prostré dans un coin, il allait tomber dans les pommes. Moi, j'étais pétrifiée. Je me suis dit que si Birdie était réveillée, les autres devaient l'être aussi. Mon père. Qu'à tout moment il allait faire irruption et qu'il nous séquestrerait dans nos chambres jusqu'à ce qu'on crève. J'ai cru que mon cœur allait exploser. J'avais tellement peur. Et là, je ne sais pas ce qu'il s'est passé, mais soudain Birdie s'est effondrée par terre. Et il y avait du sang au coin de ses yeux. Des larmes rouges. Et dans ses cheveux, c'était sombre et gluant, reprend-elle en montrant un endroit au-dessus de son oreille. Je me suis tournée vers Henry, qui tenait une défense dans ses mains.

Libby la regarde d'un air circonspect.

— Je ne sais pas, ça ressemblait à une défense d'éléphant. Ou à des bois de cerf. Quelque chose comme ça.

Libby se souvient du clip que Phin leur a montré la veille. Elle se rappelle les têtes d'animaux empaillés qui décoraient les murs, et les renards posés sur d'épais meubles en acajou.

— Il y avait du sang dessus, une grande traînée écarlate. Dans la main de Henry aussi. On a retenu notre souffle pendant plusieurs secondes. Même toi. Un silence total. On essayait d'entendre les autres adultes. Birdie respirait encore. Un chuintement saccadé. Puis ça s'est arrêté. Une petite goutte de sang est tombée de ses cheveux sur son front, dans son œil.

Clemency mime le mouvement sur son propre visage.

— J'ai demandé si elle était morte. Henry m'a dit : « Tais-toi, il faut que je réfléchisse. » Je voulais vérifier son pouls, mais Henry m'a repoussée si fort que je suis tombée par terre. « La touche pas ! » Ensuite, il est descendu. Il nous a ordonné de ne pas bouger. Phin transpirait. Il était sur le point de s'évanouir. Je l'ai transporté jusqu'au lit. À ce moment-là,

Henry est revenu. Il était livide. Il a dit : « Il s'est passé un truc. Quelque chose ne va pas. Je ne comprends pas. Les autres. Ils sont morts. Ils sont tous morts. »

Clemency a du mal à prononcer ces derniers mots. Ses yeux s'emplissent de larmes, et elle pose sa main sur sa bouche.

— Tous : mon père, les parents de Lucy et Henry. Morts. Et Henry qui répétait : « Je ne comprends pas, je ne comprends pas. Je ne leur ai presque rien donné. Rien du tout, même pas de quoi tuer un chat. Je ne comprends pas. » D'un coup, tout notre plan pour nous échapper, cette révolte incroyable, ce qui allait nous permettre de retrouver notre liberté, s'est refermé sur nous comme un piège. On ne pouvait plus aller trouver un policier dans la rue. On avait tué quatre personnes. Quatre !

Clemency s'interrompt un moment pour reprendre son souffle. Ses mains tremblent.

— Et on avait le bébé, et pas la moindre idée de la façon dont on devait s'en occuper. Tout ça. Tout ça, c'était… Excuse-moi. Ça ne te dérange pas si on sort un peu ? Il faut que je fume.

— Non, bien sûr que non.

Dans le jardin de Clemency, il y a de grandes dalles en ardoise au sol et des fauteuils en rotin. La matinée est bien avancée, et le soleil s'approche de son zénith, mais il reste un peu d'ombre derrière la maison. Clemency attrape un paquet de cigarettes dans le tiroir de la table de jardin.

— Ma cachette secrète.

Sur le paquet, il y a la photo de quelqu'un avec un cancer de la bouche. Libby ne peut même pas la regarder. *Pourquoi, mais pourquoi diable est-ce que les gens fument alors qu'on sait très bien que la cigarette tue ?* Sa mère fume. Elle appelle ses cigarettes ses cow-boys. « Où sont donc passés mes cow-boys ? »

Elle observe Clemency allumer sa cigarette avec une allumette, inhaler et expirer la fumée. Ses mains ne tremblent plus.

— J'en étais où ?

59

Chelsea, 1994

Je sais que présenté ainsi, ça a l'air désastreux. Évidemment. Tout devient plus compliqué quand on a quatre cadavres sur les bras.

Mais ce que personne ne voit, c'est que sans moi on y serait peut-être encore, bordel ! Des quadragénaires squelettiques, des vies gâchées. Ou bien on serait morts. Oui, n'oublions pas cette possibilité. Certes, les choses ne se sont pas passées exactement comme prévu, mais on s'en est sortis.

On s'en est sortis.

Si mes souvenirs sont bons, personne n'avait de meilleure idée, si ? Personne d'autre ne voulait se mouiller. C'est facile de critiquer, mais prendre la situation en main, c'est une autre paire de manches.

Je devais non seulement trouver une solution pour les quatre cadavres, mais aussi m'occuper d'un bébé, des deux filles et surtout de Phin, qui nageait en plein délire. Comme il n'était pas fiable, je l'ai enfermé dans sa chambre.

Oui, je sais ! Mais il fallait que je me pose pour réfléchir.

Phin geignait à l'étage, et les filles voulaient le rejoindre.

— Non, vous restez ici. J'ai besoin de vous. Ne bougez pas.

La priorité, c'était Birdie. C'était étrange de la voir sur le sol, si petite et brisée, cette sorcière qui avait régenté nos vies pendant si longtemps. Elle portait encore le haut-de-forme que Clemency lui avait confectionné pour son anniversaire et le collier que David lui avait offert. Ses longs cheveux étaient attachés en chignon. L'un de ses yeux était rouge vif. Ses iris bleu pâle fixaient le mur. Ses pieds étaient nus et osseux, ses ongles longs et jaunâtres. J'ai détaché le bijou de son cou et l'ai glissé dans ma poche.

Clemency pleurait.

— C'est tellement triste ! C'est horrible. Elle a des parents quelque part, et elle est morte !

— Ce n'est pas triste du tout, ai-je répondu sèchement. Elle méritait de mourir.

Clemency m'a aidé à la porter au dernier étage, puis à la monter sur le toit. Elle était très légère. Près de l'endroit où un jour j'avais tenu la main de Phin, il y avait une sorte de tranchée pleine de feuilles mortes qui menait à la gouttière. On a entouré son corps de serviettes et de draps, et on l'a poussé là-dedans. Puis on a recouvert le cadavre de feuilles mortes et de vieilles planches de bois qui traînaient.

Ensuite, je suis allé dans la cuisine. J'ai examiné les trois cadavres sans émotion. Je ne pouvais pas me permettre de laisser mon cerveau prendre la mesure ce qui s'était passé. J'avais tué mes propres parents. Ma magnifique et stupide mère, et mon pauvre père brisé. Il ne fallait pas que je pense au fait que, par ma faute, ma mère ne plongerait plus jamais sa main dans mes cheveux et ne m'appellerait plus jamais son « beau garçon », que je n'irais plus jamais au club avec mon père pour boire une limonade en silence, que je n'aurais pas de famille à qui rendre visite à Noël, ni de grands-parents pour les éventuels enfants que j'aurais peut-être, que je n'aurais jamais à m'occuper d'eux dans leurs vieux jours, et que personne ne s'occuperait de moi non plus. J'étais orphelin. Orphelin et meurtrier, malgré moi.

J'ai réussi à ne pas paniquer. Je ne me suis pas laissé submerger par mes émotions, et j'ai observé les trois silhouettes étendues sur le sol de la cuisine. Voilà ce que j'ai pensé à la vue de cette scène.

On dirait les membres d'une secte avec leurs tuniques. N'importe qui entrerait dans cette pièce maintenant conclurait à un suicide.

La suite m'est apparue comme une évidence. Il fallait que je maquille mon crime involontaire en suicide collectif. Nous avons arrangé la table pour qu'elle ressemble moins à une fête d'anniversaire et fasse penser à un dernier repas. Nous avons débarrassé nos assiettes, fait la vaisselle et jeté les restes de nourriture. Nous avons déplacé les corps pour qu'ils aient tous la même position. J'ai pressé leurs doigts sur les flacons vides avant de les poser sur la table, un à côté de chaque verre, pour donner l'impression qu'ils les avaient bus en même temps.

On ne se parlait pas.

Il régnait sur les lieux un silence sacré.

J'ai déposé un baiser sur la joue glacée de ma mère.

Un autre sur le front de mon père.

Puis je me suis tourné vers David. Il gisait là, l'homme qui, comme l'avait prédit Phin des mois auparavant, avait détruit ma vie. L'homme qui nous avait ruinés, qui nous avait frappés, qui nous avait privés de nourriture et de liberté, qui avait confisqué nos passeports, qui avait fécondé ma mère puis ma sœur, qui avait voulu s'approprier notre maison. J'avais liquidé cet homme abject et j'en étais fier. Mais je ressentais également un immense dégoût pour lui.

Regarde-toi, pauvre type, regarde-toi et vois quel gros naze tu es.

J'avais envie de lui écraser la tête à coups de talon jusqu'à ce qu'il n'en reste qu'une bouillie sanguinolente, mais j'ai résisté à cette pulsion et suis remonté dans la chambre qu'il partageait avec Birdie.

Nous avons fouillé tous les cartons. Dans l'un d'eux, nous avons trouvé les sacs hideux que Birdie voulait vendre à Camden et nous les avons remplis à ras bord. Nous avons divisé en quatre parts les sept mille livres collectées. Nous sommes tombés sur la boîte à bijoux de ma mère, les boutons de manchette en or de mon père, des colliers en platine, une caisse pleine de bouteilles de whisky. Nous les avons vidées dans l'évier et déposées à côté de la bouteille de champagne, près de la porte d'entrée. Nous avons pris les bijoux, puis nous avons défait et empilé les cartons.

Une fois la maison vidée de tout ce qui aurait pu contredire l'idée qu'une secte vivait là, nous sommes sortis dans la rue et avons marché jusqu'aux quais de la Tamise. Il était très tard à ce moment-là, peut-être 3 heures du matin. Quelques voitures sont passées à côté de nous, mais aucune n'a ralenti ni semblé nous remarquer. Nous nous sommes arrêtés à l'endroit précis où nous nous étions battus avec Phin, où j'avais vu des visages apparaître dans l'eau trouble. J'étais assez calme pour apprécier mes premiers moments de liberté en deux ans. Après avoir jeté les bouteilles vides, les sous-vêtements en soie, les flacons de parfum et les robes de soirée au fond du fleuve dans des sacs lestés de pierres, nous sommes restés immobiles quelques minutes. J'entendais nos respirations à chacun, je voyais la beauté et le calme de ce moment éclipser un instant l'horreur de ce que nous avions vécu. L'air qui nous parvenait après avoir caressé la surface noire et brillante de la Tamise était chargé d'énergie vitale, de force. Il avait l'odeur de tout ce qui nous avait manqué depuis que David Thomsen avait débarqué chez nous, depuis que lui et sa famille s'étaient installés dans la maison.

— Inspirez, recommandai-je aux filles. Vous sentez cette odeur ? C'est celle de la victoire. On a réussi.

Clemency s'est mise à pleurer en silence. Elle reniflait et s'essuyait le nez du revers de la main. Mais je savais que ma sœur prenait la mesure de ce que nous avions accompli.

Si tu n'avais pas été là, Serenity, elle n'aurait pas eu cette force. Elle aurait pleuré sa pauvre maman, elle se serait mouchée dans sa main comme Clemency. Mais grâce à toi, elle savait que nous étions plus que les enfants chéris de deux parents. Elle avait un visage déterminé et gardait la tête haute. J'étais fier d'elle.

— Ça va aller, lui glissai-je. Tu sais ça, n'est-ce pas ?

Elle a hoché la tête. On est restés comme ça une ou deux minutes de plus, jusqu'à ce que les lumières d'un remorqueur nous éclairent. Alors on s'est éloignés de la berge et on s'est précipités de l'autre côté de la route, vers la maison.

À ce moment-là, Clemency a commencé à courir.

Elle ne portait pas de chaussures. Seulement des chaussettes. Elle avait de grands pieds, et les chaussures de ma mère que nous avions trouvées étaient trop petites pour elle, tandis que celles de son père étaient trop grandes.

Je l'ai regardée courir. Pendant quelques secondes, je ne savais pas quoi faire.

— Rentre à la maison, ordonnai-je à ma sœur. Rentre tout de suite.

J'ai tourné les talons et me suis lancé à la poursuite de Clemency.

Mais je me suis rapidement rendu compte qu'en faisant cela je risquais d'attirer l'attention. Il y avait quelques passants. C'était un jeudi soir, et des jeunes gens descendaient du bus de nuit à l'arrêt de King's Road pour rentrer chez eux. Comment aurais-je pu expliquer, dans mon accoutrement ridicule, que je poursuivais une jeune fille terrifiée, vêtue de la même tunique noire et sans chaussures ?

Je me suis arrêté au coin de Beaufort Street. Mon cœur, qui n'avait plus l'habitude des courses soutenues, tambourinait dans ma cage thoracique avec tant de force que j'en avais la nausée. Plié en deux, j'ai écouté l'air entrer et sortir de mon corps comme un animal étranglé. Enfin, j'ai fait volte-face et suis rentré à la maison.

Ma sœur m'attendait dans le vestibule. Tu étais sur ses genoux, elle te donnait le sein.

— Elle est où ?

— Partie, j'ai répondu, encore essoufflé. Elle est partie…

60

Libby est suspendue aux lèvres de Clemency.

— Où est-ce que tu es allée ?

— À l'hôpital. J'ai suivi les panneaux. Les gens me regardaient bizarrement, mais en pleine nuit, aux urgences, personne ne fait vraiment attention. Il y avait des ivrognes, des fous, des gens morts d'inquiétude. Je me suis présentée à l'accueil.

« — Mon frère est en train de mourir. Il a besoin d'aide.

L'infirmière m'a dévisagée.

— Quel âge a-t-il ?

— Dix-huit ans.

— Où sont vos parents ? »

» Là, je me suis immédiatement renfermée. Je ne sais pas vraiment pourquoi. J'essayais de parler, mais les mots ne voulaient pas sortir. Je voyais mon père, mort, étendu au sol comme une sorte de messie. Et Birdie sur le toit, emmaillotée telle une momie. Comment aurais-je pu faire entrer qui que ce soit dans la maison ? Qu'auraient-ils dit ? Qu'auraient-ils fait du bébé ? De Henry ? Alors j'ai fait demi-tour, je suis retournée dans la salle d'attente. J'ai passé la nuit à bouger d'une chaise à l'autre. Dès que quelqu'un me regardait avec insistance ou avait l'air de vouloir me parler, je changeais de place.

Clemency écrase sa cigarette.

— Le lendemain matin, je me suis lavée dans les toilettes puis je suis sortie m'acheter des chaussures. J'avais un manteau, je m'étais attaché les cheveux. J'avais fait en sorte de passer aussi inaperçue que possible pour une gamine marchant pieds nus dans la rue début avril. J'avais plein d'argent sur moi. J'ai trouvé un magasin, puis je me suis promenée dans la ville. Personne ne me voyait, personne ne me regardait. J'ai marché jusqu'à la gare de Paddington en suivant les panneaux. Ça faisait déjà six ans que je vivais à Londres, mais je n'avais aucune représentation géographique de la ville. J'ai tout de même réussi à trouver la gare. J'ai acheté un billet pour aller en Cornouailles. Je n'avais pas le numéro de téléphone de ma mère. Ni son adresse. Je ne savais même pas dans quelle ville elle habitait. En revanche, je me souvenais d'informations qu'elle nous avait données après avoir déménagé là-bas, la dernière fois qu'on l'avait vue. Il y avait un restaurant sur la plage où elle nous emmènerait quand on viendrait lui rendre visite. Ils vendaient de la glace bleue et des granitas. Elle nous avait raconté qu'il y avait beaucoup de surfeurs, qu'elle les voyait de la fenêtre de son appartement. Qu'une artiste excentrique vivait dans la maison d'à côté et que son jardin était rempli de sculptures phalliques en mosaïque colorée. Il y avait aussi un restaurant de *fish and chips* au coin de sa rue. Elle avait raté le train rapide, et le sien s'était arrêté dix-sept fois avant d'arriver à Londres. Voilà comment je l'ai retrouvée. Penreath, sa rue, son appartement.

Ses yeux s'emplissent de larmes à ce souvenir. Ses doigts cherchent le paquet de cigarettes posé devant elle. Elle en sort une, l'allume et inhale profondément.

— Elle est venue ouvrir, elle m'a vue…

Sa voix se brise. Elle inspire fort.

— Elle m'a vue devant sa porte et elle m'a tirée à l'intérieur, contre elle, elle m'a prise dans ses bras pendant ce qui m'a paru une éternité. Elle sentait encore l'alcool de la veille, et je savais qu'elle n'était pas parfaite, je savais pourquoi elle n'était pas venue nous chercher, mais peu importe, c'était fini. J'étais saine et sauve. Elle m'a fait entrer et asseoir sur le canapé. Son appartement était sens dessus dessous, avec des affaires partout. Je n'étais pas du tout habituée à ça. Nous, nous vivions sans rien dans une maison vide. Elle a fait de la place sur le canapé et m'a aussitôt demandé où était mon frère. Là, je ne savais pas quoi répondre. Je m'étais enfuie en laissant mon frère prisonnier dans sa chambre. Et si je racontais pourquoi il était enfermé, il faudrait que j'explique tout le reste. Elle était détruite, comme moi, et même si j'aurais dû lui avouer la vérité, ça m'était impossible. Je lui ai dit que les adultes s'étaient suicidés tous ensemble. Que Henry, Lucy et Phin étaient encore à la maison avec toi. Que la police était en route. Que tout allait bien. Ça paraît stupide, bien sûr, mais rappelle-toi ce que j'avais vécu, ce qu'on avait subi. Je ne savais plus à qui me fier. Pendant toutes ces années, nous n'avions été que des enfants livrés à nous-mêmes. Lucy et moi étions inséparables, comme des sœurs. Du moins jusqu'à ce qu'elle tombe enceinte.

— Lucy était enceinte ?

— Oui. Je pensais… je pensais que tu savais.

Le cœur de Libby se met à battre rapidement.

— Que je savais quoi ?

— Que Lucy…

Libby devine ce qu'elle va dire. Elle pose sa main sur sa gorge.

— Quoi ? articule-t-elle.

— Lucy est ta mère.

Libby contemple la photo du cancer de la bouche sur le paquet de cigarettes de Clemency et absorbe chacun des détails répugnants de cette image pour refouler la nausée qui monte en elle. Sa mère n'est pas une belle femme avec la même chevelure que Priscilla Presley. Sa mère est une adolescente.

— Et mon père ? interroge-t-elle un moment plus tard.

Clemency la regarde d'un air navré.

— C'était… mon père.

Libby acquiesce. C'est ce qu'elle imaginait.

— Elle avait quel âge ?

Clemency baisse la tête.

— Quatorze ans. Mon père en avait plus de quarante.

Libby cligne des yeux lentement.

— Est-ce qu'il l'a… ?

— Non. Lucy disait que non. Selon elle, c'était…

— Consenti ?

— Oui.

— Mais elle était si jeune. Même si c'était consenti, ça reste un crime.

— C'est vrai. Mais mon père était un homme très charismatique. Il pouvait à la fois te donner l'impression d'être quelqu'un d'exceptionnel ou, au contraire, te convaincre que tu étais en dessous de tout. Il valait mieux faire partie des gens exceptionnels. J'imagine aisément comment il s'y est pris avec elle. Oui… Mais c'est inacceptable. Ça me dégoûtait. Je le détestais d'avoir fait ça. Je la détestais aussi de ne m'avoir rien dit.

Elles se taisent un moment. Libby prend le temps de laisser décanter en elle les révélations de ces dernières minutes. Sa mère était si jeune. Maintenant, elle doit avoir une quarantaine d'années, et personne ne sait où elle se trouve. Son père était un vieux pervers, un pédophile, un monstre.

Son téléphone sonne. C'est un message WhatsApp provenant d'un numéro inconnu.

— Pardon, je vais regarder ce que c'est, s'excuse-t-elle en ouvrant le message.

Il s'agit d'une photo, sous laquelle il est écrit : « On t'attend ici, viens ! »

Le cliché a été pris dans la maison de Cheyne Walk. Assise sur le sol, une femme fait coucou à la caméra. Fine, les cheveux sombres, très bronzée. Elle porte un gilet sans manches et a les bras tatoués. À sa gauche, un adolescent très beau, tout aussi bronzé qu'elle, avec les cheveux bruns. À sa droite, une adorable fillette aux cheveux d'or bouclés, à la peau olive et aux yeux verts lumineux. Un petit chien blanc, noir et marron est couché à leurs pieds. Au premier plan, tenant le téléphone à bout de bras, souriant de toutes ses dents très blanches à la caméra, se tient l'homme qui se fait appeler Phin.

Libby tourne son portable vers Clemency.

— Est-ce que c'est…

— Oh, mon Dieu ! s'exclame-t-elle en pointant du doigt la femme. C'est elle ! C'est Lucy !

Libby zoome sur le visage de l'inconnue. Elle ressemble à Martina, à la femme qui n'est finalement pas sa mère. Elle a la peau hâlée. Ses cheveux sont noirs et brillants, mais contrairement à ceux de Martina, ils s'éclaircissent aux pointes. Son front est légèrement ridé. Ses yeux sont marron foncé, comme ceux du garçon à ses côtés. Son visage est buriné, elle a l'air fatiguée. Mais elle est d'une beauté renversante.

Ils se garent à proximité de la maison de Cheyne Walk cinq heures plus tard.

Arrivée à la porte, Libby touche les clés dans la poche de son sac à main. Elle pourrait ouvrir. C'est sa maison.

Elle a un mouvement de recul quand elle prend conscience de son erreur. Ce n'est pas sa maison, pas du tout. Cette maison est celle du bébé de Martina et Henry. Un bébé qui n'est jamais né.

Elle laisse les clés dans son sac et appelle le numéro qui lui a envoyé la photo.

— Allô ? répond une voix douce et mélodique.

— Lucy ?

— Oui.

— C'est… Serenity.

61

Lucy raccroche et regarde Henry.

— Elle est là.

Ils marchent jusqu'à la porte d'entrée.

Le chien se met à aboyer en entendant une présence à l'extérieur. Henry le prend dans ses bras et lui dit de se taire.

Le cœur de Lucy bat la chamade. Elle pose la main sur la poignée, puis lisse ses cheveux, esquisse un sourire.

La voilà. La fille qu'elle a dû abandonner. La fille pour qui elle a tué un homme.

Elle a une taille moyenne, une corpulence moyenne, et ne ressemble plus du tout au bébé grassouillet qu'elle a laissé dans son berceau Harrods. Elle a les cheveux blonds et brillants, mais plus de boucles. Les yeux bleus, mais plus pâles que ceux du bébé qu'elle a quitté. Elle tient entre ses doigts un sac vert vif. Elle porte un petit anneau doré, orné d'un cristal à chaque oreille. Pas de maquillage.

— Serenity ?

Elle hoche la tête.

— On m'appelle plutôt Libby, dit-elle d'un ton léger.

Lucy rit.

— Libby, bien sûr ! Entre, entre.

Elle résiste à l'envie de la serrer dans ses bras et la guide à l'intérieur en posant une paume sur son épaule.

Derrière Serenity, il y a un grand et bel homme barbu, qui s'appelle Miller Roe.

— Un ami.

Lucy les conduit dans la cuisine où ses enfants sont assis et attendent nerveusement.

— Les enfants, je vous présente Serenity. Libby, en fait. Et Libby est…

— Le bébé ? complète Marco, les yeux écarquillés.

— Exactement.

— Quel bébé, maman ? demande Stella.

— Le bébé que j'ai eu quand j'étais très jeune. Le bébé que j'ai dû laisser à Londres. Le bébé dont je n'ai jamais pu vous parler. C'est votre grande sœur.

Marco et Stella la regardent, bouche bée. Libby leur adresse un signe de la main. Personne ne dit plus rien.

— Je le savais ! s'exclame Marco. Dès que j'ai vu le message sur ton téléphone, j'ai su que c'était ton bébé ! J'avais raison !

Il se lève et traverse la cuisine en courant. Lucy croit qu'il va s'enfuir, qu'il lui en veut d'avoir une fille cachée, mais il se précipite vers Libby et la prend dans ses bras. Lucy voit Libby ouvrir grand les yeux sous l'effet de la surprise, puis passer sa main dans les cheveux de Marco en souriant.

Bien sûr, puisque Marco l'a fait, Stella l'imite et s'accroche aux hanches de Libby. Voilà, pense Lucy. Ils sont tous là. Ses trois bébés. Ensemble, enfin. Elle pose une paume sur sa bouche, et des larmes ruissellent le long de ses joues.

62

Chelsea, 1994

Je ne suis pas complètement dépourvu d'émotions, Serenity, je te le jure.

Tu te souviens que je t'avais tenu la main le jour de ta naissance et qu'en te regardant j'avais senti quelque chose éclore en moi ? J'ai éprouvé la même sensation quand je t'ai revue, il y a deux jours. Pour moi, tu étais encore ce bébé, cet être innocent et pur.

Mais il y avait aussi une autre raison à mon trouble.

Ces yeux bleus, cette peau crémeuse, ces longs cils noirs...

Tu ne ressembles pas tellement à Lucy.

Tu ne ressembles pas non plus à David Thomsen.

Mais tu es le portrait craché de ton père.

Comment ne m'en suis-je pas rendu compte quand tu étais bébé ? Avec tes boucles blondes, tes yeux clairs, tes lèvres charnues. Et comment David, Birdie et nos parents ont-ils pu passer à côté de cela ? L'idée devait leur paraître inenvisageable. Inimaginable.

Ma sœur couchait avec David et Phin en même temps. Elle me l'apprit quelques heures après l'anniversaire de Birdie.

Nous n'avions pas encore décidé quoi faire. Phin perdait les pédales dans sa chambre, et j'avais dû l'attacher au radiateur pour qu'il ne se fasse pas de mal. Pour son bien.

En le découvrant, Lucy en fut horrifiée.

— Qu'est-ce que tu as fait ? s'écria-t-elle.

— Il risque de se blesser, me justifiai-je. Je le détacherai quand on aura un plan.

Elle te tenait dans ses bras. Elle ne t'avait pas lâchée depuis qu'elle t'avait sauvée des griffes de Birdie quelques heures auparavant.

— Il faut appeler une ambulance.

— Oui, mais n'oublie pas qu'il y a quatre cadavres dans la maison et qu'on pourrait finir en prison.

— Mais c'était un accident, on n'a voulu tuer personne. La police nous croira.

— Non, Lucy. On ne réussira peut-être pas à les convaincre qu'ils nous ont maltraités. On n'a aucune preuve de ce qui s'est passé ici. Tout ce qu'on a, c'est notre version des faits.

Et, à ce moment-là, je t'ai vue. Si on décidait d'alerter la police, ils se rangeraient de notre côté. Ce dont nous avions besoin était juste sous nos yeux. C'était toi.

— Lucy, le bébé. C'est la preuve que tu as été agressée. Tu as quinze ans. Quand Serenity est née, tu en avais quatorze. On peut faire un test ADN, prouver que David est le père. Tu peux dire qu'il t'a violée à plusieurs reprises depuis qu'il est arrivé. Avec la complicité de Birdie. Qu'ils ont volé ton bébé. C'est presque la vérité. Et moi, je dirai… je dirai que je les ai trouvés comme ça. Je peux écrire une lettre d'adieu qui explique qu'ils ont eu honte d'avoir agi de la sorte, de la manière dont ils nous ont traités.

J'étais sur un petit nuage. On allait s'en sortir. On n'irait pas en prison. Phin serait soigné. Lucy garderait son bébé. Tout le monde nous croirait.

— Henry… David n'est pas le père de Serenity.

Mais quelle naïveté, je vous jure ! Je ne devinais toujours pas.

Mais qui ça pouvait bien être ?

Et, enfin, mon cerveau a percuté. J'ai explosé de rire. Puis la nausée m'a pris.

— Vraiment ? Phin et toi ?

Lucy a hoché la tête.

— Mais comment… Je ne comprends pas !

— Dans sa chambre, a-t-elle répondu, la tête basse. Ça ne s'est produit que deux fois. C'était, je ne sais pas… pour se réconforter. Je m'inquiétais parce qu'il avait l'air si malade. Et petit à petit…

— Mais quelle traînée !

Elle a essayé de me calmer, mais je l'ai repoussée.

— Ne me touche pas ! Tu me dégoûtes. Tu es immonde et malsaine. Une salope. Une vraie salope !

Certes, je n'ai pas fait dans la dentelle, mais je crois que je n'ai jamais éprouvé autant de répulsion pour un être humain que pour Lucy ce jour-là.

Je ne pouvais plus la regarder ni réfléchir. Dès que j'essayais d'avoir une nouvelle idée, d'élaborer un plan pour nous tirer de ce guêpier, des images de Lucy et de Phin m'assaillaient. Phin sur elle… Phin qui l'embrassait… Ses mains, celles que j'avais tenues sur le toit, caressant le corps de ma sœur… Je n'avais jamais ressenti une telle rage, une telle haine, une douleur si vive.

J'avais envie de tuer quelqu'un. Et, cette fois, volontairement.

J'ai couru dans la chambre de Phin. Lucy a tenté de m'en empêcher, en vain.

— C'est vrai, ça ? m'écriai-je en entrant. Que tu as couché avec Lucy ?

Il m'a lancé un regard vide.

— Alors ? ai-je poursuivi sur le même ton. Dis-moi la vérité !

— Je ne te dirai rien tant que tu ne me détacheras pas.

Sa voix était très faible, comme si elle allait s'éteindre.

Immédiatement, ma colère s'est atténuée, et je me suis assis au pied de son lit.

Je lui ai pris les mains. Quand j'ai relevé la tête, il avait les yeux fermés. J'ai attendu un instant en silence.

— Est-ce que tu es en train de mourir, Phin ?

— J'en sais rien, putain.

— Il faut qu'on te sorte d'ici. Fais un effort.

— Je ne peux pas.

— Il le faut.

— Laisse-moi ici. Je veux mourir.

Je dois avouer qu'à ce moment-là j'ai pensé à lui poser un oreiller sur la tête et à appuyer fort, à garder mon visage près du sien pour recueillir son dernier souffle, à murmurer des mots réconfortants à son oreille, à l'anéantir, à voler le peu d'énergie vitale qu'il lui restait. Serenity, sache qu'à part le fœtus de ma mère (et j'ai fait beaucoup de recherches, il semble presque impossible d'avorter une grossesse saine avec du persil), je n'ai jamais tué de façon intentionnelle. J'ai une personnalité assez sombre, je le sais bien. Je ne ressens pas les émotions comme les autres gens. Mais je suis aussi capable de compassion et d'amour.

Et j'aimais Phin plus que tout.

J'ai détaché son poignet du radiateur et me suis étendu à ses côtés.

— Est-ce qu'un jour tu m'as aimé, même un tout petit peu ?

— Je t'ai toujours bien aimé, Henry. Pourquoi est-ce que je ne t'aimerais pas ?

J'ai pris le temps de réfléchir à ma réponse.

— Parce que moi je t'aime trop ?

— C'était fatigant, oui, murmura-t-il avec une pointe d'humour. Très fatigant.

— Je comprends. Je suis désolé d'avoir laissé ton père penser que tu m'avais poussé dans la Tamise. D'avoir essayé de t'embrasser. D'avoir été si pénible.

Autour de nous, la maison craquait, bruissait. Tu étais endormie. Lucy t'avait déposée dans le vieux berceau dans la chambre de mes parents. Je n'avais pas fermé l'œil depuis trente-six heures, et le silence, la respiration de Phin, m'ont plongé aussitôt dans un sommeil exquis.

Quand je me suis réveillé, deux heures plus tard, Lucy et Phin avaient disparu. Mais toi, tu étais toujours là.

63

Libby observe Lucy, cette femme qui est venue de France en Angleterre pour la voir, amenant avec elle ses deux enfants et leur chien. Elle n'a pas l'air d'être du genre à abandonner ceux qu'elle aime.

— Pourquoi est-ce que tu m'as laissée ?

Sa mère secoue vivement la tête.

— Je ne t'ai pas laissée. Jamais. Mais Phin était très malade, et toi tu étais en parfaite santé. Alors je t'ai déposée dans ton berceau, j'ai attendu que tu t'endormes et je suis remontée dans la chambre de Phin. Henry s'était endormi, et je l'ai convaincu de se lever. Il était si lourd, et j'étais si faible. J'ai réussi à sortir de la maison avec lui et je suis allée sonner chez le docteur de mon père. Je me souvenais d'être allée chez lui quand j'étais petite, c'était juste au coin de la rue. Je me rappelais une grande porte rouge. Il était aux alentours de minuit. Il est venu m'ouvrir en robe de chambre. Je lui ai dit qui j'étais, puis que j'avais de l'argent, que je pouvais le payer, reprend-elle avec un rire triste. Il avait l'air en colère, mais il a regardé Phin et s'est approché de lui. Il a fait une grimace et est remonté en vitesse à l'étage en marmonnant. Quand il est redescendu, il s'était changé et portait une chemise et un pantalon. Il nous a emmenés dans son cabinet. Toutes les lumières étaient éteintes. Il les a allumées. Deux rangées de néon, je ne voyais plus rien. Il a installé Phin sur la table d'examen. Il l'a ausculté rapidement en me posant des questions. « Où sont tes parents ? » Je ne savais pas quoi répondre. « Ils sont partis. » Il m'a jeté un regard en coin, comme pour me dire qu'on en reparlerait. Ensuite, il a donné un coup de fil et expliqué la situation avec beaucoup de jargon médical. Trente minutes plus tard, un jeune homme est arrivé. C'était l'infirmier du docteur. Ils ont dû faire passer à Phin une bonne dizaine de tests. Après quelques heures, l'infirmier est parti avec tout un sac de prélèvements à apporter au laboratoire. Je n'avais pas dormi depuis deux jours. Je voyais des étoiles partout autour de moi. Le docteur m'a préparé un chocolat chaud. C'était… Ça va te sembler fou, mais c'était le meilleur chocolat chaud de toute ma vie. Je me suis assise sur le canapé de sa salle d'attente et je me suis endormie. Quand je me suis réveillée, il était 5 heures du matin. L'infirmier était de retour. Phin avait une perfusion, mais ses yeux étaient ouverts. Le docteur Broughton m'a expliqué qu'il souffrait de malnutrition sévère. Avec beaucoup de soins et de repos, ça devrait aller. Là, j'ai craqué : « Son père est mort. J'ignore où est sa mère. On a un bébé. Je ne sais pas quoi faire. » Quand j'ai dit qu'on avait un enfant, son visage s'est décomposé.

« — Mon Dieu. Mais tu as quel âge ?

— Quinze ans.

Il paraissait très choqué.

— Où est ton bébé ?

— À la maison. Avec mon frère.

— Et tes parents, où sont-ils ?

— Ils sont morts.

— Je suis désolé, je ne savais pas… Bon, je préférerais ne rien avoir affaire avec toute cette histoire, mais tu as amené ce garçon chez moi, et c'est mon devoir de prendre soin de lui. Je vais le garder ici pendant quelque temps. J'ai une chambre pour lui.

Je lui ai dit que je voulais retourner à la maison, aller te chercher.

— Tu as l'air anémiée. Je dois aussi te faire quelques prélèvements avant de te laisser partir. Il faut que tu manges quelque chose. »

» Il m'a donné un bol de céréales et une banane. Il m'a fait une prise de sang, a vérifié ma tension, mes dents, mes oreilles, comme une bête qu'on va vendre. Il m'a dit que j'étais déshydratée, qu'il fallait que je me repose et qu'il me mette sous perfusion.

Lucy lève les yeux vers sa fille.

— Je suis tellement désolée. Quand il m'a enfin laissée partir, tout était fini. La police était venue, les services sociaux aussi, et ils t'avaient embarquée.

Des larmes coulent sur ses joues.

— Je suis arrivée trop tard.

64

Chelsea, 1994

C'est moi qui me suis occupé de toi, Serenity. Je suis resté avec toi. Je t'ai donné à manger des bananes écrasées, du lait de soja, du porridge, du riz. J'ai changé tes couches. Je t'ai chanté des berceuses. On a passé de longues heures ensemble, toi et moi. Au bout d'un moment, je me suis dit que Lucy et Phin ne reviendraient pas et que les cadavres allaient bientôt commencer à se décomposer. J'avais peur que quelqu'un n'ait déjà alerté les autorités. Il fallait que je parte. J'ai ajouté quelques phrases à la lettre d'adieu.

Notre bébé s'appelle Serenity Lamb. Elle a dix mois. Faites qu'elle soit confiée à une bonne famille, s'il vous plaît.

J'ai glissé le stylo que j'avais utilisé pour écrire ces mots dans la main de ma mère, puis je l'ai retiré et posé sur la table à côté de la lettre. Je t'ai donné à manger et j'ai changé ta couche.

Au moment de partir, j'ai senti dans la poche de ma veste la patte de lapin de Justin. Je l'ai mise dans ton berceau pour qu'elle te porte chance, même si je ne croyais pas vraiment à ce genre de superstitions, et que, de toute évidence, elle ne m'en avait pas apporté beaucoup depuis que je l'avais récupérée. Je voulais le meilleur pour toi, Serenity. Tu étais le seul être pur de cette maison, la seule bonne chose qui soit sortie de toute cette histoire. Alors je l'ai posée à côté de toi.

Ensuite, j'ai déposé un baiser sur ta joue.

— Au revoir, bébé chéri.

Je suis parti par le jardin, un costume sur mesure de mon père sur le dos, une paire de ses élégantes chaussures aux pieds. J'avais attaché la cravate texane au col de la chemise que je portais et coiffé mes cheveux sur le côté. Mon sac était rempli d'argent et de bijoux. Je suis sorti dans le soleil du matin, j'ai senti sa chaleur dorée sur ma peau fatiguée. Je me suis engouffré dans une cabine téléphonique et j'ai appelé la police. En prenant une fausse voix, je leur ai dit m'inquiéter pour mes voisins. Je ne les avais pas vus depuis quelque temps. Un bébé pleurait sans cesse.

Ensuite, je suis allé vers King's Road. Les magasins n'avaient pas encore ouvert. J'ai continué jusqu'à la gare Victoria, je me suis installé à la terrasse d'un café miteux dans mon magnifique costume, et j'ai commandé un expresso. Je n'en avais jamais bu de ma vie et j'en avais vraiment très envie. On me l'a servi, j'y ai trempé les lèvres, c'était répugnant. J'ai versé deux sachets de sucre et je me suis forcé à le boire. Ensuite, je me suis mis en quête d'un hôtel peu regardant sur mon identité et j'ai payé pour trois nuits. Personne ne m'a demandé mon âge. Dans le registre, j'ai écrit « Phineas Thomson ». Thomson avec un O, pas un E. Je voulais presque être Phin, mais pas tout à fait lui.

Dans ma chambre, j'ai allumé la télé. À la fin du journal, ils en ont brièvement parlé. Trois cadavres. Un suicide collectif. Une secte. Un bébé en parfaite santé. Des enfants disparus. Une enquête ouverte. Les photos qu'ils avaient dataient de notre dernière année à l'école. J'avais dix ans et les cheveux très courts, ma sœur huit ans et une coupe au bol. On ne pouvait pas nous reconnaître. Personne n'a mentionné Phin ni Clemency.

J'étais profondément soulagé.

Et ensuite ? Que s'est-il passé pour que ce garçon de seize ans, en caleçon sur un lit dans la chambre d'un hôtel décrépi, qui regardait les informations devienne le quadragénaire que je suis ?

Vous avez envie de le savoir ? Allons bon.

Eh bien, j'ai trouvé un travail dans un atelier de réparation à Pimlico. Les propriétaires étaient une famille de Bengalis complètement fous qui se fichaient de mon histoire pourvu que j'arrive à l'heure.

J'ai réussi à louer un studio. J'ai acheté des livres sur les langages informatiques, un ordinateur, et j'ai appris à coder le soir chez moi.

Internet avait décollé, et les téléphones portables aussi. J'ai quitté l'atelier pour travailler dans un magasin de téléphonie mobile situé sur Oxford Street.

J'ai déménagé dans un appartement avec une chambre et un salon à Marylebone, juste avant que le quartier devienne hors de prix. J'ai commencé à me teindre les cheveux en blond. Je faisais du sport. Je me suis musclé. Je sortais dans des clubs le soir et couchais avec des inconnus. Je suis tombé amoureux d'un homme, mais il me frappait. Je me suis entiché d'un autre, mais il m'a quitté. Je me suis fait blanchir les dents. J'ai acheté des poissons tropicaux. Ils sont morts. J'ai décroché un boulot dans une nouvelle entreprise numérique. Au début, on était cinq. Au bout de trois ans, on était cinquante, je gagnais un salaire annuel à six chiffres et j'avais mon propre bureau.

Je me suis acheté un T4 à Marylebone. Je suis tombé amoureux. Il m'a dit que j'étais ignoble, que personne ne m'aimerait jamais et m'a quitté. Je me suis fait refaire le nez. Allongé les cils. Un petit rien pour remplir mes lèvres.

En 2008, je me suis rendu chez le notaire qui avait rédigé le testament de mes parents. Pendant toutes ces années, j'avais essayé d'oublier la maison de Cheyne Walk et ce qui s'y était passé, de prendre un nouveau départ avec une autre identité (légèrement usurpée). Je ne voulais rien avoir affaire avec ce pauvre Henry Lamb au passé trouble. Il ne faisait plus partie de mon histoire. Mais, en vieillissant, j'ai commencé à penser de plus en plus à toi, Serenity. Je voulais savoir où tu étais, qui étaient tes amis, si tu étais heureuse.

Pour les journalistes et la police, tu étais la fille de Martina et Henry Lamb. Ma « lettre d'adieu » avait été prise au sérieux, et aucun test ADN n'avait été réalisé. En me souvenant du testament de mes parents, j'ai compris qu'un jour tu allais refaire surface. Cependant, j'ignorais si la maison était toujours aux mains du même notaire et si David avait réussi à obtenir de ma mère qu'elle change les termes du testament.

J'avais déjà trente ans passés à cette époque. J'étais grand, blond, athlétique, bronzé. J'ai prétendu que je m'appelais Phineas Thomson.

— Je cherche des informations sur une famille que je connaissais. Les Lamb. Ils vivaient à Cheyne Walk.

Une jeune femme a fouillé dans des registres, tapé des choses sur son clavier, et m'a confirmé qu'ils avaient en charge un bien pour cette famille, mais qu'elle ne pouvait pas m'en dire plus.

Un type mignon travaillait dans cette étude notariale. Nos regards s'étaient croisés pendant que je patientais dans le hall. J'ai attendu devant leurs bureaux jusqu'à l'heure du déjeuner et je l'ai abordé quand il est sorti. Il s'appelait Josh, mais tout le monde s'appelle Josh ces temps-ci.

Je l'ai invité chez moi, lui ai préparé à manger, l'ai sauté, et bien sûr, puisque je ne faisais que l'utiliser, il est tombé amoureux de moi. Après un mois à lui faire croire que je l'aimais aussi, il m'a trouvé le dossier, en a fait une copie et me l'a apportée.

C'était écrit noir sur blanc, sous mes yeux, comme mes parents l'avaient décidé quand j'étais un bébé et que Lucy n'était pas encore née. La maison du 16 Cheyne Walk et tous les biens qu'elle renfermait reviendraient aux descendants de Martina et Henry Lamb quand l'aîné serait âgé de vingt-cinq ans. David n'était donc pas parvenu à changer cela, et Lucy n'était pas venue réclamer la maison. Celle-ci attendait donc calmement le jour de ton vingt-cinquième anniversaire. Quelqu'un de plus cynique que toi s'imaginera peut-être que je te cherchais simplement pour mettre la main sur ma part de l'héritage. Je ne pouvais pas prouver que j'étais Henry Lamb ni prétendre à cette maison, mais si je te retrouvais, je pourrais profiter de ce qui me revenait de droit. Crois-moi, je n'ai pas agi pour l'argent. J'en ai plus qu'il n'en faut. J'ai fait ça pour mettre un terme à toute cette histoire. Et pour te retrouver, Serenity, pour honorer notre lien.

En juin de cette année, j'ai loué un Airbnb de l'autre côté du fleuve. Je me suis acheté des jumelles pour observer les alentours depuis ma terrasse.

Un matin, j'ai escaladé la gouttière de la maison et j'ai passé toute la journée sur le toit à récupérer les restes du squelette de Birdie, à détacher un à un ses petits os. Je les ai rassemblés dans un sac-poubelle. Quand il a fait noir, je l'ai jeté dans la Tamise. Je ne m'attendais pas à ce qu'il soit si léger. J'ai dormi sur mon vieux matelas et je suis rentré dans l'appartement loué le lendemain. Quatre jours plus tard, tu es arrivée. Avec le notaire, qui a retiré le panneau de protection. Tu as ouvert la porte. Tu l'as refermée derrière toi.

Quel soulagement.

Enfin.

Le bébé était revenu.

65

— Qu'est-ce qui est arrivé à Phin quand vous êtes partis de chez le docteur ? demande Libby. Est-ce qu'il s'est remis ?

— Oui, il allait bien.

— Il est toujours vivant ?

— J'imagine que oui.

Libby n'en revient pas.

— Mon Dieu. Où est-il ?

— Je ne sais pas. Je ne l'ai pas revu depuis mes dix-huit ans. On a vécu ensemble en France pendant quelques années. Puis on s'est perdus de vue.

— Comment est-ce que vous êtes arrivés en France ?

— Le docteur nous y a emmenés. Pas lui directement, mais l'un de ses contacts. Il connaissait tout le monde. C'était le genre de personne… Un pourvoyeur, si l'on peut dire. Il avait toujours quelqu'un à appeler qui lui devait un service. Je crois qu'il avait soigné pas mal de criminels. Ce n'était pas la première fois qu'on le sortait du lit au milieu de la nuit. Il avait même recousu des blessures par balles. Quand il s'est rendu compte qu'on parlait de nous à la télévision, il a organisé notre départ. Au bout d'une semaine, on était en assez bonne santé pour voyager. Un certain Stuart nous a transportés au fond de sa camionnette, par le tunnel sous la Manche, jusqu'à Bordeaux. Il nous a déposés dans la ferme d'une femme qui s'appelait Josette. Une autre connaissance du docteur. Elle nous a logés et nourris pendant plusieurs mois en échange de travaux agricoles. Elle ne nous a jamais demandé qui on était ni pourquoi on était là. Entre Phin et moi, il n'y avait rien. Ce qui s'était passé, c'était seulement dû à la situation étouffante dans la maison. Une fois libres, on était amis. Frère et sœur. Mais on parlait de toi tout le temps. On se demandait comment tu allais, qui s'occupait de toi, si tu étais jolie, gentille, quel genre de femme tu deviendrais… Et on se disait qu'on avait eu de la chance de t'avoir.

— Est-ce que vous pensiez à revenir me chercher ?

— Bien sûr. Moi, surtout. Phin était plus prudent. Il s'inquiétait plus de son avenir que de son passé. On ne parlait pas du reste. Des parents, de ce qu'il s'était passé. J'avais essayé plusieurs fois, mais il ne voulait pas. Il avait fait une croix sur tout ça. C'était comme s'il n'avait pas vécu ces événements. Il n'a pas tardé à récupérer. Il était fin et bronzé. Moi aussi. Josette m'a prêté son vieux violon. En hiver, je jouais pour elle et en été, quand la ferme se remplissait de travailleurs agricoles et d'étudiants, je jouais aussi pour eux. Les vendredis et samedis soir, je sortais en ville avec le violon. J'ai commencé à gagner un peu d'argent. J'économisais pour qu'on puisse retourner à Londres avec Phin, pour venir te chercher. Un matin, deux ans après notre arrivée, je me suis réveillée et il avait disparu. Il m'avait écrit un mot pour me dire qu'il partait à Nice.

Lucy soupire.

— J'ai passé le reste de l'été à Bordeaux, j'ai économisé jusqu'à pouvoir m'acheter un billet de train pour Nice. J'ai passé des semaines à dormir sur la plage, à le chercher dans toute la ville. Au bout d'un moment, j'ai abandonné. J'avais le violon de Josette. Je jouais tous les soirs et je gagnais assez pour me payer une chambre dans une auberge. J'ai eu dix-neuf ans, vingt, vingt et un. Puis j'ai rencontré un homme. Un homme très riche dont j'étais folle amoureuse. On s'est mariés, on a eu un fils. J'ai quitté cet homme très riche et j'ai rencontré un homme très pauvre. J'ai eu une fille. L'homme très pauvre m'a quittée et…

Elle s'interrompt. Libby étudie le visage de sa mère. Elle y lit une expression qu'elle n'a jamais vue, qu'elle ne comprend pas. Puis Lucy se ressaisit.

— Et tu as eu vingt-cinq ans, et je suis revenue.

— Pourquoi est-ce que tu n'es pas revenue plus tôt ? Quand toi, tu as eu vingt-cinq ans ? Tu n'étais pas au courant de l'héritage ?

— Si, bien sûr. Mais je ne pouvais pas prouver que j'étais Lucy Lamb. Je n'avais pas de certificat de naissance, seulement un faux passeport. Et j'étais prise au piège dans une relation toxique avec le père de Marco à ce moment-là. C'était vraiment…

Elle reprend son souffle.

— Et je me suis dit que si Henry ne réclamait pas la maison, que je ne le faisais pas non plus, alors elle te reviendrait automatiquement, puisque tout le monde croyait que tu étais la fille de mes parents. J'ai décidé de procéder ainsi. D'attendre que tu aies vingt-cinq ans et de revenir à ce moment-là. Dès que j'ai eu un téléphone portable, j'ai mis une alerte pour ne pas oublier. Depuis tout ce temps, je ne rêvais que de ça. Revenir.

— Et Phin ? demande Libby avec inquiétude. Qu'est-ce qui lui est arrivé ?

— J'imagine qu'il est parti quelque part où on ne pouvait pas le retrouver. Je pense que c'est ce qu'il voulait.

Libby soupire. Enfin, le puzzle est presque complet. Mais il manque une pièce. Son père.

IV

66

Libby est assise, son téléphone entre les mains. Elle est connectée sur l'application de sa banque et elle rafraîchit la page principale tous les quarts d'heure depuis 9 heures ce matin.

C'est le jour de la vente de la maison de Cheyne Walk.

Il y a un mois, ils ont réussi à obtenir une promesse d'achat, après des semaines sans visite. Quand ils ont décidé de baisser le prix, ils ont reçu une avalanche d'offres, puis deux acheteurs se sont rétractés au dernier moment, jusqu'à ce qu'enfin l'affaire soit réglée grâce à un riche Sud-Africain qui pouvait payer comptant.

Sept millions quatre cent cinquante mille livres.

Mais son compte en banque affiche toujours cent trente-huit livres. Ce qui reste de son dernier salaire.

Elle soupire et se tourne vers son ordinateur. Sa dernière cuisine. Un joli modèle épuré et moderne, avec des poignées en cuivre et un plan de travail en marbre. La cuisine d'un couple de jeunes mariés. Elle va être magnifique. Elle aimerait rester pour voir le résultat, mais ce n'est pas possible. Aujourd'hui est son dernier jour à Northbone Kitchens.

C'est aussi son vingt-sixième anniversaire, son vrai anniversaire. Pas le 19, mais le 14 juin. Elle a donc vieilli de cinq jours. Ça ne la dérange pas. Cinq jours, ce n'est pas cher payé pour une mère, un oncle, un demi-frère, une demi-sœur et sept millions. Maintenant qu'une fausse date ne rythme plus les étapes de son existence, elle se fiche de fêter sa naissance cinq jours plus tôt.

Elle rafraîchit à nouveau la page.

Trois cent neuf livres. Un remboursement de la semaine dernière vient d'être crédité sur son compte.

Dehors, le soleil brille. Elle jette un coup d'œil à Dido.

— Tu veux aller déjeuner ? Je t'invite.

Dido la regarde par-dessus ses lunettes et lui sourit.

— Carrément !

— Selon l'arrivée ou non de ce virement, je t'offre soit un sandwich et un soda, ou du homard et du champagne.

— C'est pas si bon que ça, le homard, répond sa collègue avant de baisser la tête et de se remettre au travail.

À 11 heures, le téléphone de Libby vibre. Elle a reçu un message de sa mère.

On a réservé pour 20 heures ! À plus tard !

Lucy habite avec son frère dans son grand appartement de Marylebone. Apparemment, cela ne se passe pas très bien. Henry, qui vit seul depuis vingt-cinq ans, n'est pas ravi de partager son chez-lui avec des enfants. Et ses chats détestent Fitz. Sa mère se cherche une maison. À St Albans. Libby a repéré pour elle un magnifique cottage entouré d'un terrain d'un demi-hectare en bordure de la ville.

Elle actualise la page.

Trois cent neuf livres.

Elle ouvre sa messagerie pour vérifier s'il n'y a pas un problème. Aucun message.

Une fois les droits de succession payés, la somme sera divisée par trois. Libby a proposé de renoncer à sa part. Ce n'est pas sa maison, après tout. Elle n'est pas leur sœur. Mais ils n'ont rien voulu entendre.

— Je n'ai pas besoin d'un tiers. Quelques milliers de livres, à la limite…

— Tu es leur petite-fille. C'est ton argent autant que le nôtre.

À 13 heures, elles sortent déjeuner.

— Je suis désolée, mais ce sera plutôt un sandwich.

— Parfait, c'est ce que je voulais manger !

Elles marchent jusqu'au parc du quartier et s'assoient à la terrasse d'un café, en plein soleil.

— Je n'arrive pas à réaliser que tu pars. Ça va être vraiment… J'allais dire calme, mais ce n'est pas comme si tu étais très exubérante. Non, ça va être vraiment vide de Libby, de tes jolis cheveux, de tes piles toutes bien rangées.

— Hein ?

— Oui, tu sais.

Elle mime une pile de dossiers bien alignés.

— Rien qui dépasse, poursuit-elle avec un sourire. Tu vas me manquer, voilà.

— Tu n'as jamais pensé à partir, toi ? Quand tu as récupéré ta maison et tout le reste. J'imagine que tu n'as pas besoin de travailler, si ?

Dido hausse les épaules.

— Probablement pas. Parfois, j'ai envie de tout laisser tomber pour passer la journée à l'étable avec Étincelle avant qu'il meure. Mais la réalité, c'est que je n'ai pas grand-chose dans ma vie en dehors du travail. Alors que toi, tu as tout ce qu'il faut. Tout ce qu'une cuisine ne pourra jamais t'offrir.

Libby sourit. Dido n'a pas tort.

Ce n'est pas seulement une question d'argent. Pas du tout.

Maintenant, elle a des gens autour d'elle, elle fait partie d'une famille qui la soutient. Elle a découvert qu'elle était bien plus que la fille des piles nettes, la pro de l'organisation. Qu'elle n'était pas du tout cette personne, d'ailleurs.

Elle avait dû devenir ainsi pour pallier les manquements de sa mère, pour s'intégrer à l'école, dans un groupe d'amis dont elle n'avait jamais vraiment partagé les valeurs et les centres d'intérêt. Elle peut être bien plus qu'une collègue distante et une liste de critères impossibles sur Tinder. Elle est la fille de parents bien plus intéressants que ceux qu'elle s'était inventés – le graphiste et l'attachée de presse avec la voiture de sport et les petits chiens –, quel manque d'imagination !

Elle actualise l'application par réflexe.

Elle regarde son téléphone. Une succession de chiffres insensée s'affiche sur son écran. Il y a trop de zéros, trop de tout. Elle tend son portable à son amie.

— Pince-moi…

Dido étouffe un cri avec ses mains. Elle pivote vers l'entrée du café.

— Garçon, deux bouteilles de votre meilleur Dom Pérignon et treize homards. Et que ça saute !

Il n'y a pas de serveur, et les clients de la table d'à côté leur lancent un regard interloqué.

— Elle vient de gagner au loto !

— Quelle chance ! s'extasie leur voisine.

Dido se penche vers son amie.

— Si j'étais toi, je ne retournerais pas au travail cet après-midi. C'est ton anniversaire, et tu viens de gagner trente-six mille milliards de livres. Tu devrais prendre le reste de ta journée !

Libby sourit, puis chiffonne sa serviette en papier et la dépose sur son plateau.

— Non, c'est pas mon genre. Et, en plus, je suis sûre d'avoir laissé un ou deux dossiers un peu de travers.

Dido lui sourit à son tour.

— Alors c'est parti pour tes trois dernières heures et demie de vie normale !

67

Lucy est encore seule pour une heure dans l'appartement. Elle se fait couler un bain, applique du vernis sur ses ongles, se sèche les cheveux, s'hydrate la peau, se maquille. Toutes ces choses lui semblent encore exceptionnelles. Cela fait un an qu'elle a reconnu Henry dans la maison de Cheyne Walk, qu'elle a retrouvé Serenity, qu'ils sont tous réunis. Depuis, Lucy vit avec son frère dans son appartement immaculé de Marylebone. Elle dort dans un grand lit, sous des draps doux, et occupe ses journées en promenant le chien et en préparant de délicieux repas. Elle rejoint Clemency une fois par mois. Elles boivent du champagne et parlent de leurs enfants, de musique, des obsessions de Henry et d'à peu près tout sauf de ce qui leur est arrivé quand elles étaient adolescentes. Elles ne seront jamais aussi proches qu'elles l'étaient à l'époque, mais elles sont redevenues meilleures amies.

Marco a treize ans, et il est inscrit dans un collège privé huppé de Regent's Park, que Henry lui paie et où « tout le monde vapote et prend de la coke », apparemment. Il a complètement perdu son accent français et se considère comme un Londonien.

Stella a six ans. Elle est en CP dans une école primaire de Marylebone. Ses deux meilleures copines s'appellent Freya.

Hier, Lucy a pris le métro pour aller voir la maison de Chelsea. Les planches de bois ont été retirées, tout comme le panneau « à vendre » qui s'est transformé en panneau « vendu ». Bientôt, des bruits de perceuse et de marteau retentiront dans la maison. La famille qui s'y installe a décidé d'effectuer d'importants travaux pour l'adapter à leur goût et leurs envies. Bientôt, ce sera le chez-soi de nouvelles personnes qui ne sauront rien de ce qui s'est passé entre ces murs des années auparavant, de l'histoire des quatre enfants qui y ont été séquestrés, détruits, de leur évasion, des êtres brisés, perdus, tordus qu'ils sont devenus. Il est difficile à Lucy de comprendre l'adolescente qu'elle était alors, d'accepter qu'elle avait tant besoin d'affection qu'elle avait couché avec un père et son fils. Parfois, en regardant Stella, sa petite fille si parfaite, elle l'imagine à treize ans se donner à des hommes pour se sentir aimée. Cela lui cause une peine incommensurable.

Son téléphone vibre et, comme toujours, son sang se fige. Le meurtre de Michael n'a pas été résolu, mais l'hypothèse la plus répandue est qu'il a été tué pour une histoire de dettes. Quand le meurtre faisait les gros titres, elle avait lu son nom dans un article.

> *Rimmer avait été marié deux fois et aurait eu un enfant avec sa première femme, une Anglaise connue sous le nom de Lucy. Selon la domestique de la victime, ils se seraient revus peu avant le meurtre. À ce jour, elle n'est cependant pas considérée comme une suspecte par la police.*

Malgré cela, elle garde l'angoisse d'être un jour inquiétée par un nouvel enquêteur, jeune, plein d'ambition, avide de faire ses preuves. Elle ne se sentira plus jamais vraiment détendue.

Le message qu'elle a reçu ne provient pas d'un jeune inspecteur zélé, mais de Libby. C'est une capture d'écran de son compte en banque, accompagnée du commentaire :

Par ici la monnaie !

Tout à coup, elle se sent légère. Maintenant que ce chapitre se referme, le futur peut commencer. Elle va s'acheter une maison, enfin. Pour elle, ses enfants et Fitz. Une maison que personne ne pourra lui enlever. Pour la première fois, elle va pouvoir se demander ce qu'elle souhaite faire de sa vie. Elle aimerait progresser dans sa maîtrise du violon. Elle voudrait devenir une vraie musicienne. Désormais, plus rien ne l'en empêche.

La première partie de son existence fut sombre, pleine de drames. La seconde sera lumineuse.

Elle répond au message de Libby.

Champagne ! À tout à l'heure, ma chérie. J'ai hâte de fêter tout ça avec toi.

Libby répond du tac au tac :

Moi aussi, et j'ai hâte de vous voir. Je t'aime.

Moi aussi, conclut Lucy.

Puis elle ajoute une ligne de bisous avant de ranger son téléphone.

Sa fille est resplendissante, douce et généreuse. Elle ressemble beaucoup à Stella et Marco, mais également à Phin pour ce qui est de sa détermination à tracer son chemin et à suivre ses propres règles. Elle est exceptionnelle. Elle a beaucoup changé depuis leurs retrouvailles, abandonnant les habitudes qui la paralysent pour laisser la vie lui montrer la voie, plutôt que de s'imposer un cap. Les souffrances que Lucy a vécues depuis qu'elle l'a laissée dans son berceau n'ont pas été vaines. Libby est un ange.

Lucy reprend son téléphone et cherche jusqu'à la lettre G de son répertoire.

> Cher Giuseppe, tu me manques énormément. Je voulais te dire que je suis heureuse, que je vais bien, que les enfants et Fitz aussi. Je ne rentrerai pas en France. J'ai une vie merveilleuse ici et je peux enfin m'installer. Mais je pense toujours à toi et je te serai éternellement reconnaissante pour tout ce que tu as fait pour moi quand rien n'allait plus. Je me serais perdue sans toi. Merci pour tout. Lucy.

68

Libby rejoint sa famille dans un restaurant de Marylebone. Lucy, Marco, Stella et Henry.

Marco l'accueille en la prenant maladroitement dans ses bras, et sa tête se cogne contre la clavicule de Libby.

— Joyeux anniversaire !

Stella lui fait un câlin.

— Joyeux anniversaire, Libby. Je t'aime.

Ces deux enfants, son frère et sa sœur, sont les plus beaux cadeaux que lui a offerts cette aventure.

Ils sont adorables, et c'est tout à l'honneur de la mère extraordinaire qui les a élevés. Avec Lucy, elles se sont liées très vite. Étant donné leur faible différence d'âge, elle a souvent l'impression d'être en compagnie d'une très bonne amie plutôt que de la femme qui l'a mise au monde.

Lucy se lève. Elle enlace sa fille et l'embrasse bruyamment sur la joue.

— Joyeux anniversaire, pour de vrai. Il y a vingt-six ans jour pour jour… J'ai eu l'impression que tu allais me tuer.

— Elle beuglait comme une vache, oui ! renchérit Henry. Pendant des heures. On était obligés de se boucher les oreilles.

Il embrasse sa nièce avec retenue.

Libby n'arrive toujours pas bien à le cerner. Elle songe parfois à ce que lui a dit Clemency, qu'il était le mal incarné, et cela la fait frissonner. Elle pense à ce qu'il a fait, au meurtre de quatre personnes, à la momification du cadavre d'une jeune femme, à la mutilation d'un chat. Pourtant, il n'avait jamais tué délibérément. Pour Libby, si les quatre enfants étaient allés à la police ce soir-là, s'ils avaient expliqué les maltraitances, la séquestration, les morts accidentelles, on les aurait crus et on les aurait aidés. Mais les choses s'étaient passées autrement. Ils étaient tous devenus des fugitifs et avaient pris des chemins insensés.

Henry est quelqu'un d'étrange, mais au moins il en est tout à fait conscient. Il continue à prétendre qu'il ne les a pas enfermés volontairement dans la chambre d'amis de son Airbnb, qu'il n'a pas subtilisé leurs téléphones ni supprimé l'enregistrement. « Ou alors, si je l'ai fait, je devais être vraiment, vraiment soûl ! » Libby n'a jamais trouvé de logiciel pirate dans son portable, mais elle n'a jamais changé son mot de passe...

Henry refuse également de reconnaître avoir eu recours à la chirurgie esthétique pour ressembler à Phin.

« Pourquoi est-ce que je voudrais lui ressembler ? Je suis tellement mieux que lui ! »

Il n'a aucune patience avec Marco et Stella, et a beaucoup de mal à tolérer que d'autres gens partagent son petit univers où tout est sous contrôle, ce qui le rend souvent grognon et parfois hilarant. Sa conception de la vérité est très floue, et il donne l'impression de vivre juste en dehors du réel. Libby ne peut pas le lui reprocher, après tout ce qui lui est arrivé. Elle aurait probablement un rapport au monde difficile, elle aussi, si son enfance avait été aussi tourmentée.

Elle ouvre la carte qu'il lui a donnée.

Ma chère Libby Jones, je suis tellement fier que tu sois ma nièce. Je t'aimais alors et je t'aimerai toujours. Joyeux anniversaire, ma belle.

Il a l'air sincèrement gêné, mais cette fois elle ne gardera pas ses distances. Elle se jette dans ses bras et le serre de toutes ses forces. Il accepte cette étreinte.

— Je t'aime aussi, lui murmure-t-elle à l'oreille. Merci de m'avoir retrouvée.

Là-dessus, Miller arrive.

Dido avait raison.

Il y avait quelque chose entre eux.

Malgré le fait que Roe et Jones sont deux noms qui ne vont pas du tout ensemble, qu'il ne parle presque jamais à sa mère, qu'il a du ventre et trop de barbe, pas d'animaux de compagnie mais une ex-femme, il y avait bel et bien quelque chose, quelque chose de plus important que tous les critères de Libby. Et qu'est-ce qu'un tatouage si ce n'est qu'un tracé sur la peau ? Ce n'est pas une idéologie. C'est un simple dessin.

Pour elle, Miller a renoncé à son article. Le lendemain du soir où elle a retrouvé sa famille, il avait déchiré ses notes et jeté son carnet.

— Mais c'est ton gagne-pain, c'est ta carrière. Tu pourrais te faire plein de fric avec cette histoire.

En guise de réponse, il l'avait embrassée.

— Hors de question que tu perdes ta famille à cause de moi. Tu les mérites beaucoup plus que je n'ai besoin d'un scoop.

Libby s'assoit à côté de lui et lui dépose un baiser sur la joue.

— Joyeux anniversaire, Lamb.

C'est le surnom qu'il lui a trouvé. Elle n'en avait jamais eu de sa vie.

Il lui tend une grande enveloppe.

— Qu'est-ce que c'est ?

Il lui sourit.

— Je pense que si tu l'ouvres, tu sauras.

Dedans, il y a une brochure imprimée sur papier glacé pour un safari cinq étoiles au Botswana, le *Chobe Game Lodge*.

— C'est… ?

Il acquiesce.

— Apparemment. Si l'on en croit le réceptionniste très sympathique à qui j'ai parlé, leur guide principal est un homme d'une quarantaine d'années nommé Phin. Avec un F : Finn Thomsen.

— C'est lui, vraiment ?

— J'en suis sûr à quatre-vingt-dix-neuf pour cent. Et il n'y a qu'une seule façon d'en avoir le cœur net.

Il sort un papier de sa poche de veste et le lui tend. C'est une confirmation de réservation pour une chambre double au *Chobe Game Lodge*.

— Je peux y aller avec ma mère, si tu préfères. Elle rêve de faire un safari.

Libby secoue vigoureusement le menton.

— Non, je veux y aller, bien sûr !

Elle lit la confirmation de l'hôtel puis ouvre à nouveau la brochure. Son œil s'arrête sur la photo d'une Jeep pleine de touristes qui observent un groupe de lions. Elle scrute le cliché pour mieux voir le guide qui est assis au volant de la voiture, le corps tourné vers le photographe. Ses cheveux blonds et épais sont brûlés par le soleil. Son visage est avenant, son sourire radieux.

On dirait l'homme le plus heureux du monde.

Il la regarde.

— Tu penses que c'est lui ?

— Je ne sais pas.

Miller se tourne vers Lucy et Henry, puis leur montre la photo. Ils approchent leurs visages de la brochure. En même temps, Lucy plaque sa main sur sa bouche, et Henry manque de tomber à la renverse.

Lucy hoche la tête à toute vitesse.

— C'est lui ! C'est Phin ! Regardez ! Il est vivant !

69

Il n'est pas mort. Mon cœur se soulève, vrille, j'ai le vertige. Il est beau à se damner. En treillis, avec sa peau bronzée, son sourire de branleur, assis dans cette Jeep en Afrique, sans peur ni reproche. Il ne doit jamais penser à moi, à aucun d'entre nous. Et surtout pas à toi, Serenity, certainement pas. Tu ne l'intéressais déjà pas quand tu es née, alors maintenant…

Lucy te mentait quand elle disait qu'ils pensaient tout le temps à toi quand ils étaient en France. Phin n'aimait pas les bébés. Il n'a jamais été proche de sa famille. Il était introverti, solitaire. La seule fois où j'ai réussi à pénétrer son armure, on avait pris du LSD. À ce moment où l'on se tenait la main, j'ai senti qu'il s'écoulait en moi, que je devenais lui. Lui n'est jamais devenu moi, bien entendu. Pourquoi l'aurait-il voulu ? Mais moi, je l'ai fait. Je l'écrivais partout dans la maison, dès que possible, je voulais crier ma nouvelle identité dans tous les recoins sombres : « JE SUIS PHIN. »

Mais comment aurais-je pu devenir pleinement lui, alors qu'il était toujours là pour me rappeler qui j'étais réellement ? Dès qu'il se recoiffait, qu'il haussait les épaules, qu'il regardait au loin ou qu'il tournait la page d'un classique de la littérature, cet insupportable constat m'assaillait.

Tout a commencé avec un philtre d'amour qui était censé le faire tomber sous mon charme. Ça n'a pas fonctionné. Et il y avait des effets secondaires. Phin s'est affaibli, est devenu moins beau, et plus il diminuait, plus je devenais fort. Alors j'ai continué de lui administrer cette mixture. Pas pour le tuer, je n'ai jamais voulu sa mort, mais pour l'éteindre un peu plus, pour que je puisse enfin briller. Ce soir-là, celui de l'anniversaire de Birdie, quand Lucy m'a avoué que Phin était le père de son bébé, je suis allé dans sa chambre, déterminé à le tuer.

Quand il m'a demandé de le détacher, je lui ai dit : « Seulement si tu me laisses t'embrasser. » Et je l'ai fait. Sa main était encore attachée au radiateur, son corps était brisé, et j'ai posé ma bouche sur la sienne, sur son visage. Il ne m'a pas repoussé. Il m'a laissé faire. Ces baisers ont duré une longue minute. J'ai caressé ses lèvres, j'ai passé mes doigts dans ses cheveux, j'ai pu faire tout ce que je rêvais de faire depuis que je l'avais vu, le premier jour, quand il avait franchi le seuil de notre maison, que j'avais presque onze ans, et que je n'avais encore jamais eu envie d'embrasser personne.

J'ai attendu qu'il me repousse, mais il n'en a rien fait. Il était docile.

Puis, quand j'en ai eu assez, je l'ai détaché et me suis allongé à ses côtés.

J'ai entouré son corps brûlant de mes bras.

J'ai fermé les yeux.

Je me suis endormi.

Et quand je me suis réveillé, il avait disparu.

Depuis, je le cherche.

Et il a été débusqué.

Je savais que le mec de Libby réussirait.

Il l'a localisé.

Je regarde Miller, puis je te regarde.

J'accroche alors mon meilleur sourire du bon oncle Henry à mes lèvres.

— Je peux m'incruster avec vous ?

Remerciements

Je tiens à remercier l'incroyable trio d'éditrices qui m'accompagne : Selina Walker au Royaume-Uni, qui a passé des week-ends et des nuits à recoller, polir et retravailler les morceaux de mon manuscrit pour en faire un roman lisible ; Lindsay Sagnette aux États-Unis qui m'a offert sa perspicacité et sa clarté ; Richenda Todd, qui a largement dépassé son rôle de correctrice pour me forcer à résoudre des problèmes que je laissais sous le tapis parce que je ne trouvais pas de solution. Toutes les trois, vous m'avez démontré l'importance du travail éditorial.

Je remercie également mon fabuleux agent, Jonny Geller, qui ne m'a pas laissée soumettre mon manuscrit avant qu'il soit le meilleur possible. Si l'on vous fait beaucoup bosser, c'est parce que les gens qui vous entourent tiennent à vous et à votre travail. J'ai tellement de chance de vous avoir rencontrés.

Je remercie Najma Finlay, mon exceptionnelle attachée de presse au Royaume-Uni, qui part en congé maternité et ne reviendra pas avant la promotion de mon prochain livre. Je te souhaite d'apprécier chaque minute passée avec ton bébé.

Merci à Deborah Schneider, mon agent américain, pour… tu sais quoi ! Quelle année !

Je remercie Coco Azoitei d'avoir partagé avec moi ce qu'elle savait de la lutherie, et merci à tous ceux qui ont répondu à mes questions au sujet des testaments. Toute erreur à ce sujet serait de mon fait.
Merci aux équipes éditoriales au Royaume-Uni et aux États-Unis qui s'occupent si bien de mon travail et de moi ! Merci en particulier à Ariele et Haley aux États-Unis, à Pia et Christoffer en Suède, à Oda en Norvège, et à Elisabeth et Tina au Danemark.

Je remercie les éditeurs audio et les studios qui produisent des livres audio de si bonne qualité, merci aussi aux comédiens qui lisent si bien mes mots.

Merci aux bibliothécaires, aux libraires, aux organisateurs de festivals qui aident mes livres à trouver leurs lecteurs et lectrices.

Je remercie les membres de ma famille (et tous mes animaux) qui m'aident à garder les pieds sur terre, quoi qu'il advienne.

Enfin, merci aux deux grands verres de vodka tonic qui, un vendredi soir, à une heure bien avancée, m'ont permis de trouver les mots pour les trois derniers chapitres de mon livre qui se terraient quelque part en moi. Santé !

Achevé d'imprimer en octobre 2021
Par CPI Brodard & Taupin à La Flèche
N° d'impression : 3044586
Dépôt légal : novembre 2021
Imprimé en France
38122059-1